大
方
sight

Federico García Lorca

精魂从脚底升起：洛尔迦演讲录

洛尔迦作品集

汪天艾 主编

[西]费德里科·加西亚·洛尔迦 著

周骏伟 译

中信出版集团｜北京

图书在版编目(CIP)数据

精魂从脚底升起：洛尔迦演讲录 /(西)费德里科
·加西亚·洛尔迦著；周骏伟译 . -- 北京：中信出版
社, 2024.12. -- ISBN 978-7-5217-6896-1

Ⅰ. I551.65

中国国家版本馆 CIP 数据核字第 2024WM9475 号

精魂从脚底升起：洛尔迦演讲录

著者： [西]费德里科·加西亚·洛尔迦
译者： 周骏伟
出版发行：中信出版集团股份有限公司
（北京市朝阳区东三环北路 27 号嘉铭中心　邮编 100020）

承印者： 保定市中画美凯印刷有限公司

开本：720mm×1000mm 1/32　　印张：13.75　字数：174 千字
版次：2024 年 12 月第 1 版　　　　印次：2024 年 12 月第 1 次印刷
书号：ISBN 978-7-5217-6896-1
定价：59.00 元

版权所有·侵权必究
如有印刷、装订问题，本公司负责调换。
服务热线：400-600-8099
投稿邮箱：author@citicpub.com

主编的话

> 你看他这时走了过来
> 像集中了所有的结局和潜力
> 他也是一个仍去受难的人
> 你一定会认出他杰出的姿容
> ——张枣《薄暮时分的雪》

一九三六年那个严酷的夏天,西班牙内战爆发后的第一个月,艺术家费德里科·加西亚·洛尔迦的声音永远埋灭于家乡的乱岗。

> 谁都看见他在枪炮中间,
> 走下冷清的村子旁边
> 迢遥的道路,

在星光稀微的晨曦中。

在最初的光线里,

他们射杀了费德里科。

这些谋杀的匪徒,

不敢看一看他的脸面。

他们全都闭下了他们的两眼。

　　安东尼奥·马查多是这样写的,此处所引汉译本出自民国诗人高寒之手,1938年7月发表在"中华全国文艺届抗敌协会"会刊《抗战文艺》时——那时,中华民族也正为自己的反法西斯事业浴血而战,而洛尔迦的名字与围绕他的有力哀悼已经来到中国读者面前。后来,戴望舒所译《诗钞》经施蛰存整理出版,来自安达卢西亚沙地与橄榄树的声音在北岛、顾城、芒克等诗人的肺腑间重生;后有西语译坛泰斗赵振江老师等译家对洛尔迦的诗歌和《血婚》等代表剧作进行了更为全面的译介。

珠玉在前，今次的"洛尔迦作品集"将陆续推出他的先锋戏剧三部曲、演讲录、访谈录和书信集，集中译介此前在汉语世界中仅少量散见的文本。这些文本不仅有场景、有声音、有身体表现，也是有明确且具体受众的讲与听的互动。他在作品首演的舞台上，在田间地头，在工厂和护士学校里，表达着自己对文学创作与社会情势、历史感受与身体经验的思考。对于已在中国读者群中有悠久影响力的洛尔迦其人其作，我们希望这是一次复读亦是重识，通过洛尔迦对自身创作和艺术实践的思考，追溯他猝然中止的生命中某种精神性的存在，直到那高于生死的岿然不动的形体显形出来，凝定在纸页上。此外，我们还将根据西班牙出版的官方定典版诗全集底本首次为读者呈现洛尔迦的诗歌作品全本。这套作品集是对已有洛尔迦作品汉译的扩容和补白，希望奉献给读者一个叠加在夜曲诗人、殉道者、安达卢西亚文化代言人之上的更为复杂、更为丰富也更为亲密洪亮的洛尔迦。

洛尔迦的生前身后留下了无尽遗憾，其中常为全世界的洛尔迦研究者扼腕的一大憾事，便是没有现存任何录音带保留下他那传奇般的声音。虽然他生前在西班牙和拉美都常有电台访问或现场演讲，录音带几乎都在席卷大洋两岸的战火与社会动荡中遗失。豪尔赫·纪廉曾说："洛尔迦寻找的不是读者，而是听众。"那么，亲爱的读者，呈现在你们面前的这套书，是他有声的艺术思考与实践，愿每个热爱洛尔迦的人都能成为他的听众，穷尽想象去复写他的声纹。

*

感谢为这套作品集付出无限才情与心力的几位译者，他们在成为洛尔迦热切亦专业的研究者之前，早已是他深情的听众，将他的声音糅进了自己的骨血。感谢最早鼓励我主编这套书的作家赵松，感谢心倾弗拉门戈艺术的出版人蔡欣全然的信任，感谢编辑引弘的巧思与细致。

谨以这套"洛尔迦作品集"献给我们早逝的朋友胡续冬。大约十年前，他为自己指导的一篇关于洛尔迦的硕士论文向我问起精魂理论，并感叹洛尔迦尚余太多对艺术理念的思考和书写值得译介。

——胡子，那时我们讨论过的文本，这一次都译出来了，还多了很多你会喜欢的。

"明月出天山，苍茫云海间。"

愿你已在月亮升起的地方解开了耳朵，解开了大地肮脏的神经，正与我们的费德里科一起，宣读着每个不可思议的夜。*

汪天艾
二〇二四年十月末

---

* 末段改写自张枣《夜》

目 录

一、文艺思考   1
  精魂：游戏与理论   3
  想象·灵感·逃离   37

二、深歌   67
  深歌：安达卢西亚原始歌吟的历史与艺术   69
  深歌的建筑   116

三、民间音乐   155
  西班牙摇篮曲   157
  一座城市如何从十一月唱到十一月   198

四、视觉艺术与美学   229
  新绘画"速写"   231

贡戈拉的诗歌意象 254

五、诗艺 311
　　一位在纽约的诗人 313
　　关于《吉卜赛谣曲集》的讲演与朗诵 341

导读：洛尔迦，一个窸窣作响的星群 403

一、文艺思考

精魂：游戏与理论[1]

女士们、先生们：

从我一九一八年住进马德里学生公寓，到我一九二八年完成文哲系的学业离开它，我曾在那个富丽堂皇的大厅里听了近一千场演讲。不仅是我，西班牙的旧贵族们为了一改在法国海滨沾染的轻佻浮躁，也常去那里。

但当时我感到百无聊赖，十分渴望空气和阳光。离开的时候，我竟觉得周身被一层薄灰覆盖，仿佛它是辣椒粉，会刺我口鼻。

不。我不想让那只名叫"无聊"的蝇虫飞进讲堂里，用困意的细丝串起所有脑袋，还在听众眼里

---

[1] 本稿于1933年10月20日在布宜诺斯艾利斯艺术之友协会首讲。——西班牙语版编者注

扎下一根根小小的针。

简单来说，鉴于我读诗的声音既没有实木的光泽，又没有毒芹的卷曲，还无法像绵羊一样忽然变作讽刺的刀刃，我就尝试给大家简短介绍一下潜藏在忧伤的西班牙背后的精神。

生活在由胡卡尔河、瓜达尔费奥河、锡尔河、皮苏埃加河撑起的公牛皮[1]里的人（还不用提那些靠近普拉塔河[2]，被它狮鬃般颜色的水奔流涌过的其他河道），总会时不时听到一句话："这很有精魂。"安达卢西亚大艺术家曼努埃尔·托雷曾对一个唱歌的人说："你声音不错，也掌握了风格，但你永远都不会成功，因为你没有精魂。"

在整个安达卢西亚，无论是哈恩的巉岩间，还是加的斯的海螺里，人们总是提到精魂，并能秉着强有力的直觉，在它出现时准确捕捉它。

---

[1] 喻指西班牙，因西班牙版图轮廓酷似牛皮，且洛尔迦列举的四条河均在西班牙境内，分布于伊比利亚半岛的东部、南部、西北部、北部。（本书脚注如无特殊说明均为译者注。）
[2] 普拉塔河，西班牙北部坎塔布里亚大区的河道，全长 7 828 千米。

德布拉调[1]创始人,杰出深歌歌者"莱布里哈人"[2]曾言:"在那些我带着精魂歌唱的日子里,没人能比得过我。"老吉卜赛舞者"马蕾娜"[3]有一日听布莱洛夫斯基[4]弹奏巴赫时也惊呼:"哟!这弹得有精魂啊!"而她觉得格鲁克[5]、勃拉姆斯、米约[6]的音乐都很无聊;更有曼努埃尔·托雷(他血管里流淌的文化比我认识的任何人都要丰盛)在欣赏法雅演奏自己的《赫内拉利菲宫夜曲》时给出的这句绝佳的话:"一切拥有暗黑之声的,都有精魂。"

---

[1] 德布拉调,无伴奏深歌曲式,与打铁调和囚徒歌相似,但更为悲切绝望,在 19 世纪中叶最为流行。

[2] "莱布里哈人"(El Lebrijano),原名迭戈·塞巴斯蒂安·梅赛德斯(Diego Sebastián Mercedes, 1847—?)。为了与艺名相同的胡安·佩尼亚(Juan Peña)区分,迭戈也被称为"老莱布里哈人"。据说,他是第一个提出"精魂"概念的人。

[3] "马蕾娜",弗拉门戈舞者,原名马格达莱娜·塞达·洛雷托(Magdalena Seda Loreto, 1877—1956)。

[4] 亚历山大·布莱洛夫斯基(Alexander Brailowsky, 1896—1976),俄国钢琴家。

[5] 格鲁克(Christoph Willibald Ritter von Gluck, 1714—1787),德国古典主义作曲家。

[6] 米约(Darius Milhaud, 1892—1974),法国后印象派作曲家,六人团成员之一。

没有比这更大的真理了。

这些暗黑之声是谜，是扎在沃土里的虬根。我们所有人都认识它，却忽略它，但艺术的本质正由它抵临我们。西班牙人民说它是暗黑之声，这和歌德对精魂的定义重合。歌德谈及帕格尼尼时曾称那是一股"所有人都能感知，却没有哲学家能解释的神秘力量"。

由此可见，精魂是力量，而非劳作；是搏斗，而非沉思。我曾听一位年长的吉他大师说："精魂不在喉咙里；精魂从内部攀上来，它是从脚底升起的。"也就是说，有没有精魂不是技巧的问题，它取决于是否有真正的、鲜活的风格，取决于天生的血脉，还有极为古老的文化与表演时的即兴创造。

总之，这股"所有人都能感知，却没有哲学家能解释的神秘力量"就是大地的灵魂，它和把尼采的心灼伤的精魂是一样的。尼采曾在里亚托桥上和比才的音乐中遍寻精魂的外在形式，不仅无果，而且还不知道他所追逐的精魂早已从古希腊诸谜团里跳到了加的斯的舞者们身上，或跳到了西尔维里奥[1]唱的断续调中那无头的酒神式嘶嚎里。

所以说，我不希望任何人把精魂与神学上统领质疑的恶灵混为一谈（路德曾怀着些微酒神精神，在纽伦堡朝那个恶灵扔了一瓶墨水）；也不要把精魂与基督教的魔鬼——那个愚钝、充满毁灭性、化身娼妓潜进修道院的魔鬼——混同；还有塞万提斯《关于妒忌和阿尔德尼亚丛林的喜剧》中马尔赫西的那只会说话的猴子，同样也不要把精魂与它混淆。

不。我所说的精魂黢暗、抖颤，是苏格拉底极乐精灵的后裔，它由大理石和盐构成，曾在苏格拉底饮下毒芹汁的那天被他愤慨地挠伤；也是笛卡尔忧郁精灵的后世，它渺小如一粒绿色杏仁，对圆形与线条厌倦不已，便顺着河渠逃出，只为聆听壮

---

[1] 即西尔维里奥·弗兰克内蒂（Silverio Franconetti, 1831—1889），著名深歌歌者。洛尔迦在《深歌：安达卢西亚原始歌吟的历史与艺术》和《深歌的建筑》中均有提到他。

硕、沉酣的水手引吭高歌。

所有人，所有艺术家，尼采也好，塞尚也罢，在通往完美的高塔中每攀一级，就是在与他的精魂展开一场搏斗。这场斗争不是与他的天使，也不是与他的缪斯进行的——这和人们所说的不同。我认为必须要做这种区分，它对探明作品的根源至关重要。

天使指引、赠予，如圣拉斐尔；守护、避害，如圣米迦勒；通告、警醒，如圣加百列。天使的光耀令人目眩，但他在人的头顶之上翱翔。他高高在上，慷慨地赐人恩惠，人便得以不费吹灰之力地完成作品，或赠予同情，或翩跹起舞。去往大马士革的路上让保罗归信的天使，从缝隙里爬进圣方济各阳台的天使，抑或跟随着亨利·苏瑟[1]脚步的天使，他们直接宣命。人们没有任何办法驳斥他们的圣

---

1 亨利·苏瑟（Heinrich Seuse，1295/1298—1366），生于德国君士坦茨，道明会修士、神秘主义者，与艾克哈（Eckhart）及陶勒（Tauler）并称神秘主义三大师，认为以入世的方法积极帮助他人，是找到内心"灵魂火星"、找到上帝的唯一方法。

光，因为他们直接在注定的疆界里挥动铁的双翼。

缪斯授意，也偶尔予人启示。相较而言，她能做的比较少，因为她太遥远、太疲惫（我曾见过她两次），人们之前不得不给她安上半个大理石心脏。受到缪斯感召的诗人能听见声音，却不知它从何而来。其实那声音就来自缪斯，是缪斯在激励他们，甚至有时宴飨他们——比如阿波利奈尔，那个被可怕的缪斯摧毁的大诗人。神圣如天使的卢梭就曾让缪斯与诗人同画[1]。缪斯能唤醒智力，捎来石柱构建的风景和虚假的月桂气息。但缪斯常常是诗歌的敌人，因为她限制了太多，也因为她把诗人高抬到棱角锋利的宝座上，让诗人忘记，可能很快宝座就会被蚂蚁蚕食，或他的脑子里会掉进一只巨大的砷制龙虾。面对这些时，住在独目镜或小展厅的品红玫瑰里的缪斯便无能为力。

---

[1] 亨利·卢梭（Henri Rousseau，1844—1910），法国后印象派画家。此处指卢梭为阿波利奈尔与其情人玛丽·洛朗桑创作的双人画像《缪斯赐予诗人灵感》(*La Muse inspirant le poète*)。

天使和缪斯皆从外而来。天使带来光芒，缪斯赋予形式（赫西俄德[1]就是跟着缪斯学的）。无论他们化身金色面包，还是丘尼卡[2]上的皱褶，诗人们都在自己的小月桂丛中接受他们颁布的准则。然而，要唤醒精魂，却要去到热血淌流得最遥远的几个房间里。要拒绝天使，踹开缪斯，还要不怕十八世纪诗歌里紫罗兰般的微笑和巨大的望远镜——因限制过多而病恹恹的缪斯正栖身其中沉睡。

真正的搏斗是与精魂进行的。

人们知道找寻上帝的道路：或是隐士们粗野的路，或是神秘主义者们精巧的路。要不就像圣女大德兰[3]一般通过一座宝塔，要不就像圣十字若望[4]一

---

1 古希腊诗人，生活在约前 8 世纪。
2 罗马人典型服饰，最初为伊特鲁利亚人穿着，是一种宽大的袋状贯头衣，形似睡袍。
3 圣女大德兰（Santa Teresa de Jesús，1515—1582），黄金世纪西班牙天主教神秘主义者，加尔默罗会修女，诗人。
4 圣十字若望（San Juan de la Cruz，1542—1591），黄金世纪西班牙天主教神秘主义者，加尔默罗会修士，诗人，与圣女大德兰共同创造赤足加尔默罗会。

般途经三条小径。就算我们要借以赛亚的声音高呼"你实在是自隐的神"[1]，但也不得不说，上帝最终还是给那些追寻祂的人递送了最初的火之荆棘。

然而，为了找寻精魂，却没有地图，也无从训练。我们只知道它把血液焚烧到如碎玻璃粉末一样，它把人的精力耗尽，它拒绝一切已经掌握的甜蜜几何学，它打破风格，它依赖无法慰藉的人间疾苦。它能让戈雅，这位原本掌握着最上乘的英国绘画中才有的灰色、银色、粉色的大师，用双膝、拳头和极为可怕的沥青般的黑色作画；它能让教士哈辛特·贝尔达格尔[2]在比利牛斯山的严寒中赤身裸体；它能让豪尔赫·曼里克[3]奔走至奥卡尼亚的荒野上静候死亡；它能为兰波纤弱的躯体披上杂耍艺人的绿色外套；它也能给黎明时分在大街上的洛特

---

[1] 出自《圣经·旧约·以赛亚书》（45:15）。

[2] 哈辛特·贝尔达格尔（Jacint Verdaguer，1845—1902），西班牙诗人、教士，用加泰罗尼亚语写作。

[3] 豪尔赫·曼里克（Jorge Manrique，1440—1479），中世纪西班牙诗人、军人，其名作《悼亡父》时至今日仍是西班牙文学经典。

雷阿蒙伯爵[1]安上一双死鱼眼睛。

西班牙南部的大艺术家们，无论是吉卜赛艺术还是弗拉门戈艺术，也无论是唱的、跳的还是弹的，都知道如果没有精魂，一切情感都会沦为空谈。但有些艺术家弄虚作假，明明没有精魂，却要制造一种有它的幻象。这就是那些成天诓骗你们的毫无精魂的作者、画家、文学裁缝。但只要我们稍微留意，不被淡漠无情牵着鼻子，就能发现陷阱，让他们带着那拙劣的伎俩逃走。

安达卢西亚歌者帕斯朵拉·帕翁[2]，"带着发梳的女孩"，是属于黑暗西班牙的天才，也是想象力与戈雅或"金鸡"拉菲尔[3]旗鼓相当的人。有一次，她在加的斯的一间小酒馆演唱。她耍弄着自己

---

1 洛特雷阿蒙伯爵（Comte de Lautréamont，1846—1870），法国诗人。其唯二作品（《马尔多罗之歌》《诗》）均对现代艺术和文学产生过剧烈的影响。
2 帕斯朵拉·帕翁（Pastora Pavón，1890—1969），艺名"带着发梳的女孩"（La niña de los peines），西班牙弗拉门戈歌者，被认为是20世纪最重要的弗拉门戈女性歌者。
3 指拉菲尔·戈麦兹·奥尔特加（Rafael Gómez Ortega，1882—1960），外号"金鸡"（el Gallo），20世纪西班牙著名斗牛士。

的幽灵之声，或凹瘪的铁罐之声，或青苔满布之声。她把声音卷进发丝，或坠至白葡萄酒里，抑或迷失在遥远晦暗的蔷薇丛中。但不行，完全没用。听众们一言不发。

当时在场的有伊格纳西奥·埃斯佩雷塔[1]，他长相可爱，身形犹如古罗马的龟甲阵。人们曾问他："你为何不工作？"他端庄一笑，仿佛自己是阿尔甘托尼欧斯[2]，然后回答道："我可是加的斯人，我怎么去工作？"

当时同座的还有"辣妞"艾尔维拉，塞维利亚的贵族妓女。她是索莱达·巴尔加斯[3]的直系后裔，三〇年[4]的时候曾拒绝嫁给一位罗斯柴尔德家族的人，因为对方配不上她的血统。弗罗里达家族的人

---

[1] 伊格纳西奥·埃斯佩雷塔（Ignacio Espeleta, 1871—1938），吉卜赛弗拉门戈歌者，出身于弗拉门戈世家。
[2] 阿尔甘托尼欧斯（Arganthonios，约前670—前550），塔尔特索斯的最后一位国王。在他统治期间，塔尔特索斯文明发展到达鼎盛。
[3] 索莱达·巴尔加斯（Soledad Vargas Seda, 1858—?），弗拉门戈歌者、舞者，生于赫雷斯，西尔维里奥·弗兰克内蒂的好友。
[4] 1930年。

也在。人们认为他们是屠夫,但他们其实是千禧年主义的教士,现今仍在继续向格律翁祭献公牛。角落里还坐着大牧场主巴勃罗·穆鲁贝[1],他像戴着一副克里特面具。帕斯朵拉·帕翁唱完后,一片寂静。一个矮矮的男人,像那种突然从酒瓶后面窜出来的侏儒舞团里的一员,带着讽刺的口吻,兀自低声吐了一句:"巴黎万岁!"他仿佛是在说:"在这里,我们不关心你有多会唱,也不关心你的技巧,你的能力。我们在意别的东西。"

于是,"带着发梳的女孩"像发了疯似的拔地而起,浑身抖颤,活似一位中世纪的哭丧妇。她一口气灌下整一大杯烈火般的浓酒,然后坐下来开始唱,不用声音,不用呼吸,不用色彩,整个喉咙像被烧烂了似的,但……她有了精魂。她砸碎了所有关乎歌唱的脚手架,给那个暴怒的、所向披靡的精

---

[1] 巴勃罗·穆鲁贝(Pablo Murube),穆鲁贝牧场时任牧场主。穆鲁贝牧场早期名为好景牧场,19世纪中期历经多次买卖更名为穆鲁贝牧场,是西班牙当时重要的野牛养殖地。

魂让路——它是载满沙石的风的朋友，会让所有听者撕扯衣服。而几乎在同样的节奏里，安的列斯群岛的黑人们也在萨泰里阿教[1]的仪式中，群集在圣芭芭拉像前焚毁服饰。

当时，"带着发梳的女孩"不得不撕裂声音，因为她知道在场的听众都是懂行的人。他们要听的不是形式，而是形式的精髓；他们想听的音乐至纯，肢体精悍，能在空中浮荡。为此，她需要削减技巧和安全的因素；也就是说，那一刻她要远离自己的缪斯，变得无依无靠，而后请精魂迫近，屈尊与她赤手空拳地搏斗。她唱得哟！她的声音不再耍弄，反而因苦痛和赤诚变成一股血泉，打开就如一只手有十指，仿佛胡安·德·朱尼[2]雕刻的基督像的双脚，被牢牢钉死，却满是风暴。

---

[1] 盛行于加勒比海各群岛（安的列斯群岛即位于此）的一种宗教，尊女神崇拜。

[2] 胡安·德·朱尼（Juan de Juni，1506—1577），法裔西班牙雕塑家、画家、建筑师。

精魂的到来总是意味着所有形式的剧烈转变。在旧的层面上，它带来前所未有的新鲜感，好似新造的玫瑰，像奇迹一般，给人带来近乎宗教的热忱。

在所有阿拉伯音乐中，无论是舞蹈、吟唱还是挽歌，精魂的出现都会伴随着充满活力的致意，如"安拉！安拉""上帝啊！上帝啊"。这和斗牛时人们说的"好哇"如此相似，谁知道是不是同一个东西呢。而在西班牙南部的所有歌吟里，精魂总是伴随着一声声真挚的呼号出现，如"上帝万岁"。这呼号深沉、绵软、充满人性，来自与上帝的交流。因为精魂搅动声音与舞者的身体，人们得以通过五感与上帝对话。这呼号还实现了一场从世界出发的真正的、诗意的逃遁。如此纯粹的逃离，宛如十七世纪的绝世诗人佩德罗·索托·德·罗哈斯通过七个花园所实现的[1]，也如约翰·克利马科斯用一架

---

[1] 指佩德罗·索托·德·罗哈斯（Pedro Soto de Rojas，1584—1658）的一千一百四十五行长诗《对芸芸众生紧闭的天堂，为寥寥数人开敞的花园》(*Paraíso cerrado para muchos, jardines abiertos para pocos*)。诗人描绘了一座用以独修的花园：它妍丽缤纷，共有七个（转下页）

颤抖的泣诉之梯[1]所完成的。

当然,在这场逃遁成功之后,所有人都会感受到它的影响力:已经入门的人会看到风格是如何战胜贫瘠的内容的;而新手则会被一种莫可名状的真实感受包围。数年前,在赫雷斯的一场舞蹈比赛中,一位八十岁的老妪夺得了大奖。她仅凭高抬双臂,昂起头颅,在舞台上跺了一脚,就打败了一众腰肢如水的俊男倩女。但就在那样一场充满缪斯和天使的集会上,在那个形式美、微笑也美的场合,垂死的精魂拖着它被大地磨得生锈的刀翼,它要赢。最后它赢了。

(接上页)部分,鲜少有人的踪迹。其间的思考也使诗人感喟言语的有限,和通过感受不断创造新的语词的冲动。洛尔迦曾作题为《"对芸芸众生紧闭的天堂,为寥寥数人敞开的花园"——一位17世纪的贡戈拉派诗人》的演讲呼吁大家关注这位几乎已被时间遗忘的诗人。

[1] 指约翰·克利马科斯(John Climacus,约579—649)于公元600年左右所著关于东方基督教的禁欲修道主义论书《神圣攀登的天梯》。全书通过三十章(或三十阶梯)探讨独修和群体修道对攀登最高阶宗教完美的可能性。埃及西奈半岛圣凯瑟琳修道院藏有一幅同名的12世纪圣像画,描绘了克利马科斯引领一群修士正在攀登天梯来接近基督的场面。

所有艺术都能唤醒精魂，但精魂拥有最大发挥空间的，自然还是在音乐、舞蹈和诗歌朗诵中，因为诠释这几种艺术需要鲜活的躯体，也因为这几种艺术处于永恒的诞生和消亡中，它们在精确的当下构建自己的轮廓。很多时候，音乐家的精魂会传递到表演者身上；而有趣的是，在另一些时候，当音乐家或诗人没有精魂时，表演者也可以用他自身的精魂创造一种新的奇观，让作品表面上——仅此而已——看起来仿佛原先就是如此。例如精魂附体的埃莱奥诺拉·杜斯[1]，她找失败的作品，而后通过自己的创造让它们成功；或者歌德所阐释的帕格尼尼，他能让真正平庸的旋律听起来深奥无比；又或者我在圣玛利亚港口看到的一位才女，她边唱边跳糟糕的意大利民歌《噢！玛丽》，但她的一点旋律、一些休止和一份用心让那件那不勒斯次品变得

---

[1] 埃莱奥诺拉·杜斯（Eleonora Giulia Amalia Duse，1858—1924），意大利演员，被认为是有史以来演技最出色的女演员之一，曾多次出演易卜生和邓南遮的戏剧作品。

宛如一条巨蟒,浑身遍布真金。

确实,这就是因为他们找到了一些新的,和以往截然不同的东西。他们给一具表达的空壳灌注了新鲜的血液和智识。

所有艺术,甚至所有国家,都有唤醒精魂、天使和缪斯的能力。比如德国特别亲近缪斯,意大利永远坐拥天使,西班牙则在所有时期都被精魂鞭策着前行。因为西班牙拥有历史悠久的音乐和舞蹈,精魂能在拂晓时榨取出柠檬的汁液;也因为西班牙是死亡的国度。西班牙是向死亡敞开的国度。

在所有国家,死亡都代表着一种结束。它一来到,人们便关上窗帘。在西班牙却不是这样。在西班牙,窗帘要敞开。许多人在家徒四壁中生活了一辈子,直到死的那一天,人们才把他抬出去。西班牙的死者比世界上任何一个地方的死者都要鲜活:他的面庞就如理发师折刀的尖刃一般伤人。对死亡的戏谑,或来自死亡的无言凝视是西班牙人十分熟悉的主题。它横陈于克维多的《骷髅之梦》[1]与巴尔德斯·莱亚尔那烂腐的主教[2]之间;从十七世纪的玛尔贝娅在半路上死于难产,倾吐道:

> 我的血从心肝流淌出来
> 正在慢慢将马倾覆;
> 而你的马扬蹄
> 蹬出火花如沥青般黝黑。[3]

到最近萨拉曼卡的一位年轻人被公牛所伤致死,哀号道:

> 朋友们,我要死了;
> 朋友们,我感觉好糟糕。

---

1 《骷髅之梦》是克维多讽刺文集中的一篇。
2 胡安·德·巴尔德斯·莱亚尔(Juan de Valdés Leal, 1622—1690),巴洛克时期西班牙画家。此处的主教即他的名作《世界光荣的末日》(*Finis gloriae mundi*)前景中离观者最近的一具主教尸体。
3 阿斯图里亚斯地区民间谣曲,被胡安·梅嫩德斯·皮达尔(Juan Menéndez Pidal)收录于1885年版的《民间诗歌集》(*Poesía popular*)。

> 身体里已经有三条手帕了，
> 现在再塞一条就有四条了。[1]

挤满栏杆的硝石花束间，是整个民族在探身观望死亡。若冷酷些，则持耶利米[2]的经文；若柔情些，则倚芬芳的柏木。但在这个国家，一切最重要的终极价值都与死亡相关。

十字褡和车轮，还有尖刀和牧羊人锋利的胡须和蜕皮的月亮和苍蝇和潮湿的橱柜和废墟和镶嵌起来的圣人和石灰和屋檐和阳台伤人的边沿，这一切都在西班牙生长出了死亡之草。它们有其所指，也有自己的声音；它们微小，却对警觉的生灵来说可感可知。也正是它们，用我们自己消逝时那僵直的空气填满了我们的记忆。西班牙的所有艺

---

[1] 萨拉曼卡地区民间谣曲，传至 20 世纪已有多个版本。洛尔迦曾亲自为其中一个版本谱曲，并由恩卡纳西翁·洛佩兹（Encarnación López）演唱，收录于 1931 年的专辑《西班牙民间歌曲集》(*Canciones populares españolas*)。

[2] 《圣经》中犹大国的先知，著有《旧约圣经》中的《耶利米书》《耶利米哀歌》《列王纪上》《列王纪下》。

都和这长满刺菜蓟与硬石的土地难舍难分，这不是巧合；普莱贝里奥[1]的哀叹或大师约瑟夫·玛丽亚·德·巴尔迪维索[2]作品里的舞蹈不是例外；在欧洲所有叙事歌谣中，这一首西班牙的爱情谣曲脱颖而出也并非偶然：

> 如果你是我可爱的女孩，
>
> 那你怎么不看看我呢，你说？
>
> 我以前注视着你的双眼
>
> 现在投给了黑暗。
>
> 如果你是我可爱的女孩，
>
> 那你怎么不亲亲我呢，你说？
>
> 我以前热吻着你的双唇

---

[1] 普莱贝里奥（Pleberio），西班牙中世纪名著《塞莱斯蒂娜》中女主角梅丽贝娅的父亲。在女儿坠塔殉情后，普莱贝里奥回到房间告诉妻子阿莉莎这一惨讯，并发表了长篇独白，喟叹女儿的骤然离去、世界的不公、爱神的残酷和命途的多舛。全书的主体部分结束在这一长段宣泄。

[2] 约瑟夫·德·巴尔迪维索（Josef de Valdivielso，1565—1638），西班牙黄金世纪诗人、剧作家。

> 现在扔向了大地。
> 如果你是我可爱的女孩,
> 那你怎么不抱抱我呢,你说?
> 我以前环绕着你的双臂
> 现在爬满了蛆虫。

那么在我们抒情诗初生的黎明时分,这首歌谣响起也就并不奇怪了:

> 在花园里
> 我将死去,
> 在玫瑰丛中
> 我将被杀死。
> 母亲啊,那时
> 我去采玫瑰,
> 在花园里
> 寻着死亡。
> 母亲啊,那时

我去剪玫瑰,

在花丛中

找着死亡。

在花园里

我将死去。

在玫瑰丛中

我将被杀死。

苏巴朗[1]画笔下被月亮冻结的头颅,油脂的黄混杂着埃尔·格列柯画中电闪时的黄,希贡萨神父[2]写的故事,戈雅的全部作品,埃斯科里亚尔教堂的半圆形后殿,所有的彩色雕塑,欧苏那公爵[3]宅邸的地下室,里奥塞科城的贝纳文特小堂里的

---

1 弗朗西斯柯·德·苏巴朗(Francisco de Zurbarán, 1598—1664),西班牙画家,擅画僧侣、修女、殉道者及静物。
2 希贡萨神父(José de Sigüenza, 1544—1606),西班牙黄金世纪修士、史学家、诗人,擅于以平朴无华的文风讲述教会历史,曾被乌纳穆诺认为是西班牙最伟大的作家之一。
3 "欧苏那公爵"的名号始创于1562年,由国王费利佩二世颁布,至今已传至第二十七代公爵夫人。

"死亡与吉他琴"[1]……与上述高雅文化等同的,是圣安德烈斯·德·特西多村[2]的朝圣节(在他们的节日游行中,死者要占有一席),十一月夜晚,阿斯图里亚斯女人们手执火灯笼唱的挽歌,马略卡岛与托雷多的大教堂里女先知的歌唱和舞蹈,托尔托萨镇至暗的"缅怀祷词"[3],以及耶稣受难日的无数仪式。它们连同极为文雅的斗牛节日,共同组成了民众们关于"西班牙式死亡"的胜利。在这一点上,全世界只有墨西哥能与我的国家比肩。

当缪斯看到死亡来临时,她便关上门,或搭起一尊塑像底座,或展示一个骨灰盒,然后用她的蜡手写下一句墓志铭,但旋即又带着一股在两阵微风间徘徊的寂静重新浇灌她的月桂树。在颂诗残缺

---

1 指贝纳文特小堂中穹顶彩雕的一部分。小堂建于16世纪中叶,位于圣玛丽亚·德梅迪亚维拉教堂中,是西班牙文艺复兴时期最重要的作品之一,被艺术鉴赏家埃乌杰尼奥·德奥尔斯称为"西班牙的西斯廷小堂"。

2 位于西班牙西北部的加利西亚大区,为著名朝圣地。

3 "缅怀祷词"(In record),托尔托萨镇圣周游行期间的一种特别活动,通常由一位小朋友在小号的伴奏下演唱祷词,气氛肃杀,怀有浓厚的悲剧色彩。

的拱顶下,她凄哀地拾起那些十五世纪意大利画家笔下以假乱真的花朵,而后叫卢克莱修[1]那只确有把握的公鸡去轰赶意料之外的阴影。

当天使看到死亡来临时,他便绕圈缓缓飞翔,用水仙与泪滴凝成的冰编织挽歌。我们曾看见那篇章在济慈,在比利亚桑地诺[2]、埃雷拉[3]、贝克尔、胡安·拉蒙·希梅内斯的手中颤抖。但是,当天使感觉到一只哪怕再小不过的蜘蛛栖停在他柔软粉嫩的脚上时,他那害怕的样子哟!

反之,精魂是不会来的,除非它感知到死亡可能会出现,除非它知道能填满死亡的家,除非它确信,那些我们所有人都背负着的,当下没有,也永远得不到安慰的枝条能被它撼动。

---

[1] 卢克莱修(Titus Lucretius Carus,前99—前55),罗马共和国末期的哲学家,代表作有哲理长诗《物性论》。他承认世界的可知性,反对神创论和怀疑论。

[2] 比利亚桑地诺(Alfonso Álvarez de Villasandino,1340 至 1350—约 1424),中世纪西班牙诗人。早年先用加利西亚语写作,1400 年左右开始用西班牙语写作。

[3] 埃雷拉(Fernando de Herrera,1534—1597),西班牙黄金世纪诗人。

精魂热衷在深井边缘,伴着想法、声音、手势,和创作者进行坦诚的搏斗。当天使与缪斯携小提琴和节拍逃走时,精魂选择出手伤人。在这永远无法愈合的伤口恢复的过程中,在一个人的作品中被创造出来的最难得可见的东西就留在了那里。

诗歌的魔力就在于永远被精魂附身,时刻准备用黑暗之水为望向它的人洗礼。因为有了精魂,爱和理解就变得容易,被爱和被理解也肯定能实现。不过,这场为了表达,为了表达得以被交流而进行的搏斗有时在诗歌上却足以致命。

大家回想一下极有弗拉门戈气质与精魂的圣女大德兰。说她有弗拉门戈气质,不是因为她矫捷地经过一头愤怒的公牛三次,并制服了它(尽管她的确这么做了);不是因为她在胡安·德拉·米赛利亚修士[1]面前夸耀自己的容貌;也不是因为她扇过教皇使节一巴掌;而是因为她是极少数被精魂的

---

[1] 胡安·德拉·米赛利亚修士(Juan de la Miseria,1526—1616),那不勒斯画家,主要在西班牙进行艺术活动,曾为圣女大德兰画肖像。

标枪刺穿过身体的人（那不是天使，因为天使从不攻击）。精魂想要杀死她，因为她夺走了精魂最深的秘密。那是一座纤细的桥，缀连五感与那个鲜活肉体、汹涌波涛的中心——超越时间的爱。

圣女大德兰极为勇猛地战胜了精魂，与她相反的是奥地利的菲利普[1]。菲利普渴求在神学和天文学中找寻缪斯、天使，却被冰冷又炽烈的精魂囚禁在埃斯科里亚尔的宫殿中。在那里，几何学与梦境接壤，精魂戴起缪斯的假面，永远惩罚那位伟大的国王。

我们刚刚说了，精魂热爱伤口的边缘。在它迫近的地方，形式与一种热望交融在一起——那是一种比形式本身的可见表达更高的渴望。

在西班牙（一如在数个东方部落间，舞蹈是

---

[1] 即菲利普一世（Felipe I de Castilla, 1478—1506），"疯女"胡安娜的丈夫，曾因与胡安娜的联姻短暂当过两个月卡斯蒂利亚国王，后因病离世。

宗教的表达），精魂能找到无尽疆域之处，有加的斯舞者们的肢体，这是马提亚尔[1]曾赞美的；有歌者们的胸腔，这是尤维纳利斯[2]曾夸奖的；还有与斗牛相关的所有仪式。那是真正的宗教胜景，因为和弥撒一样，斗牛时人们也在崇拜和祭献一位神明。

在这个完美的节庆上，仿佛古典世界的所有精魂都聚拢来了。它是一种文化、一种人们伟大情思的呈现，它发掘了人最好的愤怒、最佳的暴躁、最上乘的号啕。没有人会在斗牛或西班牙舞蹈表演中嬉笑娱乐。精魂借由鲜活形态的表演，承担起令人受苦的职责；它还备好了梯子，让人逃离至周身现实之外。

精魂之于舞者躯体的效用，就如风之于沙。它用魔力，将一位姣美的少女变成月下的瘫痪者；

---

1 马提亚尔（Marcus Valerius Martialis，40—? ），古罗马文学家，出生于现西班牙卡拉泰乌德。
2 尤维纳利斯（Decimus Iunius Iuvenalis），生活于公元1—2世纪的古罗马诗人，其名字在西语中常写作 Juvenal。

或将脸颊绯红的青少年，变成在葡萄酒商店苦求施舍的跛腿老人。它能凭一头秀发复现深夜港口的气息，并在每时每刻操控舞者的双臂，创造出各种表达。它们是所有时代一切舞蹈的母亲。

但精魂永远无法重复。这一点很有趣，值得强调。精魂无法复刻，就像风暴中海的某种形状没法再度出现一样。

在斗牛中，精魂能展现它最摄人心魄的语调，因为它一面需要与死亡搏斗，死亡可能会毁灭它；另一面需要与几何学，与谨慎的分寸鏖战，这是斗牛最重要的根基。

公牛有它的轨道，斗牛士也有他自己的轨道。两条轨道之间有一个危险点，那就是这场可怕游戏的顶点。

一个人可以把斗牛红布的木杆归功于缪斯，把短扎枪说成天使的造物，然后佯装自己是一个好的斗牛士。但在引逗尚无任何伤痕的公牛，和在杀死它的时候，为了直击艺术本真，还是需要精魂的帮助。

在斗牛场里用莽撞惊吓观众的斗牛士不是在斗牛，而是在做任何一个普通人都能做的荒唐事：**玩命**。相反，被精魂啃噬的斗牛士能给人上一堂毕达哥拉斯式的音乐课，让大家忘记他在持续不断地朝牛角投掷自己的心脏。

从斗牛场的拂晓中，"蜥蜴"[1]借罗马精魂，"小何塞"[2]借犹太精魂，贝尔蒙特[3]借巴洛克精魂，"卡甘乔"[4]借吉卜赛精魂，共同向诗人、画家、音乐家们展示了属于西班牙传统的四条大路。

1　指拉菲尔·莫利纳·桑切斯（Rafael Molina Sánchez，1841—1900），人称"蜥蜴"，19世纪西班牙著名斗牛士。
2　指何塞·戈麦兹·奥尔特加（José Gómez Ortega，1895—1920），其外号除了"小何塞"，还有"金鸡小何塞"。二十五岁时在一场斗牛中被公牛的犄角刺伤身亡。
3　胡安·贝尔蒙特（Juan Belmonte，1892—1962），20世纪西班牙斗牛士，被许多人认为是现代斗牛艺术的创始人。
4　指华金·罗德里格斯·奥尔特加（Joaquín Rodríguez Ortega，1903—1984），人称"卡甘乔"，与前述几位斗牛士齐名，同属于西班牙斗牛的黄金时期。

西班牙是唯一一个把死亡当成全国性盛会的国家。在这里，春天来临之际，死亡会吹响长长的号角；在这里，艺术永远被锋利的精魂统摄，并被它赋予截然不同的面貌和创造的价值。

精魂使孔波斯特拉的大师马特奥[1]雕刻的圣人面庞充溢鲜血（这是雕刻史上的第一次）。同一个精魂，让圣十字若望连连呻吟，并焚遍了洛佩笔下十四行宗教诗里赤裸的仙女。

精魂筑造起萨阿贡的高塔[2]，在卡拉泰乌德和特鲁埃尔[3]打磨热砖。也是那同一个精魂，震碎埃尔·格列柯的密云，让克维多诗笔下的法警和戈雅画笔下的喷火怪仓皇逃窜。

下雨时，精魂搬出委拉斯凯兹，他藏在自己君王般灰色画作的背后，被精魂悄然附体；霰雪

1　大师马特奥（Maestro Mateo，生卒年月不详），12世纪活跃于伊比利亚半岛的雕塑家、建筑师，曾牵头修建圣地亚哥-德孔波斯特拉大教堂。
2　指位于西班牙中北部萨阿贡的圣蒂尔索教堂。
3　西班牙阿拉贡自治大区的两个市镇。

时，精魂展示赤身裸体的埃雷拉，让他向世人证明严寒杀不死人；起火时，精魂将贝鲁格特[1]扔到丛丛火焰中，命他创造雕塑界的新空间。

当圣十字若望的精魂途经时，贡戈拉的缪斯和加尔西拉索的天使都要松手放开月桂花环。也是彼时，

> 负伤的小鹿
> 于山丘探身。

当豪尔赫·曼里克拖着即将伤亡的身体抵达贝尔蒙蒂城堡门前时，贡萨罗·德·贝尔塞奥[2]的缪斯和伊塔大祭司[3]的天使都该闪向一边；当梅那[4]泣血的

---

1 阿隆索·贝鲁格特（Alonso Berruguete，1488—1561），文艺复兴时期西班牙画家，矫饰主义大师。
2 贡萨罗·德·贝尔塞奥（Gonzalo de Berceo，约1196—约1264），中世纪西班牙诗人，"学士诗"（mester de clerecía）代表作家。
3 原名胡安·鲁伊兹（Juan Ruiz，约1283—约1350），中世纪西班牙诗人，代表作为叙事长诗《真爱之书》（*Libro de buen amor*）。
4 指胡安·德·梅那（Juan de Mena，1411—1456），中世纪西班牙诗人，代表作为讽喻诗《财富的迷宫》（*Laberinto de fortuna*）。

精魂与马丁内斯·蒙坦尼斯[1]长着亚述公牛头的精魂要过路时，格雷戈里奥·埃尔南德兹[2]的缪斯和何塞·德·莫拉的天使都该为它们开道；就像加泰罗尼亚忧郁的缪斯和加利西亚濡湿的天使也应该怀抱爱与崇敬，望向卡斯蒂利亚的精魂——它离温热的面包和驯顺的耕牛那么遥远，它的天总是被风扫净，山脊也总是干旱荒凉。

克维多的精魂与塞万提斯的精魂，一个携闪耀磷光的绿色银莲花，另一个携鲁伊德拉[3]的石膏花，共同完成西班牙精魂的组画。

每种艺术都拥有一个形态、方式与其他艺术不同的精魂，这显而易见。但所有精魂的根系都汇聚在同一点上。从那里，曼努埃尔·托雷的暗黑之

---

[1] 胡安·马丁内斯·蒙坦尼斯（Juan Martínez Montañés, 1568—1649），西班牙雕塑家，其作品既有文艺复兴时期的简朴节制，又有巴洛克时期的深沉。

[2] 格雷戈里奥·埃尔南德兹（Gregorio Hernández, 1576—1636），历史上也叫 Gregorio Fernández，巴洛克时期西班牙雕塑家。

[3] 鲁伊德拉，西班牙城市，位于卡斯蒂利亚-拉曼恰大区。《堂吉诃德》中，堂吉诃德与桑丘曾多次谈论并经过鲁伊德拉市。

声流泻而出。它是木材、乐声、画布、语词中不受控制且惊恐战栗的终极材料与共同根基。

在暗黑之声的背后,在温柔的亲密中,有火山、蚁群、微风,还有硕大的夜在把腰肢抵向银河。

女士们、先生们,我竖立起三道拱门,并用拙手把缪斯、天使和精魂放在里面。

缪斯静止不动,她可以穿着织有细褶的丘尼卡,长着一双牛眼在庞贝古城目光凝然,或者像她的挚友毕加索给她画的那样,一个鼻子撑满四张脸。天使可以挥动安托内洛·达·梅西那[1]的头发,拨弄利皮[2]的丘尼卡,把玩马索利诺[3]或卢梭的小提琴。

---

1 安托内洛·达·梅西那(Antonello da Messina,约1430—1479),文艺复兴早期意大利画家。
2 即菲利普·利皮(Filippo Lippi,1406—1469),文艺复兴时期意大利画家。
3 马索利诺(Masolino da Panicale,约1383—约1447),文艺复兴时期意大利画家,可能是最早使用透视法中"中心消失点"的画家。

而精魂……精魂在哪里呢？那座空荡荡的拱门间，一阵灵魂之风袭来，它执着地刮过死者的头颅，以找寻全新的风景与未知的韵调。这阵风味宛如婴孩的唾液、新收割的青草、美杜莎的面纱——它宣告着新生物永恒的洗礼。

想象·灵感·逃离[1]

I

《格拉纳达保卫者报》载文
格拉纳达，一九二八年十月十一日

换句话说，演讲者在开场时说道，这三个层次、这三种阶段，是所有真正的艺术品、所有在其轮回里消亡又重启的文学史、所有能意识到因上帝赐恩而手握珍宝的诗人共同追寻与走过的。

我非常清楚讲述这个主题所蕴含的困难。因

---

1 由于手稿遗失，我们只能从1928—1930年间散见的新闻稿里找到与原讲演相关的记录。洛尔迦曾在格拉纳达、马德里、纽约、哈瓦那、圣地亚哥（古巴）、西恩富戈斯等地朗读本文，但每次所讲的内容稍有不同。——西班牙语版编者注

此，我想做的不是下定义，而是强调；我不想描绘，但想给大家启示。诗人的使命是：赋魂，且正是以这个词精确的意思——赋予灵魂。但你们不要问我真假之间的区别，因为"诗的真理"是一个会随着讲者的不同而改变的概念。在但丁那里是光明的，在马拉美那里可能就是丑恶。而且想必大家都已经知道，诗歌艺术深受人们喜爱。不要说"这很晦暗"，因为诗歌是清澈的。也即，我们需要"精神饱满地、努力地"找寻"诗歌，以便让它为我们尽心效力。我们需要先完完全全地忘记诗歌，这样才能让它赤裸地坠入我们的臂弯。诗的守望者和人民都是这么做的。而诗歌无论如何也不会接受冷漠。冷漠是魔鬼的扶手椅；但也正是冷漠，套上'才能'与'文化'的奇装异服，在公共场合侃侃而谈"。

演讲者首先阐释了他心目中"想象"的概念，以及想象在艺术领域的效用。他说道：

在我看来，想象力的近义词是发现事物的能

力。想象、发现，把我们仅有的一点光亮带到那片活跃的暗影里。那里有无穷的可能性、形式、数字。人们来去的隐形现实中存有许多碎片，想象能将它们固定，赋予它们清晰的生命。

想象的亲女儿是"隐喻"，它时而诞生于直觉的迅猛一击，并在预感的缓长苦痛中获得启迪。

但想象受到现实的制约：人无法想象不存在的东西；想象需要物件、风景、数字、星球，而后借由最纯粹的逻辑明确它们之间的关系。想象无法一下跃进深渊，也无法脱离现实概念。总的来说，想象是有视野的，它想把所有能包络的东西描绘出来，变得具体。

而诗歌的想象四处漫游，改造事物，赋予它们最纯粹的意义，并建立人们此前从未设想过的联系。但诗歌的想象永远永远只对最纯粹、最确切的现实起作用。它身处我们人类的逻辑中，被理智掌控。诗歌的想象与理智密不可分。它独特的创造方式依赖于条理和界限。正是想象创造了东、南、西、北四个基点,揭示了事物之间的缘由,但它从来没能像来去自由、毫无羁绊的"灵感"一样,把双手弃置于既无逻辑、又无意义的焦躁中。想象是所有诗歌的第一步,也是地基。有了它,诗人就能建造一座可以抵抗各种元素和疑谜的高塔。它难以攻占,且它命令,诗人就听从。但最奇美的鸟儿和最闪耀的亮光却几乎总能逃过它。一位纯靠想象的诗人(我们暂且这么称呼)很难用作品创造强烈的情感。当然,他能靠创作技巧制造浪漫主义那种典型的音乐式情感,但总是缺乏属于纯正诗人的深刻性和精神性。要描摹纯洁、不受控制、没有藩篱的感情,或创造完整的、拥有新法则的诗歌,这一类诗人当然无能为力。

想象是贫瘠的,而诗歌的想象更甚。

人们可见的现实,以及世间的、人类的诸种行为远比想象所能发现的要多彩,也更富有诗意。

这一点频频见于科学现实与想象神话间的斗争中。感谢上帝,科学胜出了,它简直比神谱诗意千万倍。

　　人类通过想象创造了巨人，然后推诿说巨人建造了天然岩洞，或者说岩洞是闹鬼的城市。可随后，现实告诉我们岩洞其实是通过水滴形成的——仅仅由永恒的水，耐心地，一滴一滴铸成。和很多其他例子一样，在这里，现实获胜了。水滴的本能比巨人之手更美丽。现实的真相胜过了诗歌的想象，也就是说，想象察觉到了它自身的贫瘠。当想象把看起来仿佛出自巨人的作品归功于巨人时，它完全符合逻辑。但极具诗意且在逻辑之外的科学现实点出了洁净、永恒之水的真相。比起说岩洞是几个巨人任性的造物，说这任性来自紧缚于永恒法则之下的神秘水滴可要瑰丽得多，因为前者的意义仅仅在于提供了一种解释。

　　诗人漫步时总要途经想象，且会受其限制。诗人已经知道他的想象力可以取悦人，也知道训练想象能让它更丰沛，能伸长它的天线，拓宽它的发射波。但诗人始终会处于一种"我想，却不能"的悲伤中，与他的内心世界一同孤绝于世。

他能听见大江大河的奔涌；那些"不在任何地方"摇曳的灯芯草也将葱郁的气息传至他额前。他想感受那些惊人的枝条下昆虫间的絮语。他想探进参天大树黢暗的寂静中那树汁流淌出的音乐里。他想弄懂沉眠少女心中吐露的莫尔斯电码。

他想。我们所有人都想。但他不能。因为当他试图点明这任意一个目的的诗歌真相时，他都必定需要依赖人间的情愫，诉诸见过、听过的感受。他会在事物的外观间寻找类比，但表达出来却从不恰当。因为，孤零零的想象永远无法抵达那样的深度。

只要诗人不企图与这个世界剥离开来，他就能欢欣地活在那光辉的贫寒中。全宇宙所有的修辞种类、诗歌流派，远至日本的诗歌形态，都有各自的奇美道具室，其中各种太阳、月亮、百合、镜子、忧郁的云朵可供全世界所有纬度、所有智力层次的人使用。

但欲求从想象中脱身的诗人,或想只靠真实事物创造的意象过活的诗人,便会停止做梦,也会停止"想要"。他不再"想要"了,他"深爱"。他从灵魂的某项举动"想象",过渡到灵魂的某个状态"灵感"中。他从理析过渡到信仰中。在后者这里,事物是什么样就是什么样,没有结果也没有原因可以解释。在这里,终点和界限都已消失,唯余令人敬佩的自由。

诗歌的想象有着人类的逻辑,而诗歌的灵感有着独属于诗歌的逻辑。曾经习得的技巧不管用了,也没有哪种美学准则能指导行动。如果说想象是对事物的发现,灵感则是一种天赋,是一份无法言明的礼物。

接下来,演讲者细致地分析了灵感的机制,并举例详解了"想象""灵感"这两个前文提出的概念。

之后,他开始解释灵感激发出的"诗歌现实"。

据演讲者说,这是一种有自己生命、有全新法则、打破一切逻辑束缚的"现实"。一种属于自身的诗歌,其间的秩序与和谐都只属于诗歌。最近几代诗人致力于将诗歌削减为对诗歌现实的创作,遵循诗歌现实所自含的规则,完全不听从逻辑推理的声音,也不管想象是否平衡。他们试图把诗歌从情节、精准的意象和诸现实层面解放出来。这也就等同于把诗歌放到最纯净、最简单的层面上。它意味着一种不同的现实,意味着朝向未开发的感情世界跃进,也意味着赋予诗歌一种行星般的特质。通过梦境,通过潜意识,通过一条灵感赠予的独特现实所指示的明路,从物理现实中"逃离"出来。

逃离想象世界的诗等于回避了人们现在所理解的美与丑,它会进入一个惊人的诗歌世界,时而温柔满溢,时而残暴至极。

演讲者举了一些与回避相关的例子。最后,他把"想象""灵感""逃离"这三个概念,也就是本场演讲的基底,应用到某些经典流派和当下欧洲最主流的（以及最现代的）美学流派中。最终，他得出结论，认为归根结底，一切追寻纯粹的艺术都会逃离到诗歌中去。他说，在我们所处的时代，这是一种非常典型的现象，所有艺术都首先选取属于诗歌的表达，拥有诗歌的特点。

听众们对加西亚·洛尔迦先生报以热情而诚挚的掌声。

II

《太阳报》载文
马德里，一九二九年二月十六日

周六，诗人费德里科·加西亚·洛尔迦在文艺协会发表了关于"想象·灵感·逃离"的学术演讲。当天人头攒动，在场听众不乏我们当前知识界的重要人物。洛尔迦如此开场：

在一场于学生公寓举办的私人聚会中，建筑

师柯布西耶说，西班牙这个国家最令他喜爱的是一句短语，叫"单刀直入"（dar una estocada），因为它表达了直接切入主题的深刻意愿，以及迅速掌握主旨，不停留在无关紧要的内容上的渴求。

我也支持（洛尔迦补充道）这单刀的朝向，但当然，我的"单刀"不会那么洁净、轻巧。公牛（主题）就在前方，我需要将它杀死。即便我有好意也没用。

接下来，洛尔迦提到，几乎所有艺术最坚实的基础都在想象上。想象力的近义词是发现事物的能力。

我不相信创造，我相信发现；就像我不相信独坐的艺术家，而相信行路的艺术家一样。想象的亲女儿是"隐喻"，于情理如此，于逻辑亦然，它通常诞生于直觉的迅猛一击，并在预感的缓长苦痛中获得启迪。想象受到现实的制约：人无法想象不存在的东西；想象需要物件、风景、数字、星球，而后借由最纯粹的逻辑明确它们之间的关系。想象拥有视野，它想把所有能包络的东西描绘出来，变得具体。想象在理智上盘旋，就像馨香在花朵上游离但不脱离花瓣一般。香气随风飘荡，但总是倚靠在它的源头上，倚靠在花朵那难以详述的中心上。

一位纯靠想象的诗人（我们暂且这么称呼）很难创造强烈的情感，因为他的诗歌全都经过理析。要说那种专属诗歌的情感，他当然无能为力。他能靠创作技巧和对语言的纯熟掌控，制造浪漫主义那种典型的音乐式情感，但总是缺乏属于纯正诗人的深刻性和精神性。

诗人加西亚·洛尔迦厘清了客观现实和想象间的区别，而后通过科学现实和想象神话的极佳例子，证明了前者更优一筹。

他谈及灵感，说道，诗歌的想象有种人类的逻辑，而诗歌的灵感有种属于诗歌的逻辑。灵感是一种信仰的状态，它处于最绝对的谦卑中。在诗歌里，我们需要一种坚决的信仰，一种物质和精神都趋近完美的状态，也需要知道如何猛烈地抵制一切让我们妥协的诱惑。灵感很多时候都直接抨击智慧和事物的天然本性。我们需以孩童之眼谛视，并渴求月亮。我们不仅要渴求月亮，还要相信它真的会出现在我们手上。

想象从四面八方剧烈地抨击一个主题，而灵感不假思索地接受它，将它包裹在意外的、跃动的光里，仿佛那些硕大的食肉花朵裹住因害怕而抖颤的蜜蜂，之后无情的花瓣析出酸涩的汁液，将蜜蜂溶解。

想象和智慧相关，它有条理，充满平衡。但灵感有时并不连贯，它不认识人类，经常把青紫的蠕虫放在我们缪斯清澈的双眼中。因为它想。这是我们不能理解的。想象可以带来或赋予一种诗意的氛围，而灵感可以激发诗歌现实。

听众们十分恭顺，已然被加西亚·洛尔迦的风趣所俘获。这时，诗人继续大放异彩，拿出一些与"诗歌现实"相关的鲜活而独特的例子。诗歌现实不能被任何东西控制。我们只能像接受流星雨一般接受它。洛尔迦又补充道，诗歌可以从理性分析那冰冷的爪下逃离、躲避，我们应该为此感到高兴。

这种诗性的逃离可由多种方式实现。超现实主义使用了梦境和属于梦境的逻辑来逃离。在梦的世界，那极致真实的梦的世界中，毫无疑问存在着拥有真正情感的诗歌准则。但这种通过梦境或潜意识实现的逃离，虽然非常纯粹，却不太清澈。我们拉丁族裔的人喜欢清晰可见的轮廓和奥秘。即形态与性感。

讲演者解释了何为"朝向逃离的诗歌"，以海涅为例讲述了讽刺对诗歌的影响，并认为贡戈拉是想象诗人的典范，而灵感诗人的代表则是圣十字若望。

加西亚·洛尔迦用接下来的话结束了他关于最新美学思潮的演讲：

这就是我当下的一点想法，它关乎我自己正在耕耘的诗歌。说当下，是因为这是今天的思绪。

我不知道明天自己会怎么想。作为一名真正的诗人，我不仅现在是诗人，也终将是，一直是，直到我死的那一天。因此，我将不停地鞭笞自己，以期有朝一日，那绿的或黄的血泉必能为了信仰从我身体里涌出。我什么都会做，但我绝不会在窗前盯着同一幅风景一动不动。诗人之光就在于驳斥。当然，我没有企图说服任何人。如果我摆出那样的姿态，那将令诗歌不齿。诗歌不需要拥护者，它需要爱好者。它拿出黑莓的荆棘和玻璃的刺，目的是让找寻它的双手为了爱遍体鳞伤。

诗人获得了热烈的掌声。

《公正报》载文

加西亚·洛尔迦以"灵感·情感·想象"（原文如此）为主题发表了学术演讲。他深知所讲内容精细、艰涩，于是他想"单刀直入"。他做到了。据他解释，"单刀直入"是建筑师勒·柯布西耶钟爱的一句西班牙语短语,他认为这是简洁扼要的代表。

讲演开场时,加西亚·洛尔迦表示,诗歌就如信仰,它不应该被人理解,反而人们应该像得到恩惠一般接受它。想象没有创造事物,而是发现了事物——它没有创造任何东西。当它想尝试创造的时候,它就被现实之美击败了。想象拥有机制,它适当地被排布、框限。灵感(?)用属于它自身的欺骗、吸引等机巧捉拿意象。有时,这场猎捕可以很辉煌,但最绚丽的鸟儿却几乎不回应召唤。无论如何,意象都在现实中聚积。

最美的神话却比现实本身贫乏,也比现实那些不可避免的意外贫乏。洛尔迦说,"日食或月食是天文学上为了清洁而存在的一种程式,它远胜过一众推测"。我们的诗人洛尔迦"想要"理解那些奥秘,而这正成了他的罪过:想要。不该想要,而该深爱。深爱的人是不会单纯想要的。至纯的灵感,那种不希冀被理解,甚至逃避被理解的灵感,是想象的敌人。灵感可以通过某类神秘的程式获得，而诗人洛尔迦不曾决定向我们揭露它。但他的确提出，为了接受灵感，我们应该把自己置于一种物质和精神都近趋完美的状态中，并猛烈地抵制"一切让我们妥协的诱惑"。

洛尔迦快速地在雅各·德·佛拉金[1]的《黄金传说》收录的圣迹间翔游了一番，并讲述了圣彼济达[2]的传说。在圣母的指间，鲜活的回响、繁盛的花枝、祭坛木质的巢穴安然群集。圣迹是一种表达纯粹情感，表达不可言喻之美的形式。为了加以例证，洛尔迦举了自己《吉卜赛谣曲集》中的诗句：

绿啊，我多么爱你这绿色；
绿的风，绿的树枝。

---

1 雅各·德·佛拉金（Jacobus de Voragine, 1230—1298），基督教圣人，第八任热那亚总教区总主教，作有殉教者列传《黄金传说》（*Legenda dorada*）。
2 圣彼济达（Santa Brígida, 1303—1373），瑞典神秘主义者，1391年被奉为圣人。

上述两句有非常强烈的民俗风格；还有《为爱而死》中的

> 千万个水晶的手鼓
> 割伤了黎明

洛尔迦还列举了一些在他看来内部关系不那么复杂的意象。

他说，诗歌应该被镀上一层行星的质感，也应尽力逃离一切既已存在的美学范式。他还提到胡安·拉蒙·希梅内斯，认为希梅内斯无疑是这场诗歌运动（为了不让它裹足不前，我们不把它称为某一"流派"）卓越的启发者。进而，洛尔迦解释了希梅内斯与超现实主义者间的区别，称后者是在梦境与潜意识的世界中寻觅灵感的。与他们相比，海涅则是纯粹情感者（逃离者？）的典型代表，但他试图用讽刺的语调为自己的意象正名，这令他魅力大减。

洛尔迦列举了西班牙诗歌的一些新标杆人物：拉瑞亚[1]、迪埃戈[2]、阿尔贝蒂[3]、纪廉[4]和萨利纳斯[5]。他说当前的这个诗歌流派是一种复兴，一种与立体主义成熟期的学院教条相抵抗的"回归自然"。它给我们上了艺术界最惊人的一课。

洛尔迦在讲演结束时说道，我们正处于一个诗歌艺术凌驾于所有艺术之上的时代。诗人真正该做的，是将虚假表达的危险焚烧殆尽，因为诗歌不需要拥护者。它需要爱好者。

1　胡安·拉瑞亚（Juan Larrea, 1895—1980），西班牙诗人、散文家，内战后从西班牙流亡至墨西哥，最终在阿根廷去世。

2　赫拉尔多·迪埃戈（Gerardo Diego, 1896—1987），西班牙诗人，"二七年代"重要成员，西班牙皇家语言学院成员，1977年塞万提斯奖得主。

3　拉法埃尔·阿尔贝蒂（Rafael Alberti, 1902—1999），西班牙诗人，"二七年代"重要成员。早年从事绘画，后转向诗歌创作。

4　豪尔赫·纪廉（Jorge Guillén, 1893—1984），西班牙诗人、文学批评家，"二七年代"重要成员，1976年塞万提斯奖得主。

5　佩德罗·萨利纳斯（Pedro Salinas, 1891—1951），西班牙诗人、翻译家，"二七年代"重要成员，内战后从西班牙流亡至美国，直至去世。

III

《诗歌的三种模式》

《新闻报》载文

纽约，一九三〇年二月十日

接下来，洛尔迦朗读了一些讲稿。它们探索了新诗，也即洛尔迦本人正在耕耘的诗作的创作方法。这也是他现在的信仰。据他所言，这种信仰没有确定的疆界，也不像其他教条那么狭隘。但他也称，我们正一日日地见证着它以临时信仰的姿态逐渐变得明确、拥有定义。不过它将一直是信仰，直至最终，因为这是成功筑造任何东西的唯一途径。

洛尔迦是一位不知疲倦的行路诗人和探索者。为了挣脱外部羁绊，他说自己对待诗歌的姿态兴许会分化出诸多不同的路径。但他坚称，它们将永远以纯火附身，以焚毁虚假表达的危险。

他首先言及想象诗歌。想象是一切诗歌的地基与第一步。这种清澈的诗作全仰赖想象而活，但它冷漠、干瘪，被现实和逻辑围困，拥有确切的视野，无法"像来去自由、毫无羁绊的'灵感'一样，把双手弃置于既无逻辑、又无意义的焦躁中"。

他说，一位纯靠想象的诗人很难用作品创造强烈的情感。当然，他能靠创作技巧和对语言的纯熟掌控制造浪漫主义那种典型的音乐式情感。但面对纯洁、不受控制、没有藩篱的感情，或面对完整的、有新的法则、天清气朗的诗歌，这一类诗人当然无能为力。

想象的行动场域很小，它组织得太过紧密，且每时每刻都败给美丽的客观现实。因此，对于欲求从敌对世界中脱身的诗人，他的想象场将令他自己难以忍受。于是，他会从灵魂的某项举动"想象"中，过渡到灵魂的某个状态"灵感"中。他不再想象，不再做梦。他从想要变成深爱。

在这里，洛尔迦表达了自己对纯粹、真正灵感的热忱，以及对灵感所带来的"诗歌现实"的兴奋。"没有终点，没有界限，没有可供解释的规则。只有令人敬佩的自由！"

他举了《吉卜赛谣曲集》中的几首诗作为例子，说它们包含无限的"诗歌现实"——纯粹、无法解释，偶尔因处于想象诗歌的范畴而被忽视。

现代诗人们企图的正是抵达"诗歌现实"所导向的纯净、简单的层面。拉瑞亚在一首诗中称其为"那个以清白天真的模样走近我的存在"。

洛尔迦称这种诗为"朝向逃离"的诗歌。它可以通过多种方式实现。超现实主义便借用了梦境。在那极致真实的梦的世界中，毫无疑问存在着真正可靠的诗歌准则。但他认为这种通过梦境或潜意识实现的逃离，虽然非常纯粹，却不太清澈。

我们西班牙人喜欢清晰可见的轮廓和奥秘，即形态与性感。超现实主义可以在北部国家扎根（当下的德国艺术便是生动的例子），但西班牙的历史蕴藏着属于烈酒的梦，它也能为我们自己的超现实主义正名。

因此，在西班牙，诗歌的逃离通过至纯的诗歌现实来进行。

谈到西班牙诗歌史，洛尔迦以两位分别能代表想象诗人和灵感诗人的大作家为例。他们是贡戈拉和圣十字若望。

贡戈拉代表完美的想象、平衡的语词、精确的描摹。他笔下没有谜团，也不存在失眠。圣十字若望则是他的反面，是翱翔与热望，是对远景的渴求和纵情的爱。贡戈拉是学院，是语言与诗歌令人畏惧的教授。而圣十字若望则永远会是各种元素的门徒，是那个用脚趾摩擦山峦的人。

此前，西班牙诗歌界的整个年轻一代对贡戈拉的推崇，与立体主义的发展成熟相辅相成。立体主义是纯粹理性的绘画，在色彩和雕琢上都十分朴素，它曾在极为卡斯蒂利亚式的胡安·格里斯身上达到巅峰。

但总的来说，画家与诗人在纯粹的立体主义微风袭过之后，都将目光转回**纯粹直觉。他们重新**

返回不受控制的原始创作，重回直接情感那眼极清爽的甘泉边，在他们自己已被发觉的灵魂压抑不住的力量旁休歇。

关于这群纯粹的西班牙诗人，洛尔迦做出如下评述：

胡安·拉瑞亚和他的学生赫拉尔多·迪埃戈以相互接续的诗歌现实为基底筑造诗作。他们越来越不取意象，羽翼也越来越白净。

除了他们，拉法埃尔·阿尔贝蒂也把诗歌带向了一座峰顶，它俊美、难以企及、被永恒之风浸透。在阿尔贝蒂对岸，天赋异禀的魔法师豪尔赫·纪廉为语言注入了一丝闪耀着磷光的生气，在整个卡斯蒂利亚语诗歌中，它显得机敏、神秘。还有开明且谦虚至极的佩德罗·萨利纳斯，把诗歌扔到空无一人的客厅里，微尘之上闪烁着隐秘的大师踪迹。

由胡安·米罗领衔的西班牙青年画家们足迹相仿，他们一步步战胜造型诗歌的困难。

最后，洛尔迦认为，当前时代，诗歌艺术凌驾于所有艺术。在毕加索最新的个展之后，我们已经可以察觉到整个绘画艺术正向着创造奇迹的领域移动。

造型艺术变得充满诗性，其目的是汲取鲜活的汁液，并消除立体主义最后一个阶段中已然无关紧要的阵痛。

IV

《诗歌的机制》
《海滨日报》载文
哈瓦那，一九三〇年春

开场几句话，洛尔迦首先回忆了他的学生时代。彼时，他常模仿在马德里学生公寓开讲座的人。那一大群他的戏弄对象中，不仅有迷人的、发丝如细铁的切斯特顿[1]，描绘古老传奇人物的独臂

---

[1] 吉尔伯特·基思·切斯特顿（Gilbert Keith Chesterton，1874—1936），英国作家、文学评论家、神学家。

诗人桑德拉尔[1]，还有干瘪似一具埃及猫木乃伊的卡特先生，和风格古典的保罗·瓦雷里——他的单目镜常常变成蝴蝶飞走，这让他十分不悦。接着，洛尔迦说，但今天上午，我将和朋友们一道戏弄自己，这样我讲话就能显得不那么文绉绉，也不会暗中掉书袋了。尽管作为演讲者，我不得不那么做。

接下来，洛尔迦直入主题，就"诗歌的机制"讲道，你们不要问我孰真孰假，因为"诗的真理"这个概念会随着讲述方式的不同而改变。在某位诗人那里是光明的，在另一位那里可能就是丑恶。而且当然，请大家明白，诗歌本来就不是用来让人弄懂的。诗歌是用来被接受的；它不能被分析，它只能被热爱。不要说"这很简单"，因为诗歌是深涩的；但也不要说"这很难懂"，因为诗歌又是清晰的。

为了让诗歌赤裸地坠入我们的臂弯，我们需

---

[1] 布莱斯·桑德拉尔（Blaise Cendrars, 1887—1961），法语作家，出生于瑞士，后入法国国籍。

要先忘记它，完完全全地忘记它。洛尔迦继续说道，诗歌无论如何也不会接受冷漠。冷漠是魔鬼的扶手椅；但也正是冷漠，套上"才能"与"文化"的奇装异服，在公共场合侃侃而谈。

我们的诗人，也是昨日的演讲者，将最宏阔的论述献给了"想象"（……）：

对我而言，想象力的近义词是发现事物的能力。想象即发现，也就是把我们的光源带到生活的暗影中，那里有无穷的可能性、形式、数字。我不相信创造，我相信发现；就像我不相信独坐的艺术家，而相信行路的艺术家。想象是世界上用以发现的精神工具，是发光的探索者。人们来去的隐形现实中存有许多碎片，想象能把它们描画出来，赋予它们生命。

洛尔迦说，想象的亲女儿是"隐喻"，于情理如此，于逻辑亦然，它时而诞生于直觉的迅猛一击，并在预感的缓长苦痛中获得启迪。

洛尔迦接着解释，想象与现实密不可分。他

说，想象无法置身空白之中，也无法在没有关联的情况下创造关联。

创造的关键方式被称为机制。而想象的机制需要秩序和界限（……）：

想象创造了东、南、西、北四个基点，揭示了事物之间的缘由，也为许多东西命名，但它从来没能像来去自由、毫无羁绊的"灵感"一样，把双手弃置于既无逻辑、又无意义的焦躁中。

想象是所有诗歌的第一步，也是地基。它是月光笼罩下的绿野，其上偶尔栖息着一些翅翼如昆虫、镍身似行星的透明飞机——它们属于无拘无束、不近人情的灵感。

属于诗歌的想象机制在所有时刻都是一样的：集中、腾跃、飞行、猎捕意象、满载宝物凯旋、对猎物进行分类和遴选。诗人掌控着他的想象，想把它带到哪儿就带到哪儿。如果对想象的服务不甚满意，诗人就惩罚它，并再度将它派出，就像猎人让迟钝的狗捕猎一般。

一位纯靠想象的诗人很难创造强烈的情感,因为他的诗歌全都经过理析。要说那种专属诗歌的情感,他当然无能为力。他能靠创作技巧和对语言的纯熟掌控制造浪漫主义那种典型的音乐式情感,但总是缺乏属于纯正诗人的深刻性和精神性。

人类通过想象创造了巨人,然后推诿说巨人建造了天然岩洞,或者说岩洞是闹鬼的城市。可随后,现实告诉我们,这些岩洞和闹鬼的城市其实是通过水滴形成的。仅仅通过永恒的水,耐心地,一滴一滴铸成。

和其他很多例子一样,在这里,现实战胜了想象。

想象的行动场域其实很小,虽然看起来似乎相反。它组织得太过紧密,且每时每刻都败给美丽的客观现实。

诗人处于一种"我想,却不能"的悲伤中,与他的内心世界一同孤独于世。无人能听见寂静中大江大河的奔涌,他却可以。那些"不在任何地方"

摇曳的灯芯草将葱郁的气息传至他额前。他想感受在苔藓间穿梭的风之对话。而由半轮明月垂下的光绳直接甄选出的隐秘枝条，则是那些风的藏身处。

他想探进参天大树黢暗、牢固的寂静中那浆液流淌出的音乐里……

他想俯按双耳，弄懂沉眠少女心中吐露的莫尔斯电码。

他想。他想。我们所有人都想。他想。但他不能。

不过，对于欲求从敌对的世界中脱身的诗人，他的想象场便已然令他自己难以忍受。我们知道，靠想象活着是很悲伤的。靠真实事物制造的诗歌活着是很累人的。因此，诗人不再想象了。他不再做白日梦，也不再想要了。他开始深爱。他深爱，他便能够。他从想要变成深爱。而深爱的人是不会停留在想要的。

他会从灵魂的某项举动"想象"中，过渡到灵魂的某个状态"灵感"中。他从理析过渡到信仰中，从想象过渡到灵感中。

之前是探索者的诗人，现在只是一位谦逊的普通人，一位能在其背上感到一切事物不可抗拒之美的人。没有终点，没有界限，没有可供解释的规则。只有令人敬佩的自由！

一如诗歌的想象有种人类的逻辑，诗歌的灵感有种诗歌的逻辑。

在这里，事物是什么样就是什么样，没有结果，也没有原因可以解释。灵感是一种信仰的状态，它处于最绝对的谦卑中。

而后，诗人分析了诗歌现实，以及诗歌中的圣迹。他提到贡戈拉和圣十字若望，说第一位是逻辑想象的大师，而第二位是崇高的灵感启迪者。第一位身处大地上最高的山峰之巅，而第二位则在星球上，峰峦只是他的植物。

二、深歌

深歌：安达卢西亚原始歌吟的历史与艺术[1]

今晚，大家齐聚艺术中心大礼堂，来听我讲这一番真诚、谦卑的话。我希望能说得清楚、深刻，让大家感受到安达卢西亚原始歌吟"深歌"的艺术魅力。

广大知识分子和其他热心朋友资助我们举办的深歌大赛，不过是给我们敲响了一声警钟[2]。各位，人民群众的音乐灵魂正面临着极大危险！我们整个种族的艺术珍宝正逐渐被遗忘！可以说，每过一天，繁茂的安达卢西亚抒情大树就掉落一片叶

---

1 本文是洛尔迦1922年2月19日在格拉纳达艺术中心所发表演讲的文字稿，于1922年2月23日至3月5日在《格拉纳达新闻报》连载。——西班牙语版编者注
2 指1922年6月13—14日举办的首届格拉纳达深歌大赛。洛尔迦为赛事的主要发起人之一。

子，老人们带着那些前代人传承下来的无可估量的瑰宝踏进坟墓。然而当前，粗俗愚蠢的现代短歌带来了强烈冲击，正在搅浑全西班牙美妙的民俗艺术氛围。

我们想完成一项有尊严的爱国事业，那是一种拯救，一份热忱和爱。

所有人都听说过深歌，也或多或少知道它是什么。但几乎可以肯定，只要不是从深歌的历史、艺术重要性开始接触它的人，都会留下一种错误的印象：小酒馆、发酒疯、咖啡店里的舞台、荒唐的助兴叫喊……总之，最刻板的西班牙那一套！我们应该为了安达卢西亚，为了我们千年的灵魂和我们独一无二的心，避免这一切发生。

想要批评我们神秘的魂灵中最激情、最深沉的歌吟，说它是下流的、肮脏的，这绝无可能；想要把那根联结我们与捉摸不透的东方的纽带系附在吵闹娱乐的吉他琴上，这绝无可能；想要用专事粗鲁的人那浑浊的酒玷污我们歌吟中最坚强的部分，也绝无可能。

属于西班牙音乐家、诗人、艺术家的时间到了,我们应秉持着对话的本能,聚集在一起,肯定并颂扬这些歌吟显而易见的美与影响力。

倘若把本次大赛的"爱国""艺术"等概念和在墓地里唱曲调夸张、内容荒唐的挽歌歌者联系在一起,就会造成一种彻底的误解,一种对我们所筹划的内容全然的无知。不过,看到这次活动的消息,任何一个对其不甚了解的明理之人都会问:"那什么是**深歌**呢?"

在继续深入之前,我们需要首先分清深歌与弗拉门戈歌谣。它们在古老程度、音乐结构、歌曲特点上都有本质区别。

在名为"深歌"的一类安达卢西亚民歌里,最典型、发展最完好的一种叫吉卜赛断续调(siguiriya gitana)。由断续调还生发出了一些仍在民间存留的曲式,如波罗舞曲(polo)、打铁调(martinete)、囚徒歌(carcelera)、孤调(soleá)等。而其他一些诸如马拉圭尼亚调（malagueña）、格拉纳达调（granadina）、隆德尼亚调（rondeña）、佩特内拉调（petenera）等民谣，充其量只能算是前述诸种的后续，无论在音乐结构还是旋律上，都有所区别。后面这些被人们称为弗拉门戈歌谣。

大师曼努埃尔·德·法雅[1]是西班牙真正的荣光、本次大赛的灵魂人物，他认为当今几乎已消失的卡尼亚调（caña）和普莱耶拉调（playera）在原始风格上与断续调和它的变体们是一样的。法雅相信这两种歌吟在不久的过去曾是断续调的变体。而且，他基于相对较新的文献，认为在十九世纪的前三分之一时间里，卡尼亚调和普莱耶拉调曾高居今天断续调的位置。埃斯特万尼斯·卡尔德隆[2]在他精美至极的《安达卢西亚场景》中曾提醒我们，卡

---

1 曼努埃尔·德·法雅（Manuel de Falla, 1876—1946），西班牙民族乐派代表作曲家，20世纪初最重要的音乐家之一。
2 塞拉芬·埃斯特万尼斯·卡尔德隆（Serafín Estébanez Calderón, 1799—1867），西班牙风俗主义作家、诗人、历史学家、弗拉门戈研究者。

尼亚调是西班牙原始歌吟的主干曲种，其源头能上溯阿拉伯与摩尔人文化。卡尔德隆还特别敏锐地察觉到，"卡尼亚"（caña）这个词与阿拉伯语中的"gannia"，也就是歌曲，几无差别。

所以，深歌和弗拉门戈歌谣最本质的区别在于，前者的源头要到最原始的印度音乐体系中去寻找，也就是说，要去歌吟最早期的艺术表现里挖掘；而后者作为前者的接续，可以说在十八世纪才最终定型。

深歌是一种被人类文化最早期的神秘色彩笼罩的歌吟；而弗拉门戈歌谣相对现代，它的情感重要性在深歌面前黯然失色。精神魂灵的色彩与部分身体的色彩，这就是它们两个的底层区别。

也即，深歌接近印度原始音乐体系，它只是一声声的吟哦，是人声更高或更低的吐露，是奇巧的喉嗓波动。它打破了平均律音阶的音高差值，无法被写进我们当前音乐冷酷、谨严的五线谱里。它能绽开大小半音的千万朵幽深花瓣。

而弗拉门戈歌谣不以波动作为行进方式,它在跳跃中行进。和我们当今的音乐一样,它的旋律是固定的。早在它诞生前的好几个世纪,圭多·阿雷佐[1]的音符命名法就已出现。

深歌效仿鸟儿的颤音、鸡群的啼鸣,效仿森林与清泉的自然乐音。

因此说,作为全欧洲最早的一种原始歌吟,深歌是一个罕见的典范。它的音符间蕴含着属于原始东方人的、赤裸又令人不寒而栗的情感。

大师法雅深入研究了这个问题,我的观点均来自他。他认为吉卜赛断续调是深歌组群的标志曲种,且他坚定地说,断续调无论是在风格还是内容上,都是我们整个欧洲唯一保存完好、不受侵染的原始歌吟。它携带着东方早期部落歌唱的各种特点。

在接触大师的观点之前,吉卜赛断续调留给

---

[1] 圭多·阿雷佐(Guido d'Arezzo,约997—1050),意大利中世纪音乐理论家、作曲家,发明了四线谱,并确定了六声音阶的唱名法。

我——一个无可救药的抒情诗人的印象是一条没有尽头、没有十字路口的路，它的终点是初生诗歌闪烁的源泉。那条路，是第一只鸟死亡的路，也是第一把箭布满铁锈的路。

吉卜赛断续调由一声可怕的哭号开始，它旋即将风光划劈成理想的两半。那是先辈们的哭号，是唱给数个既已消逝的世纪的尖厉挽歌。它在呼祈曾经的月光下、曾经的风中那凄怆的爱情。

接着，布满旋律的乐句逐渐揭开神秘的音调，取出声声泣诉中的砾石。那是声流中眼泪的回音。当听到那声哭号时，没有任何一个安达卢西亚人能抵抗住骇人的剧烈情感。没有任何一个地区的歌吟能在诗意上与断续调的伟大匹敌。整个人类也只有极少，甚至寥寥可数的几次，创造过那样的作品。

但是各位切勿因此认为吉卜赛断续调与它的变体只是一些由东方简单移植到西方的歌吟。这是错的。用法雅的话说："断续调更是一种嫁接，或说是不同源头的交叠。这种重合不是在某一个单独、确定的时刻诞生的,而是我们伊比利亚半岛上各种由来已久的历史事件相互累积的结果。尽管断续调与地理上和我们相去甚远的部落的音乐在一些基本元素上重合,但它的内部却彰显着一种如此独特、如此西班牙的气质。因此我们不会将它们弄混。"

法雅笔下的在时间上分布极为不均且如此广泛地影响了深歌的历史事件主要有三件。

即:西班牙教会对礼拜圣歌的采用;萨拉森人的入侵;大批吉卜赛人抵临西班牙。正是最后这个神秘的游牧民族为深歌定了型。

"吉卜赛断续调"名字里的定语"吉卜赛",以及断续调歌词中吉卜赛语汇的妙用都是证明。

当然,这不是说断续调全都是他们的。毕竟放眼欧洲和西班牙的其他地区,吉卜赛人也都存在,但这些歌吟并没有在那里发展壮大。

这是一种完完全全属于安达卢西亚的歌吟,它在吉卜赛人到来之前就已经在这片地区生根发芽了。

依照大师法雅的勘探,深歌和印度某些歌吟

在基本元素上的类同主要见于：

以微分音作为最小音程；音域狭窄，旋律音区极少超过六度；还有几近偏执的同音重复——这和一些施法中魔的过程，或一些我们称为史前音乐的吟唱相仿。因此，很多人认为深歌的出现要早于人类语言。综合这些特点，演唱深歌，尤其是演唱吉卜赛断续调，就给人留下了一种仿佛在唱散文的印象。即便它的歌词是由押类韵的三行诗或四行诗构成的，它在演唱时却消解了韵文的节奏感。

法雅还认为，"虽然吉卜赛歌曲的旋律富于装饰性转音，但与印度歌曲一样，深歌中，这些装饰音只在特定的时刻使用，比如当歌词情感强烈时，歌者被引得激动入迷，于是吐露真情。即便这些音在音程精确的平均律音阶中呈现出装饰性转音的模样，但其实它们更应被视为一种音高的大转折"。

最终，我们可以肯定，无论是印度歌曲还是深歌，音乐的音域都是我们可以称为"人声音域"的直接结果。

许多人都认为言语和歌吟曾是一样的。在一八四〇年于巴黎出版的《新声学》中,路易斯·卢卡斯[1]曾谈及微分音音乐的美妙,认为它是"自然世界中最早出现的音乐,它通过模仿鸟鸣、动物叫声与事物无尽的白噪音而实现"。

而胡戈·里曼[2]在他的《音乐美学》中说,鸟鸣与真正的音乐接近,且鸟鸣不应区别于人的歌吟,毕竟二者都是一种情感表露。

大师费利佩·佩德雷尔[3],西班牙最早用科学方法研究民俗艺术问题的人之一,曾在著作《西班牙民间歌曲集》中写道:"音乐上的东方主义得以在西班牙几种民间歌吟里存续,其根基在于我们国家所受的拜占庭文化的影响。拜占庭文化极为古老,它的印记体现在西班牙教会独特的礼拜仪式

---

1 路易斯·卢卡斯(Louis Lucas),法国19世纪科学家,《新声学》(*Acoustique nouvelle*)是其唯一一本与音乐有关的著作。
2 胡戈·里曼(Hugo Riemann,1849—1919),德国音乐学家、音乐教育家。
3 费利佩·佩德雷尔(Felipe Pedrell,1841—1922),西班牙加泰罗尼亚著名作曲家、音乐学家。

中。这从我们国家皈依基督教时就开始，一直延续至十一世纪，直到西班牙引进真正意义上的罗马宗教仪式。"法雅补全了他的老师佩德雷尔的话，确定了拜占庭礼拜歌曲在断续调中存续的元素。它们是：

原始音乐体系的调式调性（不应与"古希腊音乐体系"混淆），它内含的微分音乐，以及没有节奏律动的旋律线条。

相同的特性有时也出现在一些比西班牙教会采用拜占庭礼拜音乐晚很多的安达卢西亚歌曲上。这些歌曲与现在仍在摩洛哥、阿尔及利亚、突尼斯传唱的一些歌曲非常相似。它们有着一个令所有真正的安达卢西亚人动容的名字——"格拉纳达摩尔人音乐"。

回到断续调的分析。法雅秉持坚实的音乐科学基本功和极佳的直觉，在断续调中找到了一些独立于拜占庭圣歌与格拉纳达摩尔人音乐之外的形式特点。也就是说，他查究了断续调奇诡的旋律，继而发现了非同一般的、黏合剂似的吉卜赛元素。他接受了认为吉卜赛人来自印度的史观，这一观点也和他自己极为有趣的研究结果完美契合。

据称，公元一四〇〇年，吉卜赛部落因被帖木儿帝国的十万骑兵追剿，离开了印度。

二十年后，吉卜赛部落出现在欧洲不同地方。其中一些和断断续续自阿拉伯和埃及航行过来的萨拉森人军队一起进入了西班牙。

这些吉卜赛人来到我们安达卢西亚，将他们历史极为悠久的音乐元素融合进与我们本地历史一样悠久的音乐中，让我们今天称为"深歌"的歌吟形成了它最终的模样。

是他们为我们创造了这些歌吟，我们灵魂中的灵魂；也是他们，为我们设计了这些属于我们种族的仪式动作，为我们建筑了用来排遣一切苦痛的抒情河渠。

各位，可正是这些歌吟，从上世纪后三分之一开始，被人企图锁禁在恶臭熏天的酒馆和妓院里。这种错谬该归咎于可怕的、信仰缺失的西班牙轻歌剧时代,归咎于那个属于格里罗[1]和历史画的时代。彼时,俄罗斯正在民俗艺术的狂热之火中燃烧(诚如舒曼所言,民俗艺术是所有真正、独具一格的艺术的唯一源泉);法国的印象派巨浪正声势撼天。可在西班牙这个坐拥了无可比拟的传统与民俗瑰宝的国家,吉他琴和深歌却在成为可鄙可弃的东西。

随着时间的推移,这种现象逐渐变得非常严重。现在,我们必须发出呼号,以捍卫这些真挚纯净的歌吟。

我们必须捍卫西班牙灵魂的青春。

自深歌始发的远古时期以来,只要是意欲探索,游赏过我们西班牙南部无边风月的有识之士,都会被这深沉的圣歌打动。从内华达山脉的群峰到

---

[1] 安东尼奥·格里罗(Antonio Grilo,1845—1906),西班牙诗人、记者,以生活世俗、喜好喧闹闻名。批判者认为其八面玲珑,喜好趋炎附势、哗众取宠。

科尔多瓦干旱的油橄榄林,从卡索尔拉山脉[1]到瓜达尔基维尔河[2]活泼欢乐的入海口,深歌横贯且定义了我们独一无二、纷繁复杂的安达卢西亚。

从霍维亚诺斯[3]提醒人们关注妍丽雀跃的阿斯图里亚斯"环舞",到伟大的梅嫩德斯·佩拉约[4]的各种著述,人们对民俗的理解跨越了一大步。早先,零星的艺术家和极少数诗人慢慢从不同角度研究这些问题;后来,他们成功在西班牙发起一项极为有益的爱国活动,也即歌吟、诗文的收集编纂。其成果有费德里科·奥尔梅达[5]汇编的布尔戈斯民

---

[1] 卡索尔拉山脉,位于西班牙南部安达卢西亚自治区哈恩省,处于内华达山脉和塞古拉山脉之间,属于普雷贝蒂科山脉的一部分。

[2] 瓜达尔基维尔河,安达卢西亚自治区第一长河,西班牙第五大河流,发源于卡索尔拉山脉,流经科尔多瓦和塞维利亚两大城市。

[3] 加斯帕·梅尔乔·德·霍维亚诺斯(Gaspar Melchor de Jovellanos,1744—1811),西班牙作家、政治家,其作品尤其关心国家的经济、文化发展。

[4] 梅嫩德斯·佩拉约(Marcelino Menéndez Pelayo,1856—1912),西班牙作家、语文学家、文学批评家。

[5] 费德里科·奥尔梅达·圣何塞(Federico Olmeda San José,1865—1909),西班牙民俗学家、音乐家,一生献身卡斯蒂利亚民俗文化研究,尤其关注布尔戈斯地区的民俗文化。

间诗歌集，达马索·勒德斯马[1]汇编的萨拉曼卡民间诗歌集，和爱德华多·马丁内斯·托尔内尔[2]汇编的阿斯图里亚斯民间诗歌集。上述作品都由他们各自省议会资助完成，这非常好。

但我们真正认识到深歌的非凡意义，其实是我们看到它几乎决定性地影响了俄罗斯民族乐派的形成时，也是因为我们得知了法国大作曲家克劳德·德彪西，这样一位发现了音乐新世界的阿尔戈英雄[3]对它大力推崇。

一八四七年，米哈伊尔·伊万诺维奇·格林卡[4]来到格拉纳达。在那之前，他在柏林跟西格弗

---

[1] 达马索·勒德斯马（Dámaso Ledesma Hernández，1866—1928），西班牙音乐学家、管风琴演奏家、作曲家。

[2] 爱德华多·马丁内斯·托尔内尔（Eduardo Martínez Torner，1888—1955），西班牙音乐学家、作曲家、指挥家。

[3] 在古希腊神话中，伊阿宋曾同五十位英雄一道乘快船"阿尔戈"号前往科尔基斯的阿瑞斯圣林取金羊毛。赫拉克勒斯、俄尔甫斯和忒修斯是阿尔戈英雄中较为著名的几位。

[4] 米哈伊尔·伊万诺维奇·格林卡（Mikhail Ivanovich Glinka，1804—1857），俄罗斯作曲家，民族乐派奠基人，对管弦乐、歌剧、艺术歌曲均有涉猎。

里德·德恩[1]学习作曲，见识过韦伯[2]为了抵抗意大利作曲家对德国音乐的负面影响而创造的民族主义音乐。当时，格林卡肯定对俄罗斯那广袤疆域上的歌吟心醉神迷，想要创造一种能展现俄罗斯雄伟壮丽的音乐，一种基于自然的民族的音乐。

作为带有东方色彩的斯拉夫音乐风格的创始人，格林卡在我们格拉纳达的逗留经历可谓极其有趣。

当时，格林卡和一位叫弗朗西斯科·罗德里格斯·穆尔西亚诺[3]的著名吉他手成了朋友，和他一待就是几个小时，听他弹奏深歌的各种变奏和华彩段落。在格拉纳达河水永恒的律动中，格林卡心里生发了创立民族音乐学派的美妙想法，也获得了在音乐中首次使用全音音阶的勇气。

---

[1] 西格弗里德·德恩（Siegfried Wilhelm von Dehn，1799—1858），德国音乐理论家、教师。
[2] 卡尔·马利亚·冯·韦伯（Carl Maria von Weber，1786—1826），德国作曲家，对德国民间音乐、风俗深有了解。
[3] 弗朗西斯科·罗德里格斯·穆尔西亚诺（Francisco Rodríguez Murciano，1795—1848），人称"穆尔西亚人"，西班牙吉他演奏家。五岁接触吉他并自学成才，从未接受过正统音乐教育。

后来他回俄罗斯时告诉了大家这个好消息,并向朋友们讲述了我们歌吟的独特之处,也就是那些他研究和后来灌注到作品中去的特点。

于是,音乐艺术发生了转向。音乐家格林卡找到了真正的源泉。

他的学生和朋友们开始转向民间素材,不仅在俄罗斯找,也去西班牙南部找能用进创作里的曲式结构。

一些众人皆知的作品,如格林卡的《马德里之夜》、里姆斯基-柯萨科夫[1]的《西班牙随想曲》,还有《天方夜谭》中的部分段落就属于这一类。

请大家看我们深歌里悲伤的抑扬、沉重的东方感是如何从格拉纳达传到莫斯科的,看科沃斯圣体宫[2]的忧郁是如何汇入克里姆林宫神秘的钟声的。

---

1 尼古拉·里姆斯基-柯萨科夫(Nikolái Rimski-Kórsakov, 1844—1908),俄罗斯作曲家、音乐教育家。
2 科沃斯圣体宫(Palacio Vela de los Cobos),位于安达卢西亚自治区哈恩省的乌韦达市,始建于16世纪中叶,是乌韦达至今唯一仍有人居住的历史遗迹。

在一九〇〇年的巴黎世博会上，有一群吉卜赛人在西班牙馆里演唱纯正的深歌。这引起了整个巴黎的极大关注，尤其吸引了一位青年音乐家的注意。当时，他和所有年轻艺术家一样，都在与出人意料的新点子鏖战。他们在思想之海中潜游，企图捕获未被触及的情绪。

那个年轻人日复一日地前去聆听安达卢西亚歌者的演唱。他的灵魂全然沉浸在深歌的精神中，被那旋律里古老的东方色彩所包围。他就是克劳德·德彪西。

在之后的时间里，他将成为欧洲音乐的最高峰，并将定义新的音乐理论。

的确，在德彪西的许多作品中，我们都能看到西班牙，特别是格拉纳达的精妙再现。在他眼中，这是一片真正的天堂。当然实际上也是如此。

德彪西，一位馥郁多姿的音乐家，在管弦乐组曲《伊比利亚》中达到创造力的巅峰。这一套极致的乐曲里，安达卢西亚的芬芳与点滴悬浮如梦。

但其实，在玄妙的前奏曲《维诺之门》和朦胧柔软的《格拉纳达之夜》里，德彪西才明确表现出极为显著的深歌印记。依我看，他的这两首曲子呈现了格拉纳达夜晚的所有情感主题：平原莹蓝的远方、山峦与奔腾的地中海间的致意、凿向远景的巨大云雾之齿、城市令人艳羡的悠游散板、地下水光怪陆离的游戏。

德彪西最令人敬佩的一点，是他严肃认真地学习了深歌，但他本人竟从未亲自来过格拉纳达。

因此，这也成为一个艺术想象力充沛、直觉惊人的好例子。我特地强调这一点，以表对大音乐家德彪西的赞美，和对我们安达卢西亚人民的敬佩。

这让我想起神秘主义学家斯威登堡[1]从伦敦看到斯德哥尔摩的大火，继而洞悉古代圣人深刻预言的时刻。

在西班牙，深歌无疑影响了所有音乐家，从

---

1 伊曼纽·斯威登堡（Emanuel Swedenborg，1688—1772），瑞典科学家、哲学家、神学家。

阿尔贝尼兹[1]、格拉纳多斯[2]到法雅。我称它为"伟大的西班牙琴弦"。早至费利佩·佩德雷尔就已在他宏伟的歌剧《塞莱斯蒂娜》中使用过西班牙民歌(很羞愧,它从未在西班牙上演过),指明了当下我们音乐的前进方向。但真正熟巧惊人的是伊萨克·阿尔贝尼兹。他在作品中化用了安达卢西亚歌吟的核心旋律。数年后,法雅在幽灵般的音乐中再度使用我们纯粹而美丽的音乐主题。西班牙最新一代音乐家,也是此次大赛热心的发起人,如阿道夫·萨拉萨尔、罗贝托·格哈德、费德里科·蒙波、安赫尔·巴里奥斯[3]等,正在将他们明亮的探照镜对准深歌纯粹且富有创新力的源泉。不仅如此,他们

---

1 伊萨克·阿尔贝尼兹(Isaac Albéniz,1860—1909),西班牙作曲家、钢琴家,代表作有组曲《伊比利亚》《西班牙组曲》。
2 恩里克·格拉纳多斯(Enrique Granados Campiña,1867—1916),西班牙作曲家、钢琴家、教育家,代表作有《戈雅之画》。
3 阿道夫·萨拉萨尔(Adolfo Salazar Castro,1890—1958)、罗贝托·格哈德(Robert Juan René Gerhard Ottenwaelder,1896—1970)、费德里科·蒙波(Federico Mompou Dencausse,1893—1987)、安赫尔·巴里奥斯(Ángel Barrios Fernández,1882—1964),均为西班牙20世纪初音乐家。洛尔迦写作本文时正是他们活跃的时代。

的目标还有其他美丽的格拉纳达民歌，这些作品以前被称为卡斯蒂利亚民歌，或安达卢西亚民歌。

女士们、先生们，请大家看看深歌的意义多么非凡，我们的祖先当时取"深歌"这个名字多么精妙恰切。它深，真的深，深过所有的水井，深过环绕世界的所有汪洋，也比现在谱写它的心灵和演唱它的声音深沉得多，因为它几乎深不见底。它穿过年岁的坟冢和风中飘摇的枯叶，从渺远的种族传来。它来自第一声泣诉，来自第一枚吻。

*

深歌的奇绝除了旋律精髓，还有诗歌。

浪漫主义与后浪漫主义诗人为我们这一代留下了一棵蓊郁的抒情大树。我们所有正在或多或少地修剪、维护它的诗人在面对深歌诗句时，都惊诧不已。

剧痛、悲怆最无穷的递进，伴随最纯粹、精准的语言表达，在吉卜赛断续调和其他来自它的深歌三行、四行诗中颤动。

全西班牙没有哪种诗歌，绝对没有任何一种诗歌，能和它在风格、氛围、情感的确切上较量。

统领我们安达卢西亚民间诗歌的意象几乎总是处在它自己的宇宙中。诗句中的精神元素总能协调分布，以一种绝对的方式主宰我们的心灵。

民间诗人是如何在三四行诗中展现人生情感最高涨的时刻里所有的复杂崎岖的，这不禁令人讶异和惊叹。在一些短歌中，情感张扬到几乎战栗，只有极其少数的诗人能有作品与它媲美。

圆晕映月，
吾爱已亡。

这两句民间短诗中蕴藏的奥秘胜过梅特林克[1]的所有剧作。一种简单、真实的神秘，一种洁净、

---

[1] 莫里斯·梅特林克（Maurice Maeterlinck，1862—1949），比利时剧作家、诗人、散文家，象征派戏剧的代表作家，后期作品探索人生和生命的奥秘，思考道德的价值，相较前期作品更为成功。

无损无伤的神秘。没有幽暗的森林,没有无舵的航船。那是死亡永远鲜活的疑谜。

圆晕映月,
吾爱已亡。

无论来自群山之心、塞维利亚甜橙园,还是和谐的地中海沿岸,深歌诗句都有一个共同的核心:爱与死……但是是从西比拉[1]视角来看的爱与死。她是一个如此具有东方色彩的人物,是安达卢西亚真正的假面。

在所有深歌诗中,那个可怕的、没有应答的问题都在搏动着。我们双臂交叉,谛视星辰,无谓地等待拯救的讯号。这是一种可悲的姿态,却也是一种赤诚的姿态。深歌诗或是提出一个深奥的、没有现实可能的情感问题,或是用问题中的问题——

---

[1] 西比拉,本意为"女先知",是古希腊、古罗马的女先知、神谕者。

死亡来解决它。

安达卢西亚很大一部分民间诗歌（除去塞维利亚的某一些）都有刚刚提到的这些特点。我们是一个哀伤的民族，一个沉醉入迷的民族。我看我们数量庞大的地方抒情诗歌，就像伊万·屠格涅夫见他的同胞血肉精气都被假面掩盖一般。

噢，安达卢西亚的假面啊！

你该来敲响我的门。
我不该为你而敞开
你却该知道我在哭。

这些诗句藏匿在不可穿透的薄纱后面。它沉睡，等着俄狄浦斯前来解码，将它唤醒，而后又归于沉寂。

深歌诗一个最为显著的特点是它几乎完全没有"平调"。

无论阿斯图里亚斯、卡斯蒂利亚地区，还是

加泰罗尼亚、巴斯克、加利西亚地区，民间诗歌的情感都维持着某种平衡。它们用一定比例的抒情表现微小的情愫和天真单纯的感触。可以说，这个层次在安达卢西亚民歌中几乎不存在。

我们极少注意到"平调"。一个安达卢西亚人要么向星辰怒吼，要么向红土献吻。对他来说，平缓的语调是不存在的。他都睡过去了。在极少的例外中，我们可以听到：

我并不在乎
杨树林里的一只鸟
从一树飞到另一树

不过在这一首歌吟里，我通过它的情感（而非结构）察觉到强烈的阿斯图里亚斯民歌印迹。因此，悲伤、痛楚才是我们深歌最大的特点。

伊比利亚半岛上的很多民歌都能让听者想起它们所属地区的风景，但深歌就像一只无眼的夜莺，目盲地唱着。也因此,能展现它激烈歌词、古老旋律的最佳舞台是夜……是我们田埂上幽蓝的夜。

然而,很多西班牙民歌在引发具象联想的同时,却消解了亲密感和深度,但这两点正是深歌的特征。

在数量庞大的阿斯图里亚斯抒情民歌中,有一首是这种引人联想的典型例子。

哎,我呀迷了路;
在这凄楚的山间
哎我迷了路呀;
请看在上帝的分上
让我赶牲群回茅舍。
在这浓云密雾之间,
哎,我呀迷了路!
请让我和你一同
在茅舍里过夜吧。
在山雾里
我迷了路,

哎，我呀迷了路！

这首民歌对山的联想堪称至臻，松林在风中摇曳；对山路伸向群峰的感觉把握得多么真实精准，冰雪在峰顶酣梦；而云雾的视角又是多么确切，它从深渊升腾而起，把潮湿的岩石叠进无数色阶的灰里。听着这样的歌，一个人甚至会忘记那位变得如孩童一般，向陌生的牧羊女寻求庇护的牧羊人主角。"一个人甚至会忘记诗里最基本的东西。"这首阿斯图里亚斯民歌的旋律极大促进了这种联想。它单调的节奏恍如雾中风景里的灰绿。

相反，深歌总在夜晚吟唱。它既没有白天，也没有下午；没有山峦，也没有平川。它只有夜，辽阔的夜，群星璀璨的夜。其他一切都是多余。

深歌是一种没有风景的歌吟，也因此它全然聚焦在自己身上。在暗处，它可怕地射出黄金一般的箭，直穿我们的心房。在暗处，它就像一位骇人的蓝色弓箭手，箭囊永远不会被掏空。

*

所有人都问：这些诗是谁写的呢？是哪一位匿名诗人将它们扔到了村野粗陋的舞台上呢？这些问题真的没有答案。

在《法国民间抒情诗歌的源头》中，让罗瓦[1]写道："民间艺术是一种非个人、不确定、无意识的创作，但它也可以理解为一种人民基于自己的感性情思收集来的'个人'创作。"让罗瓦所言有一定道理。但只要我们动用任何一点感性，就能觉察什么是文人创作，即便它们充溢着所有野趣。我们唱梅尔乔·德帕劳、萨尔瓦多·鲁埃达、文图拉·鲁伊斯·阿奎莱拉、曼努埃尔·马查多[2]等人写的民歌，但这些词句和民间诗歌的区别多么显著啊！那差别就像纸玫瑰和真玫瑰一般！

---

1 让罗瓦（Alfred-Marie-Henri-Gustave Jeanroy，1859—1954），法国语言学家、语文学家。
2 均为19世纪西班牙诗人，他们的作品在洛尔迦生活的20世纪初广为传诵，颇有新经典之味。

诗人写民歌，就是玷污了那一眼发乎真心的清泉。那些懂语法的人创作的民歌里，节奏多么确定，多么糟糕！我们只应该从人民那里汲取最本质的精髓，和某些用以点缀、渲染的颤音。我们绝不该一五一十地模仿他们无法言喻的歌声，那样做只会玷污了它。简单说，出于教养，我们也不应该那么做。

真正的深歌诗不属于任何人，它像金色的冠羽，在风中悬浮。每一代人都为它披上不同的色彩，而后将它传给下一代人。本质上，深歌真正的诗停泊在一个理想的风向标上。它只跟随时间的风更易方向。

深歌诗就这么出现了，如此而已。就像风景里多了一棵树，杨树林里多了一眼泉。

世界的心脏、"玫瑰、里拉琴与和声学"永恒的掌握者——女人，填满了深歌诗无尽的疆域。而深歌里的女人名字叫作"悲痛"。

我们惊异于深歌是如何通过抒情建构，为一种感觉渐渐赋形，让它几乎凝结成一个实体的。"悲痛"就是这样的例子。

在歌吟中,"悲痛"拥有肉身和人的容貌,它被勾勒成一副固定的模样。她是一位肤色黝黑的女人,企图用风的大网捕获鸟。

所有深歌诗都遵循着完美的泛神论。它们叩问空气、大地、海、月,向迷迭香、紫罗兰、小鸟等如此简单的东西发问。一切事物都有鲜明的性格。它们在诗里逐渐具象化,甚至在抒情中扮演活跃的角色。

大海中央
曾有一块孤石,
我的小伙伴独坐其上
向海倾诉她的悲痛。

*

我只对大地说,
因为在这世间

我找不到任何

可以相信的人。

*

每天清晨

我都去问迷迭香

情伤有没有解药,

因为我正在一点点死去。

深信神灵的安达卢西亚人交予大自然他所有的秘密,坚信它们会被听到。

不过,深歌诗还有一个突出的特点也值得钦佩,那就是对"风"的奇诡物化。这在许多短歌里都能见到。

风是在终极的感伤时刻出现的角色。它像巨人,全神贯注于推倒星辰、驱散烟云。在任何民间诗歌中我都未曾见过它像在我们深歌中一样诉说、抚慰。

我登上城墙；
风予我回音：
如果已经没有办法，
为何还要那样哭哟？

*

风哭了
当它看见那么大的伤口
在我心上

*

我爱上了风
爱上了一个女人的风姿
因为那女人就是风
在风里我便留驻。

*

吹拂你面庞的风

令我心生嫉妒，

倘若那风是男人

我定将他杀死。

*

我不害怕远航

因为我定会远航受苦

我只害怕从你的港湾

吹出大风

这是深歌诗一个令人迷醉的特点：它缠卷在风向玫瑰图那如螺旋桨般的静态折线里。

另一个极为独特，也是无数（最多的）歌吟中出现过的主题，是泣诉……

在完美的眼泪之诗——吉卜赛断续调中，旋律哭泣，就似诗行哭泣。有钟声在心底迷失，也有窗扉在黎明敞开。

夜里我走到庭院

我已经哭累了，

我那么爱你

可你却一点都不。

*

哭呀，哭呀我的眼睛，

如果有事你们就哭呀，

男人为了女人泪流满面，

那叫什么羞耻。

*

当你看到我哭的时候

请不要拿走我的手绢，

我的悲痛太大了哟

只有哭能给我开解。

下面这最后一首，是极为典型的吉卜赛、安

达卢西亚风格:

> 假如我心房里
> 门窗全是玻璃
> 你探身来观望
> 定见血滴哭泣

这些诗有一种清晰可辨的民间风格。我认为它们是深歌凄怆旋律最好的配偶。

如此难以抵抗的忧郁,如此荡人心腑的情感张力,会在每一个真正的安达卢西亚人心中激起一声声至亲至密的泣诉。它引导灵魂去往**爱情燃烧**的柠檬园里,将其焚净。

没有任何歌吟能与深歌在细密绵软上较量。我也想重申深歌当前的遭遇:人们要么将它遗忘,要么用低级的感官趣味,用粗鲁的丑化糟蹋它。尽管这只发生在城市里,因为好在,对于纯真的**诗歌**,对于诗人来说,仍然有在海上高歌的水手,在葡萄藤下哄孩子入眠的母亲，和在山中小径踽踽独行的牧羊人。火还没有燃尽，只要我们添柴，诗歌热烈的风就能把火烧旺，女人们就能继续在葡萄藤的垂荫下，牧羊人们就能继续在崎岖的羊道上，水手们就能继续乘着大海丰盛的律动放声歌唱。

*

在吉卜赛断续调和它的变体中，我们还能寻见最古老的东方元素；对于其他许多深歌诗，我们也能发现它们与古老的东方歌吟间的亲缘。

当我们的民歌抵达痛与*爱*的极点时，它便在表达上与阿拉伯或波斯诗人一绝的词笔成为近邻。

的确，科尔多瓦和格拉纳达的空气中浮散着遥远的阿拉伯半岛的姿态和轮廓。看阿尔拜辛区斑驳的痕迹，那正是遗失的古都在悄然回魂。

牺牲、美酒、没有尽头的爱。同样的主题以相同的气质出现在神秘的亚洲诗人作品里。

阿拉伯语诗人希拉吉·瓦拉克[1]曾写道：

雌斑鸠怨语
拽我离梦乡，
焚灼入烈火
恰若我胸膛。

另一位阿拉伯诗人伊本·兹亚提曾写过一首挽歌来悼念爱人之死。这也是生长在村野的安达卢西亚人会吟唱的。

去坟前看望心上人
朋友们给予我安慰，
可我却说：朋友们啊，
除了我心里
她还有其他葬身之处吗？

1　希拉吉·瓦拉克（Siraj al-Warraq, 1219—1296），埃及诗人。

不过，深歌诗与波斯诗歌最为显著的相似点，也是重合度最高的例子，出现在哈菲兹[1]那些至高无上的美人情诗里。作为波斯国民诗人，哈菲兹吟咏好酒、美女、奇石，喟叹设拉子[2]无尽的蓝夜。

从古至今，无论是借由无线电报还是明镜般的星辰，艺术总能相互影响。

在诗颂中，哈菲兹有几项颇为痴迷的抒情物，其中最精美的当属女性的秀发。

> 虽然她不爱我
> 但她的一缕发丝
> 就能让地球
> 改换转向

其后哈菲兹还写了：

---

1 哈菲兹（Hafis-e Shirazí，约 1325—1389），著名波斯诗人，被誉为"诗人的诗人"，代表作有《诗颂集》(*Divan*)。
2 设拉子，伊朗第六大城市，也是伊朗最古老的城市之一。

缠绕在你的黑发中
我的心，从幼年
直到亡故。这联结如此愉悦
它将不被拆散，不被抹去。

对女性秀发的相同痴迷也出现在独特的深歌里。许多歌吟都言及圣物盒里的发辫——那额前的、尽数激起悲剧的鬈发。接下来这一首就是许多例子中的一个。它是一首吉卜赛断续调。

你看，要是万一我死了
请你用黑发的辫梢
将我双手拴牢

没有什么句子比这三行的诗意更彻底。它揭示了一种忧伤而高贵的爱。

当哈菲兹处理泣诉主题时，他和我们的民间诗人使用相同的表述，相同的神秘结构，其诗作也

基于相同的情愫：

> 我哭个不停，因为你不在，
> 但我持续的热望又有什么用呢，
> 如果风拒绝将我的叹息
> 捎向你耳旁？

深歌中有一样的表述：

> 我向风叹息
> 哎，我真可怜
> 它没人听到！

哈菲兹写道：

> 自从你不听我的回声
> 我的心便堕入苦楚；
> 它向我的双眼送来

灼热的鲜血之泉。

而我们的民间诗人写道：

> 每当我看向曾和你
>
> 交谈甚欢的地方
>
> 我可怜的双眼
>
> 就开始血泪奔涌

或这一首令人难以承受的断续调：

> 我不愿回忆
>
> 那些争执，
>
> 因为我小小的心
>
> 会滴滴淌血。

在《颂歌集》的第二十七首中，来自设拉子的哈菲兹写道：

> 终有一日，我的骨头会在墓中
>
> 全部化成灰烬，
>
> 但我的灵魂将永不抹去
>
> 如此强烈的激情，

这正是无数深歌诗给出的解答。比死更强烈的，是爱。

读这些由加斯帕尔·玛丽亚·德·纳瓦[1]先生翻译，于一八三八年在巴黎出版的亚洲诗歌，令我心潮澎湃，因为它让我立即想起了我们那些深重至极的诗。

我们深歌诗人和东方的诗人们在赞颂美酒上也有许多相同之处。大家都称颂酒质清澈、一解忧愁、能让人联想起少女红唇的美酒。那快乐的酒，和波德莱尔笔下令人惊骇的昏酒截然不同。我举一

---

[1] 加斯帕尔·玛丽亚·德·纳瓦（Gaspar María de Nava，1760—1815），西班牙18世纪外交家、剧作家、诗人。

节诗为例（我认为这是一首打铁调[1]）。它的独特之处在于演唱者道出了自己的姓名（这在我们的民歌中十分罕见）。我在他身上看到了所有真正的安达卢西亚诗人的缩影。

> 我的名字叫贱活儿
>
> 在地上、在海上都这么叫，
>
> 在酒馆门口的时候，
>
> 我就是那中流砥柱。

这是"贱活儿"最直接的一首颂酒诗。而欧玛尔·海亚姆[2]则在面对美酒时妙笔生花，挥手写下了：

> 我的情意会消亡，
>
> 我的哭泣会消亡，

---

[1] 打铁调（Martinete），一种无吉他伴奏的深歌歌种。不过在演唱时常会选择加入铁锤或铁钻，以显示其最初来源于吉卜赛铁匠。

[2] 欧玛尔·海亚姆（Omar Khayyám，1048—1131），波斯诗人、天文学家、数学家。

> 我的爱人会消亡,
>
> 而一切都会消亡。

他的额前置有瞬时玫瑰之冠,而他谛视着满是美酒的杯盏,在深处望见星宿划过……和来自内沙布尔[1]的大诗人海亚姆相仿,生命在"贱活儿"的眼中仿佛一盘棋。

女士们、先生们,无论较其旋律,还是比其诗文,深歌都是全世界最杰出的民间艺术创作之一。为了安达卢西亚,为了安达卢西亚的人民,保护、复兴深歌的事业交到了你们手中。

*

在结束这微不足道、结构杂乱的演说前,我想纪念一下那些令人赞叹不已的深歌歌者。因为他们,深歌才流传至今。

深歌歌者的形象显现于两个大的架构之内:

---

1 内沙布尔,伊朗东北部城市。

在外部，是天穹；在内部，是蜿蜒其灵魂的曲曲折折。

演唱时，深歌歌者宛如在举行一项庄严的仪式。他将沉眠的古老精髓挖掘出来，包裹在声音中，而后掷向风里……他对歌吟抱有一种深刻的宗教感。

我们种族依赖歌者们排遣苦痛，纾解心事。他们就像巫师一般，是我们族裔的抒情冠羽。

他们歌唱，犹如幻觉来袭，他们为了地平线上一点震颤的亮光而歌。他们是既古怪又单纯的人。

女性歌者常演唱孤调，一种忧伤、类人、易于切近心灵的曲式；而男性歌者则倾向于钻研非凡的吉卜赛断续调……但几乎所有歌者都要为了深歌无可抗拒的激情饱受苦难。断续调就如焚炉般炙烤着演唱者的心脏、喉咙、双唇。歌者须避免这熊熊烈火，在恰好的时间吟唱它。

我想纪念"鬼针草"、通灵的"疯子"马特奥、来自圣罗克的安东尼娅、来自隆达的阿妮塔、大多洛蕾斯、胡安·布雷瓦。他们以无与伦比的方式演唱孤调,在马拉加的柠檬园或海边港口的夜色中呼唤纯粹的"悲痛"。

我也想纪念唱吉卜赛断续调的大师们:"活儿"巴勃罗斯、"干活儿的"、曼努埃尔·莫利纳,以及光芒四射的西尔维利奥·弗兰克内蒂[1]。他们演唱的歌中之歌无人能及,他们的嘶声呼号能让银镜崩裂。

这些歌者是人民灵魂伟大的诠释者,因为他们曾在情意的惊涛骇浪中撕裂自己的灵魂——他们几乎全都魂亡心碎了。也因此他们能在我们周身的理想律动中,像硕大的蝉一般发出震天鸣响……

女士们、先生们:

所有曾在生命中为迢遥长路传来的民歌动容的人,所有曾被爱情的白鸽啄食成熟之心的人,所

---

[1] 西尔维利奥·弗兰克内蒂(Silverio Franconetti y Aguilar,1831—1889),塞维利亚人,著名深歌歌者,据称掌握所有现存的深歌曲式,并引领深歌进入发展的黄金时代,被誉为"歌者之王"。

有爱好传统并相信传统能走向未来的人，所有勤学苦读宛如耕耘土地的人，我恭敬地恳求各位，不要让我们民族鲜活的无价珍品，让这庞大的、覆盖了安达卢西亚灵性土地千年的宝藏死去。我也恳请各位在格拉纳达的这片夜空下，思索我们几位西班牙艺术家发起这场活动的重要爱国意义。

深歌的建筑[1]

如果我说这场演讲不是一件冷冰冰的石膏模型，模型里面交叉的拱顶是芦絮，墙壁的熟石灰是空气，那我就是在自欺欺人。一秒钟做不完弥撒，一小时也不够理解、阐发、析明那么多个世纪的沉浮。所有人都听说过深歌，也肯定或多或少地知道它是什么。但几乎可以说，只要不是从深歌的历史、艺术重要性开始接触它，或对它的情感维度不甚了解，就会对西班牙产生一种错误的印象：觉

---

[1] 洛尔迦曾多次在不同时间、不同场合朗读本文。其中一些主要的时间、地点为：1930 年，哈瓦那、圣塞巴斯蒂安、希洪；1932 年，巴利亚多利德、塞维利亚、维戈、圣地亚哥·德·孔波斯特拉、拉科鲁尼亚、萨拉曼卡；1933—1934 年，布宜诺斯艾利斯、蒙得维的亚。相较于 1922 年深歌大赛前夕的自己，八年后，三十二岁的洛尔迦对深歌已经有了不少新的认识。于是在《深歌：安达卢西亚原始歌吟的历史与艺术》的基础上，本文纳入了不少新的诗例，也删减了诗人认为冗余的许多内容。——西班牙语版编者注

得深歌浅陋，满是舞女发狂留在空气中的渣滓和沾酒的鬈发，且正是因为这些让西班牙赢得了巴黎的青睐。提到深歌时，很多人还是会忘记安达卢西亚有山、有河，有青蛙赖以呼吸的广袤宁静，反而直接将深歌的词汇与一个密闭的专门和酒精发酵、沸腾相关的地方联系起来。几年前，大学放假期间，我从马德里回到格拉纳达。有一天，我和曼努埃尔·德法雅在格拉纳达的一条街上散步，街两旁偶尔会出现那种非常典型的东方小菜园，现在越来越少见了。时值仲夏，我们边走边抹汗，汗珠在安达卢西亚的满月夜里泛着银光。法雅聊着我们民歌所遭受的遗忘、腐化、贬斥，说在当时的大众眼中，深歌粗鄙下流、荒诞无稽。正当法雅抱怨和反击时，一首古老、纯净的歌吟从一扇窗里流泻出来。它潇洒地扬起，直面时光飞逝：

花儿，你们放开我；
花儿，你们放开我；

那个悲痛的人

没人可以玩弄他。

我本想走到田野里开心开心;

你们放开我,花儿啊,你们放开我。

我和法雅探身窗前。透过绿色的百叶窗,我们看到一间白色、洁净的房间,没有挂任何画,仿佛建筑师勒·柯布西耶设计的居住机器一般。房间里坐着两个男人,一个手持吉他,一个单凭喉嗓。见歌唱的那一位如此清澈无污,奏乐的那一位便将目光稍稍侧向一旁,不那么赤裸地直视他。我和法雅非常清楚地看到,那把吉他不是那种装在皱巴巴的盒子里,还带着牛奶咖啡污渍的;它是用属于礼拜仪式的琴盒装着的,它在夜晚无人知晓的时刻流淌音符,化作泉眼。那把吉他是用希腊的船木和非洲的骡鬃做的。

于是法雅决定在所有西班牙艺术家的帮助下举办一场深歌大赛。那场比赛在各种意义上都是一种成功，一次对深歌的复活。之前讨厌深歌的人现在都爱上了它。不过我了解这些人。当下，他们为非常权威的观点所折服，但未来一定会最先唱反调，因为他们从来就没有理解过深歌。因此，当我碰上哪位冰冷的知识分子，或哪个有点学问的小少爷听孤调听得白眼连连时，我就朝他脸上猛地扔一手白色奶油，这可是电影人们曾教我要始终藏在右手里的。

在继续深入之前，我想首先为深歌与弗拉门戈歌谣做一个根本性区分。它们在古老程度、音乐结构、歌曲气质上都有本质区别。称作"深歌"的一类安达卢西亚民歌，其最典型、发展最完好的一种叫吉卜赛断续调。由断续调还生发出了一些民间仍保存着的曲式，如波罗舞曲、打铁调、囚徒歌、孤调等。而其他一些诸如马拉圭尼亚调、格拉纳达调、隆德尼亚调、佩特内拉调、塔兰塔调（taranta）、卡塔赫内拉调（cartagenera）、方丹戈舞（fandango）等民间歌谣，充其量只能算是前述诸种的后续，无论音乐结构还是旋律，都有所区别。后面这些被称为弗拉门戈歌谣。学者们在研究了所有这些曲式后，认为当今几乎已消失的卡尼亚调、普莱耶拉调和普拉尼德拉调（plañidera）在原始风格上与断续调及其变体们是一样的，且认为这几种歌吟在不远的过去曾是断续调的变体。我们通过相对近现的文献，可以得知在十九世纪前三分之一的时间里，卡尼亚调和普莱耶拉调曾占据着今天断续调的位置。埃斯特万尼斯·卡尔德隆曾在他精美至极的《安达卢西亚场景》中提醒我们，卡尼亚调是西班牙原始歌吟的主干曲种，能上溯至阿拉伯与摩尔人文化。此外，他还特别敏锐地察觉到"卡尼亚"（caña）这个词与阿拉伯语中的 gannia 几无差别，而在后者的意思正是"歌曲"。

所以简单来说，深歌和弗拉门戈歌谣最本质的区别就在于，前者的源头要到最原始的印度音乐体系中去寻找，也就是说，要去歌吟最早期的艺术表现里找；而后者作为前者的接续，可以说在十八世纪才最终定型。

深歌是一种被人类文化最早期神秘色彩笼罩的歌吟；而弗拉门戈歌谣相对现代，它包含一种人为音乐创作中节奏的固定性。精神魂灵的色彩与部分身体的色彩，就是它们两个的底层区别。也即，深歌接近原始音乐体系，它只是一声声吟哦，是奇巧的旋律波动。它打破了平均律音阶的音高差值，无法被写进我们当前音乐冷酷、谨严的五线谱里。它能把大小半音的幽闭花瓣碎裂成更细小的结晶。而弗拉门戈歌谣不以波动作为行进方式。它和我们当今的音乐一样，在跳跃中行进。它的旋律固定，更为做作，挤满了无用的装饰音和余赘。早在它诞生前的好几个世纪，圭多·阿雷佐的音符命名法就已出现。深歌效仿鸟儿的颤音、鸡群的啼鸣，效仿清泉与海浪的自然乐音。因为古老，也因为风格化程度高，深歌十分简单。因此说，作为全欧洲最早的原始歌吟，深歌是一个罕见的典范。历史遗迹伴着被沙砾蚕食的抒情断章生动地再现，恍如这是它们生命的第一个早晨。

我们来看看具体区别。

这位歌者较差。他只用喉咙演唱;他的表演没有精魂。他只能为无头苍蝇般的普罗大众唱。

(播放唱片。)

反之,我们来听听精魂中的精魂,听听黑色音符的主宰——曼努埃尔·托雷[1]。两个月前,他离我们而去了,他的灵柩里有我献上的一束玫瑰。女士们、先生们,这是真正的大师风格。

(播放唱片。)

曼努埃尔,今天,我在这美丽的阿根廷播放你的声音。声音在留声机的唱片里,而充满戏剧性的唱片仿若一轮黑月。深歌之王啊,我希望你在被

---

[1] 曼努埃尔·托雷(Manuel Torre,1880—1933),著名深歌歌手,原名曼努埃尔·索托·洛雷托(Manuel Soto Loreto)。Torre 一词在西语中意为"塔,堡",用在托雷身上,形容其人如宝塔,声若洪钟。洛尔迦曾在不同讲演中将他的名字尽数错写成"曼努埃尔·托雷斯"(Manuel Torres),似非疏忽。许多弗拉门戈学者因此认为洛对深歌的研究并不能称为严谨的音乐学探索,充其量只能算是一个热忱的爱好者所做的兴趣之举。我在译文中将其统一为正确的说法,即"曼努埃尔·托雷"。

无限安静环绕的此刻,能感受到大丽花和飞吻汇成的狂潮。我想把它们祭献在你脚下。

大师法雅在深入研究这个问题后,认为吉卜赛断续调是深歌组群的标志曲种。他坚定地说,断续调无论在风格还是内容上,都是我们整个欧洲唯一保存完好、不受侵染的原始歌吟。它携带着早期东方部落歌唱的各种特点。

吉卜赛断续调以一声猛烈的哭号开始,它将风光劈成理想的两半。紧接着,声音中止,让位给一阵壮丽而节制的寂静。寂静中闪耀着人声刚刚向天空抛掷的炽热百合的踪迹。其后,旋律伊始。它蜿蜒、无尽,但和巴赫意义上的旋律大相径庭。巴赫所写的无穷旋律是圆的,一个乐句可以永远环形重复。但在水平面上,吉卜赛断续调的旋律是渐失的:它逃离我们的掌心,我们只能看着它渐行渐远,朝着一个点,一项共同的志趣,一份完美的激情靠近。在那个点上,就连酒神的灵魂都无法泊船。

各位接下来要听到的一曲断续调由"带着发梳的女孩"帕斯朵拉·帕翁演唱。她是呜咽哀叹的大师，是为月亮或愤怒的酒神女祭司献祭的人。她宛如绿色的吉卜赛假面，精魂赐予她微颤的面庞，那脸孔仿佛刚被吻过的女孩。这位非凡的歌者能用声音打破所有歌唱流派和记谱音乐的既定框架。当她听起来像走调的时候，她不是在走调。完全相反：她在以令人惊异的方式唱准，因为她风格特异、激情澎湃，能唱出三分甚至四分的微分音，这些音完全无法记载在五线谱里。

（播放唱片。）

（如果能请来"带着发梳的女孩"，这里也可以现场演唱。定是美妙。）

但是各位不要认为吉卜赛断续调与它的变体只是一些由东方简单移植到西方的歌吟。这是错的。断续调更是一种嫁接，或说是不同源头的重叠。这种交合不是在某一个单独、确定的时刻诞生的，而是我们伊比利亚半岛上各种由来已久的历史事件相互累积的结果。这就是为什么尽管断续调与地理上和我们相去甚远的部落的音乐在一些基本元素上重合，内部却彰显着一种如此独特、如此西班牙的气质。这让我们不会将它们弄混。

我所说的这些在时间上分布极为不均，且极大地影响了深歌的历史事件主要有三：西班牙教会对礼拜圣歌的采用；萨拉森人的入侵（这是历史上第三次大量新鲜的非洲血液汇入伊比利亚半岛）；大批吉卜赛人抵临西班牙。正是最后这个神秘的游牧民族为深歌定了型。"吉卜赛断续调"名字里的定语"吉卜赛"，以及断续调歌词中吉卜赛语汇的妙用都是证明。

当然，这不是说断续调全都是他们的。毕竟全欧洲，或伊比利亚半岛的其他地方也有吉卜赛人，但这些歌吟却只在南部发展壮大了。这是一种完完全全属于安达卢西亚的歌吟，它早在吉卜赛人到来之前就已经在这片地区生根发芽了。这就好似马蹄形拱门早就存在，只是后来阿拉伯人把它当作自己的典型建筑一样。这种歌吟在安达卢西亚还属于塔尔特索斯[1]的时候就有了。它混合着北非的血液，或许在深层肌理中还杂糅着撕人心肺的犹太旋律。那是今天伟大的斯拉夫音乐的鼻祖。

依照大师法雅的观点，深歌和当今某些印度歌吟在基本元素上的类同主要见于：以微分音作为最小音程；旋律音区十分狭窄，极少超过六度；还有几近偏执的同音重复——这和一些施法中魔的过程，或一些我们称为史前音乐的歌唱相仿。因此，很多人认为深歌的出现应该早于人类语言的出现。综合这些特点，深歌，尤其是吉卜赛断续调，在演唱时就能给人留下一种如唱散文的印象。即便它的歌词是由押类韵的三行诗或四行诗构成的，它在演唱时却消解了韵文的节奏感。而且，虽然深歌的旋

---

1 塔尔特索斯（Tartessos），约公元前 12 世纪至公元前 5 世纪存在于伊比利亚半岛西南端的文明，在现今的地理版图上包括西班牙的韦尔瓦省、加的斯省、塞维利亚省和葡萄牙的东南部。

律富有装饰性转音，但实际上（在印度歌曲中情况也类似）这些装饰音只在特定的时刻使用，比如当歌词情感强烈时，歌者被引得激动入迷，于是吐露真情。这些音在音程精确的平均律音阶中呈现出装饰性转音的模样，但它们更应被视为一种声音的大转调。

最终，我们可以肯定，无论是印度歌曲还是深歌，音乐的音域都是我们可以称为"人声音域"的直接结果。

大师费利佩·佩德雷尔，西班牙最早深入研究民俗艺术问题的人之一，在著作《西班牙民间歌曲集》中写道："音乐上的东方主义得以在西班牙几种民间歌吟里存续，其根基在于我们国家所受的拜占庭文化的影响。拜占庭文化极为古老，它的印记体现在西班牙教会独特的礼拜仪式上。这从我们国家皈依基督教时就开始，一直延续至十一世纪，直到西班牙引进真正意义上的罗马宗教仪式。"法雅补全了他的老师佩德雷尔的话，确定了拜占庭礼拜歌曲在断续调中存续的元素。它们是：原始音乐体系的调式调性（不应与"古希腊音乐体系"混淆），它内含的微分音乐和没有节奏律动的旋律线条。这些特征在断续调及其变体上体现得淋漓尽致。

相同的特性有时也出现在一些比西班牙教会采用拜占庭礼拜音乐晚很多的安达卢西亚歌曲上。它们与现在仍在摩洛哥、阿尔及利亚、突尼斯流传的一些音乐非常相似。它有个名字，叫"格拉纳达摩尔人音乐"。不过，当法雅回到复杂的分析中时，他秉着坚实的音乐科学基本功和极佳的直觉，在断续调中找到了一些独立于拜占庭圣歌与格拉纳达摩尔人音乐之外的形式特点。也就是说，法雅查究了断续调奇诡的旋律，继而发现了非同一般的、黏合剂似的吉卜赛元素。

吉卜赛人抵临西班牙一事仍像塞维利亚的圣伊西多罗[1]主导绘制的一张错误地图，或一个虚假

1　塞维利亚的圣伊西多罗（San Isidoro de Sevilla，560—636），西班牙圣人、神学家。

的星象系统。但正是这些吉卜赛人来到我们安达卢西亚,将他们历史极为悠久的印度音乐元素融合进与我们本国历史一样悠久的音乐中,让我们今天称为"深歌"的歌吟形成了它最终的模样。

可正是这些歌吟,从上世纪后三分之一开始,被粗俗做作的西班牙所排斥。当俄罗斯在热爱民俗艺术的火焰中燃烧(诚如舒曼所言,那是所有真正的、独具一格的艺术的唯一源泉),法国的印象派巨浪声势撼天时,西班牙,这个坐拥无可比拟的传统与民俗瑰宝的国家,却让吉他琴和深歌在名不副实的"高雅阶层"中成为可鄙可弃的东西。

随着时间的推移,这种蔑视让谁也不想再唱深歌。深歌歌曲开始散佚,唱吉卜赛断续调仿佛成了一种罪过,成了好品位——人们那恶心的好品位——的反义词。直到我和法雅在安达卢西亚满月夜里擦拭着我们如天般纯净的盐汗时,他给我敲响了警钟。那是被至高无上的呜咽震悚的时刻:

花儿,你们放开我;

那个悲痛的人

没人可以玩弄他。

然而,在深歌大赛获得人民的热烈支持,进而喜获完全胜利之前,我和法雅都收到了来自社会各界的诋毁与嘲讽。当由两把吉他和七柄苦痛之剑构成的立体主义海报出现在格拉纳达街头宣布比赛活动时,有些人在街上张贴起另外一些海报,上面写着"流派,流派,又是流派",仿佛人只需要食物和字母表就能过活一般,又仿佛深歌不是我们这种全球性古文化里最纯粹的表达一样。

从霍维亚诺斯提醒人们关注美丽而不连贯的阿斯图里亚斯"环舞",到伟大的梅内德斯·佩拉约的各种著述,人们对民俗的理解跨越了一大步。早先,零星的艺术家与无名的诗人、作家从不同角度持续研究这些问题;后来,他们成功在西班牙组织起歌吟、诗文的收集编纂工作。但我们真正认识到深歌非凡的重要性，其实是在我们看到它几乎决定性地影响了俄罗斯民族乐派的形成时，也是因为我们得知了它在克劳德·德彪西那些极其法式的作品中留下的印记。一八四七年，米哈伊尔·伊万诺维奇·格林卡来到格拉纳达。在那之前，他在柏林跟西格弗里德·德恩学习作曲，见识过韦伯为了抵抗意大利作曲家对德国音乐的负面影响而创造的民族主义音乐。当时，格林卡肯定对俄罗斯那广袤疆域上的奇绝歌吟心醉神迷，想要创造一种完全属于民族的音乐。

作为带有东方色彩的斯拉夫音乐风格的创始人，格林卡在我们格拉纳达的逗留经历可谓极其有趣。当时，格林卡和一位叫弗朗西斯科·罗德里格斯，也即"穆尔西亚人"的著名吉他手交了朋友，和他一待就是几个小时，听他弹奏我们深歌的各种变奏和华彩段落，并将它们记录下来。透过吉他焚烧的白金火光，格林卡越来越多地聆听吉卜赛断续调，也获得了在音乐中首次使用全音音阶的勇气。

当回到俄罗斯时，他已经知道了自己未来创作的发展方向。他向学生们讲述了安达卢西亚歌吟的独特之处，并开始研究、试图理解俄罗斯本国的音乐瑰宝。音乐发生了转向。他的学生和朋友们开始将目光投向民间素材，他们不仅在俄罗斯找，也去西班牙找能用进创作里的曲式结构。其中一些例子就包括格林卡本人的《马德里之夜》，里姆斯基-柯萨科夫的《西班牙随想曲》，以及《天方夜谭》中的一些段落。在《天方夜谭》中，一段波斯旋律和一段科尔多瓦乡间旋律相互竞斗，分量不相上下。而在一九〇〇年的巴黎世博会上，在那场诱人的水泥向日葵首次在外墙上攀爬，同样诱人的现代主义蓝色蜻蜓也破茧而出的展会上，西班牙馆有一群吉卜赛人在演唱最纯正的深歌。这极大地引起了那些曾经追捧黑人偶像，现在热衷超现实主义杰作的势利小人的关注，也尤其吸引了一位青年音乐家的注意。当时，他正在和那些已经故去，却比他更鲜活的音乐家比拼，试图找到属于自己的音乐表达。那个年轻人日复一日地前去感受安达卢西亚歌者的演唱。他视野全开，触觉敏锐，全然沉浸在这场属于深歌旋律的东方之旅中。

我说的就是克劳德·德彪西。

的确，在德彪西的许多作品中，我们都能看到西班牙，特别是格拉纳达的精妙再现。这位馥郁多姿、感官至纯的音乐家在印象派音乐的光谱中创造作品，其间却浮散着安达卢西亚的踪迹与影子。前奏曲《维诺之门》、弦乐四重奏的第一乐章与朦胧柔软的《格拉纳达之夜》都能彰显格拉纳达夜晚的所有情感主题。在那被绘就与被销毁出现在同一时刻的夜里，凿向山间的巨大云雾之齿光耀异常；而在地下水光怪离奇的游戏之间，城市令人艳羡的散板悠游摇曳。

在西班牙，深歌无疑影响了所有音乐家：从新音乐流派的阿尔贝尼兹、格拉纳多斯、法雅，到杰出的轻歌剧作曲家，如楚埃卡、查皮、布雷顿，甚至奇尼托·巴尔韦德[1]。它的影响力比任何地方性歌吟都要大。早至费利佩·佩德雷尔就已在他宏伟的歌剧《塞莱斯蒂娜》中使用西班牙民歌，指明了我们当下音乐的前进方向。但真正熟巧惊人的是伊萨克·阿尔贝尼兹。他在作品中化用了安达卢西亚歌吟的核心旋律。数年后，法雅在深歌的河渠上架设乐曲，在《西班牙花园之夜》和《魔法师之恋》中用最纯粹的方式展现我们已然全球化的现代音乐。安达卢西亚人民当时取"深歌"这个名字是多么精妙恰切啊。它深，真的深。深过所有的水井，深过环绕世界的所有汪洋，也比现在谱写它的心灵和演唱它的声音深得多。

*

深歌的奇绝除了旋律精髓，还有两项：吉他

---

[1] 楚埃卡（Pío Estanislao Federico Chueca y Robres，1846—1908）、查皮（Ruperto Chapí，1851—1909）、布雷顿（Tomás Bretón y Hernández，1850—1923）、奇尼托·巴尔韦德（Joaquín Valverde Sanjuán，1875—1918），均为西班牙19世纪末音乐家，且都擅长创作轻歌剧等小型音乐体例。

与深歌诗。

吉他

毫无疑问,吉他成就了许多安达卢西亚歌吟,因为它们总要依附于吉他的调性结构。而纯人声歌曲(例如打铁调或赫利亚纳[1])的旋律线条则完全不同,在拥有更大自由、情感更迅猛的同时,也丢失了一定的结构感。

深歌中的吉他应该只突出节拍,并始终跟随歌者。它是一种背景,用于陪衬人声,应从属于歌唱的人。

然而,吉他演奏家和歌者一样性格鲜明,他也要发声。于是有了吉他的华彩乐段,那由琴弦编织的评注。当它真诚的时候,它美得醉人;但在更多时候,当它由所谓"技巧型演奏家"在那些叫作"弗拉门戈歌剧"的糟糕演出上陪伴着方丹戈歌

---

[1] 赫利亚纳(Jeliana),一种曾经传唱度很高的深歌曲式,现已几乎无人演唱。

者奏出时，它虚假、愚蠢，满是毫无意义的深奥炫技。

吉他拥有华彩乐段是由来已久的事情了。一些演奏家，如大师"韦尔瓦小男孩"[1]，总是跟着自己内心的中正之声，不远离纯净的表达，也从不企图炫耀技巧——即使自己是拥有最高技巧的人。我提到"中正之声"，因为对于深歌的歌唱和演奏来说，首要的便是安达卢西亚人，特别是吉卜赛人拥有的这种对节奏和旋律的转化、提纯能力。这是一种敏锐的知觉，足以剔除新潮、次要的元素，从而突出其本质；这也是一种魔力，洞悉如何用真正古老的音调描绘、量度一首吉卜赛断续调。吉他不仅评述，而且创造。这正是深歌最大的风险之一。有时候，一位吉他演奏家想要出风头，便轻易毁坏了一节三行诗的感情，或演砸一段终曲的开头。

---

[1] 曼努埃尔·戈麦斯·贝莱斯（Manuel Gómez Vélez，1892—1976），艺名"韦尔瓦小男孩"（Niño de Huelva），西班牙著名弗拉门戈吉他演奏家。

吉他无疑建筑了深歌。它培育并深化了古老而晦暗的东方、犹太、阿拉伯民族——因此，它变得呢喃不清。同时，吉他西化了深歌，积极地影响了安达卢西亚的音乐至宝，使它美得举世无双。在这里，东方与西方争斗、对抗，贝提卡[1]因而成为一座文化之岛。

深歌诗

人类情感最无穷的递进，伴着最纯粹、最精准的语言表达，在吉卜赛断续调与其变体——三行诗、四行诗——中颤动。在所有西班牙诗歌中，没有多少能比安达卢西亚人民这些简单的民歌在含义上更恰切，在表达上更精准。

那几乎永恒的意象总在它自己的经纬之内；诗句的灵性元素之间也从未比例失衡。对于听者来

---

[1] 罗马帝国在西斯班尼亚（即现在的伊比利亚半岛）的三个行省之一，首府为科尔多瓦。其地理位置与现在的安达卢西亚大区几乎重合。

说，它清晰、迅猛，犹如箭矢出弓。

安达卢西亚人民是如何在三行诗、四行诗中确切地展现人生最复杂的情感崎岖的，这令人讶异和惊叹。在一些短歌中，情感外扬到几乎战栗，只有极其少数的诗人能有作品与它媲美：

> 你该来敲响我的门。
> 你该来敲响我的门。
> 我不该为你而敞开
> 你却该知道我在哭。

或这一首爱的怨语：

> 你说你不想见我。
> 可是爱的力量多强
> 你的脸都白了。

无论来自群山之心、塞维利亚甜橙园，还是和谐的地中海沿岸，深歌诗句都有一个共同的核心：爱与死……但是是从西比拉视角来看的爱与死。她是一个如此具有东方色彩的人物，是安达卢西亚真正的假面。她从哥特式教堂遁出，头上戴着由苦涩百草与钢铁玫瑰编织的皇冠，躲进深歌里避难。

深歌诗或是提出一个没有现实可能的问题，或是双臂交叉，用死亡来解决它。几乎所有歌吟（塞维利亚的一些除外）都有这些特点。它们总是凄楚哀恸、攻势惊人又沉醉入迷，时刻做好人仰马翻的准备。没有相互回应的爱情，也没有安平宁静的幸福，因为那些时刻都不言自明了，无须人们将它们记惦。在安达卢西亚，只有已经身处刀尖，即将万劫不复的人才会歌唱。

深歌诗其中一个最为显著的特点是它几乎完全没有"平调"。

无论阿斯图里亚斯、卡斯蒂利亚地区，还是加泰罗尼亚、巴斯克、加利西亚地区，民间诗歌的情感都维持着某种平衡。它们用一定比例的抒情表现微小的情愫和天真单纯的感触。可以说，这一部分在安达卢西亚民歌中几乎完全不存在。

也因此，伊比利亚半岛上的很多民歌都能让我们在聆听时想起它们所属地区的风景，但深歌就像一只无眼的夜莺，目盲地唱着。所以深歌总是在夜晚吟唱。它既没有白天，也没有下午；没有山峦，也没有平川。它只有夜晚抽象的光，任何一点星辰都会打破这平衡，令人难以忍受。

它是一种没有风景的歌吟，也因此它全然聚焦在自己身上。它像一位骇人的掷枪手，朝着躲在树丛后面哭泣的人影投掷金子做的标枪。

*

女人填满了深歌诗无尽的疆域，但深歌里的女人名字叫"悲痛"。

我们惊异，一种感觉竟能通过抒情建构被渐渐赋形，从而几乎凝结成一个实体。"悲痛"就是这样的例子。

在歌吟中,"悲痛"拥有肉身和人的容貌,它被勾勒成一副固定的模样。她是一位肤色黝黑的少女,渴望爱情,却并不想因为"可以爱"而爱上。那样一位小小的黝黑少女,独坐在暗处,心灵被一双绿色的鞋紧紧束缚着。

大部分深歌诗都遵循一种精巧的泛神论。它们叩问空气、大地、海、月,向迷迭香、紫罗兰、小鸟等如此简单的东西发问。

一切外界事物都有鲜明的性格。它们在诗里逐渐具象化,甚至在抒情中扮演活跃的角色:

大海中央
曾有一块孤石,
我的小伙伴独坐其上
向海倾诉她的悲痛。

*

我只对大地说,

因为在这世间

我找不到任何

可以相信的人。

*

每天清晨

我都去问迷迭香

情伤有没有解药,

因为我正在一点点死去。

*

太阳蜡黄。

它向我展现

我心的悲痛。

安达卢西亚人以一种敏锐的知觉交予大自然他所有的秘密,坚信它们会被听到。不过,深歌诗还有一个突出的特点也值得钦佩,那就是对"风"

的奇诡物化。这在许多短歌里都能见到。一阵被虚构的风就是一则神话。

我登上城墙；
风予我回音：
如果已经没有办法，
为何还要那样哭哟？

*

风哭了
当它看见那么大的伤口
在我心上

*

我不害怕远航
因为我定会远航受苦
我只害怕从你的港湾
吹出大风

还有一首令人拍案的：

我想像风一样
慢慢靠近你
却无人知晓

另一个极为独特，也是无数（最好的）歌吟中出现过的主题，是泣诉。

在完美的眼泪之诗——吉卜赛断续调中，旋律哭泣，就似诗行哭泣。有钟声在心底迷失，也有窗扉在黎明敞开。

夜里我走到庭院
我已经哭累了，
我那么爱你
可你却一点都不。

*

可爱的女孩，把眼泪

流到我的手帕上吧；
我会带着它们一路奔跑
叫银匠把它们穿成一串。

*

如果你说我让你痛苦
那是因为我喜欢看你流泪
那是因为我觉得你的泪珠
好像大海里的小小蜗牛

下面这最后一首，是极为典型的安达卢西亚风格：

假如我心房里
门窗全是玻璃
你探身来观望
定见血滴哭泣

所有这些敏感的抒情诗构成了另一组诗的对立面。它们是由生活中最卑微的人唱出的最普世的人生之歌。

这后一组诗的主题有医院、墓地、无尽的苦痛、失节、监狱，因为人总会就医，总会死亡，也总有人会入狱——人们会在这些最日常、最真实的场景中表达他们最深的创痛。当然，那些家里挂着用红色长毛绒和金色钉子裱着的画的资产阶级人士是不会光顾这些场所的。

下面这首波罗舞曲中那个绝望的、永恒的安达卢西亚人就是如此：

感到悲痛的人
请来我身边，
我活着就是为了
被悲痛淹死。

或：

但愿那块大粗布是黑的,
我的身体终将要裹上它;
它就是纯洁无污的号衣
它属于我。

或这段呢喃,它来自一位深陷爱情、病态尽显的男孩:

你已经看都不想看我一眼了
而我也已经知道
你吩咐他们把我的衣服
和你的分开洗。

或这首极为敏感纤细的亲情之诗:

妈妈悲痛,
我也悲痛。
妈妈的悲痛是我的

我的悲痛却不是她的。

或这出非常现实的抱怨:

悲痛这么大
我不能再继续了
因为你,我在医院
正一点点死去
没有人关心
我像一个迷路的疯子。

还有来自监狱的短歌。在监狱中诞生的有普莱耶拉调和普拉尼德拉调——两种可以代表卡塔赫纳硕大牢房的歌吟,还有正统的吉卜赛打铁调。它们的演唱均无吉他琴伴奏,节奏似锻造间的铁锤,或手与木头击打时的节拍。它们以真诚、简单、纯粹的方式表达最深重的苦痛,是深歌最摄人心魄的曲式。它们从不和助兴的喊叫一同出现。通过这些

诗行,我们能体悟到监狱生活的艰辛:

> 巡检的人来了,
> 已经听到钥匙声了。
> 我的小小心脏
> 怎么总在滴血哟。

*

> 他们解开锁链
> 把我们带上城墙;
> 女人和孩子们
> 痛心地哭。

*

> 在去阿尔梅里亚的路上
> 在黑人客栈
> 行刑队的枪手们
> 杀了我一个兄弟。

或这一首:

> 我的女孩拉蒙娜
>
> 沿着水边去锻造厂。
>
> 遇见她的巡警
>
> 夺走了她的贞操。

这是被压抑到极点的人倾吐出的诗。在同一个极点,被剥削、被压榨的还有西班牙最浓密的抒情本质:(几乎总是)自由、有创造力、极为诚实的人。

请各位听一曲打铁调。当然,它不是由吉卜赛人,而是由一位拉丁裔歌者演唱的。但我们可以从中听出他的悲痛欲绝。尽管这些歌吟里的一大部分都是这种情况,但大家仍然可以从他的歌唱方式,也就是说,那蕴藏着打铁调千古历史的精魂里细细品味。

(播放唱片。)

在吉卜赛断续调及其变体中，我们还能寻见最古老的东方元素，而且更丰盛、更复杂，也更有艺术水平；对于其他许多深歌诗，我们也能发觉它们与最古老的东方歌吟间的亲缘。

的确，科尔多瓦和格拉纳达的空气中浮散着遥远的阿拉伯半岛的姿态和线条。看阿尔拜辛区斑驳的痕迹，那正是遗失沙间的外乡在悄然回魂。

牺牲，美酒，没有尽头的爱。同样的主题以相同的气质出现在神秘的亚洲诗人作品里。当然，这种相似性可能源自我们阿拉伯诗人，或庞大的安达卢西亚阿拉伯文化的影响，毕竟它的印记遍布整个古老的东方文明，也直抵整个北非的灵魂。波斯国民诗人哈菲兹的许多诗颂就和我们许多最民间的短歌相仿，也和格拉纳达与科尔多瓦阿拉伯学派的情诗相似。在最远古的时期，在还没有无线电报的时候，艺术总将如镜的冷月当作信号灯。

在结束之前，我想纪念一下令人难忘的深歌歌者们。因为他们，深歌才得以愈唱愈新，直至今日。

深歌歌者的形象位于两个大的架构之内：在外部，是天穹；在内部，是蜿蜒其灵魂的曲曲折折。

演唱时，深歌歌者宛如在举行一项庄严的仪式。他将沉眠的古老精髓挖掘出来，包裹在自己的声音中，而后掷向风里。

他对歌吟抱有一种深刻的宗教感。他在最戏剧性的时刻发声，但绝不是为了娱乐——这与斗牛时的挑衅完全相反，他是为了飞翔，为了逃离，为了受苦。他为了给庸常带来一种至高的美学氛围而唱。我们种族依赖歌者们排遣苦痛，纾解心事。他们歌唱，犹如幻觉来袭，他们为了地平线上一点震颤的亮光而歌。他们是既古怪又单纯的人。

女性歌者常演唱孤调，一种忧伤、类人、易于切近心灵的曲式；而男性歌者则倾向于钻研非凡的吉卜赛断续调……但几乎所有歌者都要为了深歌无可抗拒的激情饱受苦难。

断续调就如焚炉般炙烤着演唱者的心脏与喉

舌。歌者须避免这熊熊烈火，在恰好的时间，带着宗教感，毫不轻浮地吟唱它。在安达卢西亚，人们歌唱的时候会将女性请出大厅，因为她们喊叫得太多了。

我怀着最大的崇敬纪念"鬼针草"，通灵的"疯子"马特奥，来自圣罗克的安东尼娅、多洛蕾斯·"帕拉拉"，来自隆达的阿妮塔、胡安·布雷瓦。他们身形庞大，歌声却如孩童。他们以无与伦比的方式在马拉加的柠檬园，或海边港口的夜色中演唱孤调。我也想纪念唱吉卜赛断续调的大师们："活儿"巴勃罗斯、小帕科、"干活儿的"、曼努埃尔·托雷、帕斯朵拉·帕翁，以及光芒四射的西尔维里奥·弗兰克内蒂。他是许多新演唱风格的发明者，是深歌的最后一位教皇。他演唱的歌中之歌无人能及，他的嘶声呼号能让垂死的银镜骇人般崩裂。

三、民间音乐

西班牙摇篮曲 [1]

女士们、先生们：

这场演讲中，我不想像以前一样下定义，我也不想过多描绘。我想突出强调，想给大家启示。我想赋魂——依照这个词原原本本的意思，赋予灵魂。我想刺伤困顿的鸟儿，想把一片修长云朵的倒影放在黢黑的角落，并送给在那儿的女士们人手一枚小化妆镜。

我曾想低潜到灯芯草丛中。沉到黄色瓦砾之下。去到老虎暴食孩童的村口。此刻，我与盯着时钟的诗人遥遥相隔。我与和雕塑斗争、和困梦斗争、和解剖学斗争的诗人都遥遥相隔。我摆脱了所

---

[1] 本稿于1928年12月13日在马德里学生公寓首次宣读。——西班牙语版编者注

有朋友，和那个大口吃着绿色水果、看着蚂蚁狼吞虎咽被车压死的小鸟的青年一道走去。

你们会找到我：在村里最纯净的街上；在被罗德里戈·卡罗[1]称为"一切歌谣尊敬的母亲"的旋律中，在它飘散的风和释出的光里；在小男孩张开柔软、粉红的小耳朵，小女孩张开白色的小耳朵，害怕地等着尖针刺穿耳洞的一切场所。

在西班牙所有我步力曾及的地方，因为疲于教堂、了无生气的硬石、有灵魂的风景，等等，我总会寻找活跃的、经久不衰的元素，寻找那些时间不曾冻结，仍在当下激越的东西。在那无穷无尽之中，我总会找的有两样：歌曲和甜食。当一座大教堂挺立在属于它的时代中，为永逝的风景添上一笔连贯的昨日表达时，一首歌曲倏尔跃出，从昨日来到我们当下的这一瞬，鲜亮、搏动，仿佛一只活蛙。它像融入风景的一棵新的灌木，在旋律的起伏

---

[1] 罗德里戈·卡罗（Rodrigo Caro，1573—1647），西班牙黄金世纪诗人、历史学家、考古学家、牧师。

间,带来昔日活跃的光。

所有人,或者说几乎所有旅行者,都在以最蠢笨的姿态迷失方向。举个例子,为了了解格拉纳达的阿尔罕布拉宫,在遍游院落与厅堂之前,应该要先品尝萨夫拉美味的甜奶夹心饼,或圣地亚哥修女们做的阿拉糊饼[1],因为这更有用,也更有教育意义。它们用芳香和美味向我们传递这座宫殿曾经活跃时的真正温度,展示朝廷间的古老光辉和基本的感官气质。而旋律就和甜食一样,它潜藏着历史的情愫,那是与日期或事实无涉的一道永恒之光。我们国家的爱和柔风并不乘着石头、钟声、性格强烈的人,甚至语言而来;相反,它随着歌谣和杏仁糖美味的面团,为我们带来已逝的时代里仍旧活着的生命。

---

[1] 甜奶夹心饼(Alfajor)和阿拉糊饼(Torta de Alajú),均为安达卢西亚传统甜食,由面粉、蜂蜜、坚果和其他香料制成。萨夫拉,位于今西班牙埃斯特雷马杜拉大区巴达霍斯省。圣地亚哥,此处指圣地亚哥德拉埃斯帕达(Santiago de la Espada),位于今安达卢西亚大区哈恩省。

比起文字，旋律往往更能定义一个地区的地理特征和历史属性，并能在时间已然抹去的轮廓中清晰定位到某个确定的时刻。一首谣曲在获得旋律之前并不是最好的，因为旋律赋予了它血脉、悸动，还有人物活动之间那严肃或情色的气氛。

隐藏的旋律由神经中枢和血管架构而成，它将鲜活的历史热度加诸文字之上。没有它的文字，有时可能空无一物，或者也仅是单纯的回忆而已。

数年前，我有一次在格拉纳达近郊散步时，听见一位农村妇女一边哄她的孩子入睡，一边唱着歌。我之前就总觉得我们国家的摇篮曲异常悲伤；但我从未像当时一般，感到这事实如此真确。当我走近这位歌唱者，想要记录下她唱的歌时，我发现她是一位美丽、快乐的安达卢西亚女性，没有任何忧郁。但在一种鲜活传统的作用力下，她忠实地履行指示，宛如听见了那些在她的血管中滑动的古旧之声正专横地宣令一般。从那时起，我就开始尝试收集西班牙各地的摇篮曲；我想知道我们国家的女人是如何哄孩子入眠的。一段时间后，我产生了一种印象：西班牙用它悲伤最外露的旋律，和着最忧郁的文字，为孩子们的第一个梦染色。这不是某个特定类型或某个单独的地区才有的歌种，不是；西班牙所有地区都在这种歌谣中突出悲伤的诗歌特质与核心，从阿斯图里亚斯、加利西亚，到安达卢西亚、穆尔西亚，其间穿过卡斯蒂利亚地区的藏红花和穿梭其中的诸种摇篮曲。

欧洲有一种温柔、音调单一的摇篮曲，婴儿可以畅快地沉浸其间，施展他的所有睡眠本领。法国和德国有很多典型的例子。在我们西班牙，巴斯克地区的摇篮曲和欧洲的这一派相仿，它也和许多北欧歌谣的抒情性相同，满是温柔、和善与质朴。

欧洲摇篮曲的唯一目的就是哄孩子入睡。它不像西班牙的摇篮曲，在哄孩子入睡的同时，还要刺伤他的情感。

这些被我称为"欧洲"的摇篮曲，它们的节奏和单一的旋律可以表现得十分忧郁，但它们本身并非如此。那种忧郁只是暂时的，就像某一时刻的水流或树叶的微颤一般。我们不能将旋律的单一与忧郁混同。身处整个欧洲中心的人为了让婴儿安详入眠，在他们面前展开了硕大的灰色幕布。毛料与铃铛，两种美德他们都有。还有最上乘的触觉。

即便是我所知道的俄罗斯摇篮曲，那些有着一切俄罗斯音乐都有的斯拉夫式倾斜、忧郁声响的摇篮曲（想想他们颧骨的模样，想想他们多么邈远），也没有西班牙那种无云的澄澈，和我们如此典型的深沉与简单的凄楚。俄罗斯的孩子可以像待在窗子后面度过雾蒙蒙的一天般承受他们摇篮曲中的忧愁。但西班牙不行。西班牙是特点鲜明的国家。这里不存在任何模糊不清的概念，也无法借道任何概念逃往其他世界。一切都以最精确的方式描画、框限。西班牙的死者比世界上任何地方的死者都死得更透。想逃进梦里的人会用折刀划伤自己的双脚。

我不想让各位觉得我要开始讲黑暗的西班牙、

悲剧的西班牙，或诸如此类的东西。这个滥俗的话题已经被谈得过多，在当下没有什么文学效用了。

但那些最能代表西班牙的典型地区，也就是说，卡斯蒂利亚语的那些地方，它们的风光就跟从它们中生根发芽的歌曲一样，语调坚硬、气质干瘪、有独特的戏剧性。我们总得承认西班牙的美不是沉静、甜蜜、徐缓的，而是炽烈、焚燃、夸张的，甚至有时是不合时宜的。那种美不能倚靠在任何智力架构散发的亮光周围。它被自己的闪耀弄得双眼全瞎，在墙上撞碎头颅。

我们可以在西班牙的村野间找到令人惊奇的节奏，找到我们前所未闻的旋律结构，它们满是神秘和古老；但我们永远无法找到任何一句优雅的旋律——那种自知自觉的，即便从火焰顶端喷涌出来，也能沉静、可爱地向前延宕的旋律。

但即使在这种朴素的悲伤中，在这种旋律性的激荡中，西班牙也有愉快的歌谣，也有玩笑、戏谑、精巧的情色歌和令人意畅的情歌。为什么我们把最血腥，最不适合脆弱、敏感心灵的歌谣留下来送孩子们入梦呢？

我们不能忘记摇篮曲是由贫苦妇女创造的（这一点从摇篮曲的歌词中可以看出）。对她们而言，孩子是一种负担，是一个沉重的十字架。很多时候她们无能为力。孩子不意味着幸福，反而意味着痛苦。因此，即使她们心怀爱意，也不得不给孩子唱念自己生活的无望。

有很多例子描绘这种心态，这种对刚诞生的孩子的愤恨，因为即便母亲想要，他也绝不应该诞下。在阿斯图里亚斯的纳维亚[1]，人们唱道：

> 我怀里的孩子，是和
> 我的挚爱维托里奥生的
> 赐他给我的上帝，请把我带走吧
> 我因不能和维托里奥在一起而哭泣

1　纳维亚，西班牙阿斯图里亚斯大区的市镇，位于西班牙北部。

歌唱它的语调和词句间凄苦的悲愁相匹配。正是那些可怜的妇女给了她们的孩子这忧郁的面包，也是她们把这份忧郁带向了富人家庭。富人的孩子一边被喂养天然的纯净乳汁，一边听着属于穷苦妇女的摇篮曲——这才是这个国家的精髓。

这些奶妈，连同女佣和其他最底层的仆人一起，从很久之前就开始进行这项极为重要的工作，也就是将古谣、歌曲和民间故事带到贵族和资产阶级家中。因为这些女仆和奶妈，富人的孩子们知道了赫里内尔多[1]、贝纳尔多先生[2]、他玛[3]和特鲁埃尔的恋人[4]。她们从山上下来，跨过迢迢长河来教我们西班牙历史的第一课，并在我们的体肉间烙下这

1　赫里内尔多（Gerineldo），西班牙古典谣曲中的经典男性角色。在不同地区，赫里内尔多的故事有所不同，但都讲述了他作为国王的用人越界爱上公主，在经历与公主情投意合、惹怒国王、公主劝言、上战场、为国王立下战功之后，最终成功迎娶公主的故事。
2　贝纳尔多先生，西班牙古典谣曲中的纨绔子弟形象。
3　他玛，《圣经》人物，犹大的儿媳，先后嫁给他的两个儿子。
4　特鲁埃尔的恋人，西班牙13世纪传说，讲述了特鲁埃尔城两位忠贞不渝的恋人先后赴死的故事。

枚粗糙的伊比利亚印记:"你现在独自一人,你终将独自一人。"

*

如果我们已经得到仙女的允许,那我们为了让孩子进入梦乡,就还需要其他几个重要因素。仙女带给我们银莲花和温度,其他的则要靠母亲和歌谣。

所有与我观点相同,认为婴儿是大自然奉献的上好节目的人,认为没有任何花、数字或寂静能与之比肩的人,有一个场景我们都见过很多次,那就是婴儿在快要入睡,且没有任何人、任何事惊扰他的注意力时,突然把头从奶妈乳浆漫溢的胸脯扭过来(这座小小的、震动的、由乳汁和蓝色血管组成的火山),目不转睛地盯着这个为了让他入眠而寂黢无声的房间。

"到那一刻了!"我总是这么说,而那一刻也真的到来了。

一九一七年，我有幸在一个婴儿——我堂弟的房间里，看到了一位仙女。虽然几乎只有百分之一秒，但我真的看见了她。怎么说，看见她就像看见最纯粹的事物一般。它们都处在血液循环的边缘，要斜着眼睛才能瞥见。诗人胡安·拉蒙·希梅内斯从美洲回来时也看到了：他看见她们刚潜入水中。至于我那位仙女，她栖息在窗帘里，闪着光，仿佛穿着一身由石鸡眼睛拼成的外衣。但我记不清她年龄多大，以及她当时是什么表情了。要说编造出这样一位仙女，对我来说可再简单不过了。但那样我将违背诗歌创造的原则，犯下一等严重的诗歌欺诈。我不想骗任何人。我不是开玩笑或带着讽刺说的；我是抱着只有诗人、孩子和圣愚才有的坚实信仰说的。这么顺带地提到仙女，也让我完成了宣扬诗意的任务。都怪文豪和知识分子，拿着讽刺和理析这两样强大的人类武器剑指诗意，今天诗意已经快要消亡了。

在仙女们创造氛围之后，我们还需要两种律

动：摇篮实体的律动和旋律智性的律动。母亲把身体、听觉这两种律动联系在一起，用不同节拍与休止将它们结合，直到调出婴儿喜爱的曲调。

摇篮曲完全不需要歌词。只要旋律和附于这些旋律之上的人声颤动，困梦自己就来了。完美的摇篮曲就是两个音的重复，然后将这韵律与时间延长。但母亲不想成为引蛇人，即便她和引蛇人使用同样的技巧。她需要用言语让孩子关注她的唇齿，而且当孩子困梦袭来时，她除了说怡人的东西，还要把孩子直接浸入最残酷的现实里，为他慢慢渗透如戏的世界。

因此，摇篮曲的歌词完全与梦境，以及梦境徐缓的溪流背道而驰。歌词在孩子心中激起各种感情，让孩子陷入疑惑、恐惧。面对它，旋律模糊的手负隅顽抗，轻抚孩子眼中翻滚的奔马，让它们平静下来。

我们别忘了，摇篮曲最基本的目标是让根本不困的孩子睡觉。这些歌是在白天孩子想玩的时候唱的。在塔马梅斯[1]，人们唱道：

> 快睡吧，孩子，
> 我要劳作了，
> 给你洗衣裳，
> 还要缝东西。

有时候，母亲们会发动真的战争，以鞭笞、哭号和梦作结。大家注意，催眠曲几乎从不唱给刚出生的孩子听。由唇齿勾勒的旋律草图更能把他们逗乐。对他们而言，实体的节拍和摆动更重要。反观催眠曲，它需要观众，需要听者用智力跟随它的起伏，被歌谣所表达的情节、特点或描绘的风景所娱乐。这样的孩子已经会说话了，他开始学习走路，知道一些词的意思，且很多时候也会跟着唱。

歌谣休止时，孩子和母亲间存在一种极为微

---

[1] 塔马梅斯，西班牙卡斯蒂利亚-莱昂大区萨拉曼卡省的市镇，位于西班牙中西部。

妙的关系。孩子保持警惕，准备对歌唱的内容做出抗议，或主动给过于单一的旋律增色。而母亲则察觉到自己的声音正被一位犀利的批评者窥视，从而采取一种如临水上、侧视水面的态度。

我们知道，所有欧洲小朋友都在被不同形态的妖怪吓唬。在安达卢西亚地区，这个奇诡的幼儿世界由"怪兽布特"[1]和"毯子妖精"[2]领衔。它充满无法描画的形象，在一屋子精灵组成的搞笑寓言中犹如大象耸立。直到现在，西班牙某些地方的人仍在讲着这些怪兽的故事。

妖怪的魔力正在于它没有被描画出来。就算它填满了房间，也不能现形。最有趣的是，对所有人来说，它至今仍没有具体的形象。妖怪只是某种诗意的抽象，也因此它制造的恐惧是一种普世的恐惧。在那种恐惧中，感官无法设下边限，无法立起

---

[1] 安达卢西亚地区用来吓唬孩子的一种孤僻怪兽，有人认为这是暴力杀人怪在安达卢西亚地区的变体。
[2] 由玛丽亚（María）和毯子（Manta）两个词组成，安达卢西亚地区用来吓唬孩子的女妖。

它曾在危险中将我们保护起来，让我们免受更大危险的那一堵堵客观的墙。因为一切都没有解释的可能。不过，毫无疑问，孩子们正为了让这个抽象形象存续下去而斗争——毕竟他们常把在自然界中找到的夸张形象称为妖怪。归根结底，孩子可以自由发挥想象。他们对妖怪的害怕完全来源于自己的幻想，他们甚至可以同情妖怪。我在学生公寓时期的伟大同学萨尔瓦多·达利最近举办了一系列立体主义个展。其中一场展览中，我认识了一位加泰罗尼亚小姑娘，后来结束时我们费了好大力气才把她请出去，因为她爱上了那些妖怪，那些色彩如火、表达力卓越的巨幅画作。然而，西班牙并没有爱上妖魔鬼怪。西班牙更喜欢用真实存在的东西吓人。在南部，公牛和摩尔人王后是最大的威胁；在卡斯蒂利亚，是母狼和吉卜赛女人；而在布尔戈斯北部，妖怪则精妙地被曙光女神代替。为了让孩子安静下来，我们西班牙和德国最普及的催眠曲使用了同一种方法：在德国，一只母羊会过来咬孩子。这些真实（或臆想）物像的强力作用会让孩子被迫集中精神，意欲逃向另一个世界，渴望抵达安全的界限内并获得庇护。虽然这种方法不怎么精明，但它总能导向困梦。只不过，和惧怕相关的技巧在西班牙不太常见。我们有另一些更精细的，还有一些更残酷的。

母亲们常在摇篮曲中构建一个聚焦于夜晚的抽象场景，而后辅以一两个人物，像创作最古老、最简易的短剧一样。在几乎总浮散着的一丝忧郁里，人物串起一些最简单，也是听者能构想出的最美的情节。这场微型舞台剧中，孩子得以缓缓勾勒他所希求的特征，渐渐在夜的热雾中沉入愉悦。

这一类歌词通常最温柔、最宁静，孩子几乎可以在里面无忧无虑地奔跑。安达卢西亚就有许多好例子。如果不是因为旋律，这一类摇篮曲将最有条理。可它的旋律总是充满戏剧性，相对于摇篮曲的功用来说，更让人难以理解。

我在格拉纳达收集了这首摇篮曲的六个版本：

去梦里、梦里、梦里,
去把马带到水边
却不让它喝的人
小小的梦里。

桑坦德的人们唱道:

在那条长又长的街上,
有只到处乱晃的老鹰,
人们说它要把鸽子
从巢里面偷走。

萨拉曼卡的塔马梅斯有这样一首:

胡安娜的母牛们
不想吃东西;
你把她们带去水边,
她们可能想喝。

而在布尔戈斯的佩德罗萨-德尔普林西佩[1]：

我喂我的马
青柠檬叶子
但它不想吃。

这四段文字，虽然人物、情感不尽相同，氛围却一致。母亲用最简单的方法创造一处风景，并让一个几乎无名的人在里面活动。其实，在摇篮曲的范畴里，我只知道两个有名字的人：佩德罗·梅莱罗，他来自格拉多城，总是用棍子挂着一只风笛；还有加林多·德·卡斯蒂利亚，他是一位滑稽的老师，因不摘下靴子上的马刺就惩罚孩子，被学校禁止教书。

母亲把孩子从自己身边带走，带向远方，直到最后才让他重回怀抱。孩子累了，自然就休息

---

[1] 佩德罗萨-德尔普林西佩，西班牙卡斯蒂利亚-莱昂大区布尔戈斯省的市镇，位于西班牙中北部。

了。这种对诗歌冒险的小型启蒙,是在用智慧再现世界的领域里迈出的头几步。格拉纳达流传最广的一首摇篮曲这么唱道:

  去梦里、梦里、梦里,
  去把马带到水边
  却不让它喝的人
  小小的梦里。

孩子在奔赴梦乡之前,经历了一场关于纯粹美感的诗歌游戏。诗里的人和他的马朝着河的方向,沿着满是暗昧枝条的路越走越远。歌谣开始时他们就重新开始走,就这样一次,又一次,再一次,总是悄无声息地重新开始。孩子永远都不会正面看到他们:他总是在昏暗中幻想着诗中人黯淡的衣服和马闪耀的圆臀。这些歌谣里的人物,没有一位展示过自己的正脸。他们必须走远,向着水更深沉、鸟儿完全弃绝羽翼的地方,劈开一条路。他们要向最简朴的寂静走去。在刚刚这首歌里，还有旋律让一切极致地戏剧化：马夫、他的马，还有人不饮马的奇事——这是一种古怪、神秘的忧愁。

关于为何而唱的说明

在我们所讲的歌谣中，孩子已经认识了主要人物。他会根据自己的视觉经验（总是比我们想的要多一些）勾画出人物形象。他被要求同时作为观众和创造者。但他是多么惊人的创造者啊！他拥有第一等的诗歌触觉。我们只需研究孩子在被智力搅浑前最早的游戏，就能知道是哪种天文学般的美激励了他，以及他在事与物间发现了何等简单的完美，何等神秘的关系。这些都是密涅瓦[1]难以释明的。只需要一颗纽扣、一卷丝线、一支羽毛和手上的五根手指，孩子就能构建一个繁复的世界，让各

---

[1] 密涅瓦，是罗马神话中的智慧、战争、月亮和记忆女神，也是手工业者、学生、艺术家的保护神。

种全新的共鸣交相错杂,唱着,混沌地碰撞着。他如此开心,仿佛不该被分析。孩子比我们想象中知道得多太多了。他身处一个难以抵达的诗歌世界,修辞、名为想象的媒婆、幻梦都无法进入。那也是一片神经中枢暴露在外的平原,由恐怖和锋利的美组成,其间一匹白得极致的马,半是镍矿半是烟尘,倏尔受伤坠下,双眼旋即被一群蜜蜂愤怒地叮咬。

孩子完整地拥有关乎创造的信仰,这与我们相去甚远。他尚未怀抱那颗具有毁灭力的理性种子。他无辜,也因此充满智慧。他当然能比我们更好地理解诗歌那难以言明的本质。

在同样触及了本质的另一些情况中,母亲会在歌谣里和孩子一同出发探险。瓜迪斯[1]的人唱道:

去到梦里,我的孩子,

---

[1] 瓜迪斯,西班牙安达卢西亚大区格拉纳达省的城市,位于西班牙南部。

去到小小的梦里吧，

在原野上造个茅房，

然后我们住进去。

妈妈和孩子两人一起去了。危险就在身边，我们要把自己变小、紧缩，让茅房的四壁贴着我们的肉身。外面，有人在暗中监视我们。我们要生活在一个很小的地方，如果可以的话，就生活在一只橙子里。我和你。或者生活在一粒葡萄里，那就更好了！

梦也能通过和远游全然不同的方法来到。上一种策略中，在孩子面前铺开长路哄他睡觉，跟催眠公鸡时用白粉在地上划线差不多。而这一种，孩子在自身之内隐遁，则更甜美些。它洋溢着那种动荡的洪水袭来时，在树枝上安然无恙的愉悦。

西班牙的萨拉曼卡和穆尔西亚还有一种摇篮曲，其中母亲反过来扮演孩子的角色：

我好困，我好困，

我想睡觉。

我一只眼已经闭上了,

另一只眼也要眯着了。

她强行篡夺了孩子的位置,孩子则因为缺乏防备,只能入睡。

然而摇篮曲最完备的种类,也是所有国家最常见的种类,是孩子被迫成为歌谣中唯一演员的那些催眠曲。

他在其中推动自己,给自己变装,总是被强加一些不那么愉快的职务或瞬间。

这一类催眠曲中,有传唱最广、西班牙精神最丰富的例子。它们旋律最独特、原住民风格最突出。

孩子被最温柔地虐待、责骂:"你快走开;你不是我孩子;你妈妈是个吉卜赛人。"或"你妈妈不在,你没有摇篮,你和我们的主一样可怜"。说这些话的语调也总是类似。

这已经不是威胁、惊吓或构建某个场景了,而是在歌谣里直接扑向孩子。孩子孤身一人、手无寸铁，犹如毫无防备的骑士，独自面对母亲所述的现实。

这种摇篮曲中，母亲对孩子的态度几乎总是抱怨，随着她本人的心性，或轻，或重。

在我自己的大家庭里，我见过无数次孩子坚决阻止歌谣行进。他哭过、蹬腿过，直到奶奶极为不悦地把碟片翻过来，用另外一首摇篮曲打断正在唱的这首——而那一首里，与孩子梦境相比的是玫瑰的牛红。在特鲁比亚[1]，人们给孩子们唱的一首"阿尼亚达"[2]是一则关于失望的教训：

妈妈养育我，

幸福又快乐，

她哄我睡觉，

慢慢跟我说：

1　特鲁比亚，西班牙阿斯图里亚斯大区奥维耶多省的市镇，位于西班牙北部。
2　"阿尼亚达"，阿斯图里亚斯大区的传统摇篮曲。

哎呀，哎咿呀，

你要做侯爵、

伯爵或骑士；

结果我倒霉，

长成了浪子，

当一月来临，

我四周浪荡，

当夏天来临，

我到处讨钱。

这就是浪子

可怜的生活。

（如果我可怜的妈妈

回来，她心都会碎的！）

哎呀，哎咿呀。

现在，请各位听这首在卡塞雷斯[1]传唱的催眠

---

[1] 卡塞雷斯，西班牙埃斯特雷马杜拉大区的市镇，位于西班牙中西部。

曲。它的旋律纯粹得罕见，仿佛在唱给没有妈妈的孩子听；它的抒情严肃而成熟，更像唱来悼亡，而不是用来献给第一场梦的：

睡吧，我的孩子，睡吧，

你妈妈不在家，

圣母要她做伴，

带她去自己家了。

这种类型在西班牙北部和西部有不少例子。在这些地区，摇篮曲的声调最坚硬，情感最悲怆。

在奥伦塞[1]，有另一首催眠曲是由侍女唱的。她仍然阻塞的乳房正等待着苹果熟落的声音：

哦，哦，孩子，哦；

你爸爸去磨坊

妈妈去劈柴

---

[1] 奥伦塞，西班牙加利西亚大区的市镇，位于西班牙西北部。

谁给你喂奶哟？

上述两首有诸多相似之处。显然，它们都古老得令人仰慕。就旋律而言，它可能从加利西亚南传至卡塞雷斯，且它们都架构在区区四度音程之内。这样质朴和纯粹的曲式结构，在任何一个歌曲集中都找不到。

布尔戈斯的妇女们唱道：

孩子，喝甘蔗酒吧，
你爸爸在挖煤，
妈妈在做黄油，
没人能给你喂奶。

这首歌的旋律就没有那么美了。

而塞维利亚的吉卜赛妇女哄孩子睡觉唱的摇篮曲则格外悲伤。但依我所见，她们唱的歌不是塞维利亚城土生土长的。这是我介绍的摇篮曲中唯一一种受到北部山地影响的,也因此它没法像其他地区一样,用独特、未经移借的旋律来定义自己。在所有吉卜赛歌谣中,我们总能看到这种通过格拉纳达传入的,来自北部的影响。下面这首歌是我一位对音乐极其一丝不苟的朋友从塞维利亚收集来的,它宛如佩尼贝蒂科山谷[1]谣的亲女儿。

它的曲式结构和桑坦德[2]一首著名的歌谣相似至极:

> 那条小路上
> 一个人都没有,
> 那姑娘就死在那,
> 山谷的小花,
> 山谷的小花哟,

---

1 佩尼贝蒂科山谷,属于佩尼贝蒂科山脉。山脉地处西班牙南部,长505千米、宽63千米,最高点海拔高度3 479米,位于塞维利亚东边。
2 桑坦德,西班牙坎塔布里亚大区首府,位于西班牙北部。

是的,……

它是那种用最温柔的语调把孩子独自留下的悲切的摇篮曲。它唱道:

这只小小乌龟
没有妈妈,是的,
没有妈妈,没有,
他是吉卜赛女人生的,
女人把他扔到了街上。

诚然,这首歌有北方歌谣的感觉。但我会说它是一首格拉纳达摇篮曲,我知道,因为这是我收集来的。和格拉纳达的风景一样,这首歌里,雪和喷泉、蕨叶和橙子全都缠绕在一起。不过,为了确切回答一首歌来自哪里这种问题,我们需要极其精明才行。几年前,曼努埃尔·德·法雅一直坚信,有一首在内华达山脉头几个村庄流传的秋千谣,它的源头肯定在阿斯图里亚斯大区。当时我们手头掌握的几个转写版本证实了他的想法。但后来有一天,法雅自己听到人们在唱这首歌。他把它转写下来并加以研究,结果发现这首歌的韵律是一种叫作"三长一短格"的古老格律,它和阿斯图里亚斯歌曲的典型调式或格律毫无关系。此前的转写是因为弄混了节奏,才将它变成阿斯图里亚斯歌谣的。格拉纳达无疑有一大批核心歌谣拥有加利西亚或阿斯图里亚斯的味道,因为曾经的殖民迫使这两地人开始在阿尔普哈拉地区[1]生活。然而,其他影响因素无穷无尽,都因为这层可怕的面纱而口鼻难辨。它覆盖了所有歌谣,然后给它们一个名号,叫作"地方特色"。如此混淆和遮蔽关键信息的入口,导致只有像法雅一样技术精深、艺术直觉一流的大家才能厘清它们。

---

1 阿尔普哈拉地区,西班牙历史上的一个地理区域,包含今格拉纳达省和阿尔梅里亚省的部分地区。

全西班牙所有民俗音乐中，除了极少数例外可以称得上光荣，其余旋律转写总会出现毫无节制的偏颇。许多流传开来的旋律其实都可以视作"未转写完成"。没有什么比这节奏——所有旋律的基础——更精巧，也没有什么比一位村民在这些旋律中唱出的三分之一音，甚至四分之一音更难——它们在记谱音乐所用的五线谱中根本找不到对应的标记。所以说，用录音碟片集代替当前不完美的手抄民间歌曲集的时代已经到了，它们对研究者和音乐家来说将大有裨益。

在莫龙-德拉弗龙特拉和欧苏纳[1]，还分别有两首摇篮曲和前面提到的"小小乌龟"属于同一种氛围，不过更干瘦，旋律也更朴素、更悲凉。它们由杰出的佩德雷尔收录。

而在贝哈尔[2]，人们唱着卡斯蒂利亚地区最热

---

1 莫龙-德拉弗龙特拉（Morón de la Frontera）和欧苏纳（Osura），均为西班牙安达卢西亚大区塞维利亚省的市镇，位于西班牙南部。

2 贝哈尔，西班牙卡斯蒂利亚-莱昂大区萨拉曼卡省的市镇，位于西班牙中北部。

烈、最具代表性的摇篮曲。如果我们拿这些歌谣朝地上的硬岩砸去，它们将发出金石之声：

> 睡吧，小小的宝贝
> 你睡，我为你守夜；
> 在这骗人的世间，
> 主会赐你许多好运。

> 卡斯塔尼亚尔圣母，
> 黝黑中的黝黑之灵，
> 在我们死亡的时候
> 她会给予我们保护。

阿斯图里亚斯的人还会唱另一首阿尼亚达。这首歌里，母亲会抱怨丈夫给孩子听。

这片地区闭塞、多雨。夜里，丈夫拍着门回来，身边是其他醉汉。妻子正摇晃着婴儿。她的脚上有伤，伤口沁出的血简直能将大船残酷的缆绳染红：

所有的活都给
可怜的妻子们，
她们整夜守着，
守着老公回来。

有的醉着回来，
有的笑着回来。
还有的说：哥们儿，
我们把女人杀了吧。

他们要晚饭吃，
她们没钱可做。
"你那两个钱呢？"
婆娘，你好大的口气！

(……)

就算寻遍西班牙，也很难找到比这更悲伤、更色情、更残暴的歌谣。不过，我们还有另一种真正卓越的摇篮曲。它分布于阿斯图里亚斯、萨拉曼卡、布尔戈斯、莱昂等地区。它不是某一个地方特有的歌种，在伊比利亚半岛的北部和中部均有流散。这是通奸女人的摇篮曲：她一边给孩子唱着歌，一边和情人交欢。

这种曲子像一个双重的谜，有双重的讽刺意味，每次听到都令人惊异。母亲借站在门口、不该进入的男人吓唬孩子。而父亲此刻正在家中，他也不会让门口的男人进来。阿斯图里亚斯大区的版本是这样的：

> 家门口的男人，
> 现在不要进来，
> 我哭着的孩子，
> 他爸爸在家里。

哎呀，我的小宝贝，现在不要。

哎呀，我的小宝贝，爸爸在家。

家门口的男人，

等明天再过来，

我孩子的爸爸，

明天要上山去。

哎呀，我的小宝贝，现在不要。

哎呀，我的小宝贝，爸爸在家。

（唱出声来）

在托尔梅斯河畔阿尔瓦[1]，通奸女人之歌比阿斯图里亚斯大区的更富诗性，情愫也更隐秘：

---

1 托尔梅斯河畔阿尔瓦（Alba de Tormes），西班牙卡斯蒂利亚-莱昂大区萨拉曼卡省的市镇，位于西班牙中西部。

白白的鸽子,

你突然飞来,

孩子正哭着,

他爸爸在家。

黑黑的鸽子,

白白地飞着,

我给孩子唱,

他爸爸在家。

布尔戈斯的版本(具体位于萨拉斯德洛辛凡特斯[1])是所有版本中最明晰的:

你人是真好啊,

你也是真不懂啊,

孩子不睡觉,

---

[1] 萨拉斯德洛辛凡特斯(Salas de los Infantes),西班牙卡斯蒂利亚-莱昂大区布尔戈斯省的市镇,位于西班牙中北部。

他爸也在家。

睡吧，睡吧我的爱，

你就快离开吧！

唱这些歌的是一位漂亮女人。她是女神芙罗拉[1]，双乳无眠，最适宜毒蛇的头部。她贪婪地渴望果实，没有一丝忧虑。这是唯一一首孩子在其中没有任何重要性的摇篮曲。孩子仅仅是她歌唱的一种托词。不过女士们，我不是想说所有唱它的人都下流淫秽。但的确，歌唱它的时候，即便自己没注意到，人也进入了通奸的范畴。无论如何，不该进门的那个神秘男人，就是脸被大帽子遮着，所有真正的、无辜的女人都渴望得到的男人。

至此，我已尝试向各位介绍了不同种类的摇篮曲。除了塞维利亚，其他地区的摇篮曲都有自己典型的地方性旋律结构。它们没有受过任何影响，

1　芙罗拉，罗马神话里的花神，代表春天与鲜花。

且旋律固定，不会发生迁移。那些能够迁移的歌曲总是在情感上维持着一种安逸的平衡，有某种全球性特质。它们始终保持怀疑，有能力更改旋律的数字外衣，在声调上灵活可变，在抒情的温度上不偏不倚。每个区域都有一个稳固、不可被收买的旋律内核，和一支漫游着、进攻着的真正的歌曲军队。它们在步力所及的范围内走动，将在各自影响力可及的最远边界处交融着消亡。

阿斯图里亚斯和加利西亚大区有一群歌谣带着湿润和绿意向南传到卡斯蒂利亚地区，再经过节奏的改变，传到安达卢西亚大区。在那里，它获得安达卢西亚歌曲的模样，形成了奇特的格拉纳达山地谣。

安达卢西亚抒情歌谣中最纯洁的表达，也就是深歌里的断续调，没能从赫雷斯[1]或科尔多瓦传出去；反之，没有偏向性的旋律——波莱罗舞曲，

1　赫雷斯，西班牙安达卢西亚大区的市镇，位于西班牙南部。

在卡斯蒂利亚地区远播，甚至一直舞蹈到阿斯图里亚斯去。托尔内尔[1]就曾在利亚内斯[2]收集到一曲真正的波莱罗。

加利西亚大区的阿拉拉[3]日夜敲打着萨莫拉[4]的城墙，却未能穿透它；反之，穆涅伊拉舞曲[5]的许多韵律却在南部吉卜赛人的某些典礼舞蹈和歌谣中流传。由格拉纳达摩尔人携带的塞维利亚舞曲毫发无损地传到突尼斯，却在传至拉曼恰时发生了旋律和特性的彻底转变，且根本无法越过瓜达拉马河[6]。

我说的这些歌谣里，安达卢西亚还能从海上散布影响，但它不能像其他种类的歌曲一般，将

---

1 爱德华多·马丁内斯·托尔内尔（Eduardo Martínez Torner, 1888—1955），西班牙音乐学家、作曲家。
2 利亚内斯，西班牙阿斯图里亚斯大区的市镇，位于西班牙北部。
3 阿拉拉，西班牙加利西亚大区的一种民歌。
4 萨莫拉，西班牙卡斯蒂利亚-莱昂自治区萨莫拉省省会，位于西班牙中西部。
5 穆涅伊拉舞曲（Muñeira），西班牙加利西亚大区的一种民间舞蹈和曲式。
6 瓜达拉马河，塔霍河分支，位于西班牙中部，全长131.8千米。

影响传至北方。安达卢西亚的摇篮曲能浸染莱万特地区[1]南部,直至传给巴利阿里群岛的某些摇啊摇[2];而通过加的斯,它甚至能远传到加那利群岛。毫无疑问,那里的阿啰啰[3]就有着贝提卡半岛[4]的印记。

可以绘制一幅西班牙旋律地图,那样我们就会看到各个地区之间的融合。我们将可以看到它们之间体液和血水的交换,看到它们随着一年中四季的收缩、舒张而改变。我们将可以清晰地看到那牢不可破、悬在雨水之上的空气骨架将伊比利亚半岛

---

1 莱万特地区,西班牙邻近地中海的一片区域,横跨西班牙东部的所有省份。
2 摇啊摇(Vou-veri-vou),西班牙巴利阿里群岛的一种传统摇篮曲。Vou-veri-vou 这几个音节并无实际意义,只是因为它常作为摇篮曲的开头而被人当作这一种类的名称。在马略卡岛的波连萨村,也有居民因此将摇篮称为 vou。
3 阿啰啰(Arrorró),也写作 arrolo(即本演讲标题中的写法)或 rorró,西班牙加那利群岛的一种传统摇篮曲。在加那利群岛原住民贯切人所说的塔马齐格特语(Tamazight)中,arrorró 的意思是刚出生的婴儿。
4 贝提卡是罗马帝国在西斯班尼亚的三个行省之一,西与卢西塔尼亚接壤,东北与塔拉哥那接壤。此处即提喻整个伊比利亚半岛。

的各个区域连接在一起。它像软体动物,灵性全暴露在外,能将世界其他任何一点微小的入侵聚集到中心来,而后毫无危险地输出复杂且古老至极的属于西班牙的精髓。

一座城市如何从十一月唱到十一月[1]

女士们、先生们:

今天我想和大家讲讲我的家乡,格拉纳达。她像一位盛装打扮的母亲,准备前去聚会,而我就像她的孩子,惊奇地指着她。为了好好介绍格拉纳达,我得拿一些音乐作例子,我还要把它们唱出来。对我来说,这其实很难——我唱歌不像歌手,而像诗人,或者说,像天真的放牛娃。我声线不好听,嗓音很细。所以,如果我不小心唱出什么怪声的话,那就不足为奇了。话虽如此,我还是相信我

---

1 本稿的一部分曾于 1933 年春天在马德里的一场对谈会上,由洛尔迦本人和歌者、舞者恩卡纳西翁·洛佩兹一同讲演。完整稿于 1933 年 10 月 26 日在布宜诺斯艾利斯首讲。之后,诗人还分别在蒙得维的亚(1934 年 2 月 9 日)和巴塞罗那(1935 年 12 月)宣读过本文。——西班牙语版编者注

发出的尖声怪调不是歌手们的那种能让他们自戳双目、光辉全损的毁灭。反而，我会把这些声音变成小小的银饰，温柔地挂在这间讲堂最忧郁的蒙得维的亚姑娘身上，挂在她甜蜜的颈项间。

生于格拉纳达的盲人，即使已多年不在这里生活，也总能通过街上唱的歌判断当时的季节。

接下来的游览中，让我们不再携带双眼。就让我们把眼睛放在一盘雪上，让圣露西亚[1]停止猜想和推测。

为什么人们永远要通过视觉来研究一座城市，而不用嗅觉或味觉呢？甜奶夹心饼、阿拉糊饼、劳哈尔的猪油饼[2]所能展示的格拉纳达，与瓷砖贴面、摩尔人穹顶一样多；它们和从法老墓一出来竟能看

---

[1] 圣露西亚，罗马帝国时期的基督教圣人，因罗马当局对基督教的仇视及被未婚夫举报身份，被刺瞎了双眼。但露西亚虔诚地祈祷，终于奇迹出现：她睁开了双眼，重见光明。此后，人们将露西亚奉为掌管视觉的圣女。洛尔迦曾在散文诗《圣露西亚与圣拉撒路》(*Santa Lucía y San Lázaro*)中着重描绘她的这项特征。

[2] 劳哈尔的猪油饼为安达卢西亚传统甜食，由面粉、猪油、蜂蜜、坚果和其他香料制成。

到种子四散所显示的奇迹一样大。那么，今天我们就来听一听格拉纳达这座城。

大家都知道，一年有四季：冬、春、夏、秋。

格拉纳达有两条河、八十座钟楼、四千条水渠、五十口大喷泉、一千零一座小喷泉、十万人口；有一座制吉他和十二弦琴的乐器厂，一家卖钢琴、手风琴、口琴，还卖手鼓的音乐商店；有三条林荫大道，其中两条用来给人歌唱（沙龙大道、阿尔罕布拉大道），一条用来给人哭泣（伤心者大道）——哭泣的这一条汇集了欧洲浪漫主义的所有精髓；还有一大群烟火制造者，他们用和建造狮子庭院[1]相仿的艺术筑造喧嚷有声的塔楼，想必那定能激荡池塘里方形的潭水。

内华达山脉为不能飞的歌谣、从房顶跌落的歌谣、在火光中双手灼伤的歌谣，还有在七月干旱

---

[1] 狮子庭院，位于西班牙格拉纳达阿尔罕布拉宫的心脏，建于14世纪末。在这一段列举的最后一个分句中，洛尔迦再度使用他个人喜爱的修辞——通感，将建筑师们比作烟火的制造者，为他们修建的塔楼灌注活跃的声音。

的谷穗中闷死的歌谣，换上属于岩石、白雪、绿色梦境的背景。

这些歌谣是格拉纳达城的五官。我们能从其中体悟格拉纳达的旋律和温度。

让我们通过听觉和嗅觉慢慢靠近这座城。我们的第一感觉会是莎草和薄荷的气味，是一个植物世界，它被在平原上四处奔走的骡子、马、牛轻轻踩碎。旋即，我们会注意到水的旋律。那不是一种肆意淌流、疯狂的水，而是有旋律（而非响声）、度量有道、质地恰好的水，它顺着几何般的精确水渠，在灌溉系统中获得旋律。在这里，在下面，水是用来浇灌的，它歌唱；而在那里，在赫内拉利费宫[1]里，水充溢着微小的白色小提琴，它受苦，它喘息。

在格拉纳达，水毫无游戏可言。水之嬉戏要

---

[1] 赫内拉利费宫，西班牙格拉纳达的苏丹夏宫，建于 14 世纪初，包括水渠庭院和苏丹花园，被认为是至今维护最好的安达卢西亚中世纪花园。其地理位置殊异，位于阿尔罕布拉建筑群的最高海拔处，从格拉纳达市看去，需要抬头远眺才能见其一二，因而有此处的"这里—下面""那里—上面"之比。

留给凡尔赛宫。那里的水是一种节目,它像海一样丰沛,是骄傲的机械建筑。那里的水也没有歌谣的概念。而格拉纳达的水是用来解渴的:它鲜活,和喝它的、听它的、想死在它里面的人聚合在一起。它在喷嘴处受难,最终埋葬在池塘里。胡安·拉蒙·希梅内斯就曾言:

噢!多么绝望啊
来了,而后又去,
朝最远的角落
重复、重复、重复,
往最后的墙上
撞个头破血流!
水沉睡了,梦见
人说:别再哭了……

格拉纳达还有两个河谷。两条河。但它们里面的水不歌唱,那是一种喑哑的响声,是一阵迷雾，混杂着从内华达山脉刮来的阵阵大风。赫尼尔河[1]由山杨加冕，达罗河[2]则由百合戴冠。

但一切都刚刚好，保持着类人的比例。鲜少的风和水，其总量恰好是人类听觉所必需的。这便是格拉纳达与众不同的地方，也是它的魅力所在：所有东西都小到一个房间的尺寸，小小的庭院、音乐、水流，在我们指尖舞蹈所需要的空气。

坎塔布里亚海[3]或肆虐着龙达[4]岩壁的强风一定会吓到格拉纳达人，因为格拉纳达人镶嵌在窗子里，他们被窗格定义。格拉纳达的风和水温柔平静，因为沸腾的自然元素会打破人类音阶的调性，还会消除、耗尽无法掌握它们的人的人格，致使他

---

1 赫尼尔河，瓜达尔基维尔河的主要支流，发源自内华达山脉，流经格拉纳达。
2 达罗河，西班牙东南部河流，发源于格拉纳达省东北部，最终在格拉纳达汇入赫尼尔河。
3 坎塔布里亚海，西欧的陆缘海，大西洋的一部分，位于西班牙北部和法国西南部。
4 龙达，西班牙安达卢西亚大区马拉加省的城市。龙达地处山区，且被瓜达莱温河横穿，因此形成了一条深度超过一百米的峡谷，两侧山势崎岖，岩壁嶙峋。

们丧失风景和梦想。格拉纳达人通过对称的方式反过来看事物。因此，格拉纳达永远无法诞生英雄；因此，有史以来最杰出的格拉纳达人布阿卜迪勒[1]，把这座城交给了卡斯蒂利亚人；也因此，所有时代的格拉纳达人最终都会回到自己小小的、由月亮装点的房间里。

格拉纳达为音乐而生。在这座封闭的、被群山环绕的城市里，旋律被墙壁和岩石反射、限制、扣留。内陆的城市总有音乐。塞维利亚、马拉加、加的斯能经由港口逃逸，但格拉纳达除了高耸的、由星星组成的天然港口，没有任何其他出口。整座城市被紧紧收束起来，正适于音乐的精髓——节奏与回声。

格拉纳达最绝妙的艺术表达不在诗歌上，而在音乐上。音乐有着通往神秘学的康庄大道。格拉

---

[1] 布阿卜迪勒（Boabdil），原名阿布·阿卜杜拉·穆罕默德十二世（约1460—1533），格拉纳达酋长国那斯里德王朝最后一位君主。

纳达没有唐璜之城、情爱之城塞维利亚一般的戏剧,但它有抒情诗歌。如果说塞维利亚在洛佩、蒂尔索[1]、博马舍[2]、索里利亚[3]的戏剧和贝克尔的散文中达到艺术鼎盛,那么格拉纳达就在充满了安达卢西亚式悲痛的泉眼交响里,在比韦拉琴演奏家纳瓦埃兹[4]里,在法雅和德彪西的音乐里达到艺术巅峰;如果说在塞维利亚,人的因素统治着风景,徒徒四壁之内,堂佩德罗[5]、堂阿方索[6]、那不勒斯的奥克

---

1 指蒂尔索·德·莫利纳(Tirso de Molina, 1579—1648),西班牙巴洛克时期剧作家、诗人。

2 皮埃尔-奥古斯坦·卡隆·德·博马舍(Pierre-Augustin Caron de Beaumarchais, 1732—1799),法国博学家。作为剧作家的博马舍写有《塞维利亚的理发师》《费加罗的婚礼》等传世名作。

3 何塞·索里利亚·莫拉尔(José Zorrilla y Moral, 1817—1893),西班牙浪漫主义诗人、剧作家,著有《堂胡安·特诺里奥》(*Don Juan Tenorio*)。

4 路易斯·德·纳瓦埃兹(Luis de Narváez,约1500—1552),文艺复兴时期西班牙作曲家、比韦拉琴演奏家。

5 指佩德罗一世(Pedro I de Castilla, 1334—1369),卡斯蒂利亚王国国王,残暴但懦弱,曾在塞维利亚的一场战争中落荒而逃。

6 指"智者"阿方索十世(Alfonso X de Castilla, "el sabio", 1252—1284),卡斯蒂利亚王国国王,逝世于塞维利亚。

塔维奥公爵[1]、费加罗[2]、马尼亚拉[3]来来去去,那么在格拉纳达,穿梭于两座空荡荡的宫殿中的便是幽灵。在格拉纳达,马刺会化身虫蚁,缓慢地沿着无垠的大理石路面爬行,情书会化身一把青草,而利剑会化身精巧的曼陀铃琴,只有蜘蛛和夜莺才敢拨动。

我们来到十一月末的格拉纳达。一阵稻草烧焦的气味,还有成堆的叶子正开始腐烂。天一直下雨,人们待在家中。

但皇家大门中央,摆着几个卖桑本巴[4]的摊位。群山被云朵遮蔽,我们确信这里容纳了北方所有的抒情诗歌。一位来自阿尔米利亚、圣费或阿塔尔费[5]

---

1 蒂尔索·德·莫利纳名作《塞维利亚的嘲弄者》(*El burlador de Sevilla*)中的角色。
2 《塞维利亚理发师》的主人公,据称生活在塞维利亚。
3 指米格尔·马尼亚拉(Miguel Mañara, 1627—1679),作家、僧人,文学史上认为他是文学人物唐璜的灵感来源。
4 桑本巴,西班牙民间的一种土制乐器,常用来伴随圣诞颂歌。
5 阿尔米利亚、圣费和阿塔尔费均为西班牙安达卢西亚大区格拉纳达省的市镇。

的年轻女仆买了一把桑本巴,开始唱这首歌:

《四个赶骡子的人》(歌曲)

这是一首传唱于格拉纳达平原所有地方的圣诞颂歌,它也由格拉纳达的摩尔人传到了非洲。在突尼斯,人们是这样唱的:

(放摩尔人音乐)

人们在蚕豆麦秸的灰烬旁唱这首《四个赶骡子的人》——唱它的不仅有格拉纳达城四周的所有村民,还有顺着内华达山脉一路向上的山民。

但随着十二月天空变得澄澈,成群的火鸡出现,格拉纳达被手鼓、蝉噪和桑本巴的乐音萦绕。晚上关在家里,人们也能继续听到一样的旋律——它们从窗户和烟囱里飘出来,仿佛直接从大地里生长出来一般。人们的声音越来越大,街巷里挤满了亮着光的摊位和成堆的苹果,午夜的钟声和修女们凌晨祝祷的钟声衔接在一起。阿尔罕布拉宫比任何时候都更黑、更远,母鸡把蛋留在结了霜的麦秸上。而托马萨斯修道院[1]的修女们正在给圣约瑟夫戴上一顶黄色的有沿帽子,接着给圣母戴上头巾和压头发的梳子。泥塑的羊和羊毛织成的狗正在人造苔藓铺成的楼梯上向上爬。金属刮擦的声音响了起来,在响板、盖子、刮刀和铜钵的喧嚣间,人们开始演唱欢乐至极的复活节谣曲《小朝圣者》:

复活节谣曲《小朝圣者》(歌曲)

人们在街上成群结队地唱它,孩子们跟着奶妈唱它,醉酒的妓女们在拉上窗帘的车里唱它,士兵们想着自己的家乡唱它;同时,在赫尼尔河的栏

---

[1] 位于格拉纳达阿尔拜辛区的修道院。

杆边，画肖像画的人正在创作。

这是大街上的快乐，是安达卢西亚式的玩笑，也是一个蕴含文化的民族全部的优雅。

但此刻，如果我们离开喧嚷的大街前往犹太区，就会发现那里一片贫瘠。我们会在那里听到一首满是隐匿忧郁的圣诞颂歌。它和《小朝圣者》完全相反。

是谁在唱呢？那是格拉纳达最纯粹的声音，是悲凄的挽歌，是东方和西方在两座破败、满是亡灵的宫殿，查理五世宫和阿尔罕布拉宫[1]里碰撞。

《下面的街道上》（歌曲）

下面的街道上

走着我心上人。

他戴着宽檐帽

---

[1] 两座宫殿均位于山头的阿尔罕布拉建筑群内，向西南可远眺格拉纳达城区，向北可瞭望阿尔拜辛区与圣山。

我不见他的脸。
可恶的帽子啊
怎能全都遮住。
我来买顶新的
给他复活节戴。

随着最后一曲圣诞颂歌的消逝,整座城市开始在一月的冰封中沉睡。

二月,随着阳光和微风,人们晒太阳、做小吃、在橄榄树下荡秋千。那时,人们唱着和北部山民口中一样的歌谣。

近郊的格拉纳达人歌唱时,流水还隐匿在细薄的冰层下。大孩子们在地上躺开,成年人则斜着眼睛,他们的视线重合在荡秋千者的腿上。空气仍然料峭。

现在,城郊街道十分安静。街上有一些狗,空气里有橄榄的气味。而后突然,啪!一桶脏水从一道门里泼出来。油橄榄林里结满了果子。

《女孩在荡秋千》(歌曲)

女孩在荡秋千,

她情人看着她,

说道:我的女孩,

麻绳就要断了。

麻绳要是断了,

得荡到哪儿停啊?

到圣尼古拉斯[1]

那些小巷里吧。

这类歌曲中的一部分浸透着一种十五世纪传统歌谣的味道:

下午的时分

---

[1] 指建于1525年的圣尼古拉斯小教堂。由于地处阿尔拜辛区,周围有许多盘曲错节的山头小路。

我上橄榄林

看树上叶子

微微风中摇,

微微风中摇,

看树上叶子

微微风中摇,

这一首与一五六〇年胡安·巴斯克斯[1]谱曲的那一首几乎一样:

妈妈,我从杨树林来,
我去看树叶风中飘了。

我从塞维利亚杨树林来
我去看甜甜的朋友了。

---

1 胡安·巴斯克斯(Juan Vásquez,约1500—1563),文艺复兴时期西班牙教士、作曲家。

我从格拉纳达杨树林来,

我去看亲亲的爱人了。

我去看树叶风中飘了

妈妈,我从杨树林来。

古典世界的至纯遗迹推动了这些橄榄树歌谣的形成。

这种现象在西班牙并不少见。至今我们仍在一点不改地以最原始的形态唱胡安·德尔·恩西纳[1]、萨利纳斯[2]、富恩利亚纳[3]、皮萨多[4]的作品。它们就这样突然在加利西亚或阿维拉鲜活地出现。

---

1 胡安·德尔·恩西纳(Juan del Encina,1468—1529),文艺复兴时期西班牙诗人、剧作家、音乐家。
2 弗朗西斯科·德·萨利纳斯(Francisco de Salinas,1513—1590),文艺复兴时期西班牙音乐家、管风琴演奏家。
3 米格尔·德·富恩利亚纳(Miguel de Fuenllana,约1500—1579),文艺复兴时期西班牙作曲家、比韦拉琴演奏家。
4 迭戈·皮萨多(Diego Pisador,1509/1510—1557后?),文艺复兴时期西班牙作曲家、比韦拉琴演奏家。

日落时分，人们便从橄榄林回来。在很多地方，聚会仍在屋檐下继续。

当春天来临，树梢间出现星星点点的绿意时，人们便敞开阳台。一切景致以人们意想不到的方式发生着转变。我们从雪中走来，坠入月桂树和所有南方的特色里。

女孩子们开始出现在大街上，而一位在我幼时被人们称为"斜眼子"的平民诗人也会从家里出来，在花园里的一条长凳上坐下。大木桶捎来了海边新酿的葡萄酒，而黄昏时分格拉纳达城里响起了这首歌。它形式纯粹，仿佛三月最后一天的空气；它宣布着斗牛季的开始：

《中国女孩咖啡馆》（歌曲）

那边发生了什么？两位大嫂在乌米利亚德罗[1]

---

1 乌米利亚德罗，西班牙安达卢西亚大区马拉加省西北部的市镇。传闻天主教双王在进入格拉纳达前途经此地，在著名的乌米利亚德罗十字架前跪拜。

的城门口，也就是天主教双王当时进来的地方相遇了：

> 大嫂，你从哪里来？
> 大嫂，格拉纳达来。
> 大嫂，那里在干啥？
> 大嫂，啥事也没有。
> 人们在编竹篮子，
> 还把大钟敲不停。

从五月到六月，格拉纳达就是一座从不止歇的钟楼。学生们根本没法学习。比伯兰布拉广场[1]上，大教堂的钟声，那些从海底附着海藻和彩云升腾起的钟声，完全不让农民们讲话。而圣胡安大教堂的钟声在空中掷出青铜般的哭号和猛击，组成一屏巴洛克组画。然而，阿尔罕布拉宫却比任何时候

---

[1] 比伯兰布拉广场，格拉纳达市中心的著名广场。

都更孤独，也更空荡、赤裸、死寂。它与城市格格不入，遥远得无以复加。转而望向大街上，有人推着车卖冰激凌，有人摆摊卖夹着葡萄干和芝麻的油面包，还有人卖鹰嘴豆蜂蜜棒。

接着，基督圣体圣血节[1]的巨人、巨嘴龙、小矮人们出现了：狂乱的灯光、嘈杂的小提琴、缀满装饰的车子……还有旋转木马，它属于爱和优雅，属于对城堡上一去不复返的烟花的眷恋。随之，格拉纳达的女人们赤裸着双臂，腹部宛似暗色的木兰花，在大街上撑开绿的、橙的、蓝的遮阳伞。

山谷这一侧，集市的汽笛声如云堆叠；而埃尔维拉大街[2]那一侧，那古老至极的

> 埃尔维拉大街，
>
> 住着下层姑娘的地方，

---

[1] 基督圣体圣血节，天主教传统节日，西班牙通常在5月下旬至6月下旬间举行。
[2] 埃尔维拉大街，位于格拉纳达阿尔罕布拉宫脚下。

她们三三两两,

独自爬上阿尔罕布拉,

那里会响起格拉纳达城的这首歌:

《三片叶子》(歌曲)

在格拉纳达的最后一朵烟花中,人们听到了所谓的"巨雷"。旋即,所有人都在一日之内去了乡下,把城市交给一小时后就将抵临的夏天。女士们用白色罩子盖住躺椅,并关上阳台。没有离开城市的人住进院子和最底层的房间里,摇着摇椅,喝着装在湿红黏土瓶里的凉水。人们开始在晚上思考,在晚上生活。这个时节,整座城市会在吉他的伴奏下唱凡丹戈[1]或格拉纳达舞曲。那些歌风景深邃,调新曲异。

---

[1] 凡丹戈,弗拉门戈曲式。曲调快速,为三拍子乐曲,可由吉他、响板、人声伴奏,18世纪经由西班牙宫廷开始在欧洲流行。

所有谣曲都涌进孩子们嘴里,那是任何浪漫主义诗人都无法超越的最美的歌谣、最血腥的传说、最出人意料的语词游戏。这些例子无穷无尽。我们就来欣赏一首某些村子的小男孩和阿尔拜辛区的拉尔加广场[1]的小女孩会唱的谣曲吧。

八月夜里,没有人会不被《阿尔瓦公爵》谣曲那温柔的旋律所打动:

《阿尔瓦公爵》

——有人说,有人说啊,
塞维利亚有人说
阿尔瓦公爵要和
别人结婚,忘了你。
——他爱结婚就结婚,
和我有什么关系?

---

[1] 拉尔加广场,位于格拉纳达阿尔拜辛区中央,是城市中生活最热闹的广场之一,始建于14世纪。

——姊妹，你不在意吗？
你已经尊严扫地。
有人回到房间里，
准备缝纫和刺绣。
当她探头出窗外，
公爵正走广场中。
她往他身旁一瞥
竟是另一位女子。
那两人眉来眼去，
那两人有呼有应。
——安娜，安娜玛丽亚，
你想要我怎么样？
——公爵，阿尔瓦公爵，
我最挚爱的公爵，
有人和我说，你要
娶那贵妇人为妻。
——谁和你说了真话？
他完全没有骗你。

明天就是我婚礼,

我邀请你来赴宴。

——听了这些话以后,

她倒在地上,死了。

所有医生和护士

争先恐后冲上去。

他们打开她胸膛,

欲知她为何归西。

在她心脏某一侧,

五个金字被镌刻;

一边写的是"公爵",

另一边是"我挚爱"。

——倘若我早些知道,

原来你如此爱我,

我不会把你忘记,

我灵魂般的白鸽。

我们所有人必须踮着脚,小心走上这条两旁长满仙人掌的红土路,去山上拐弯的地方参加一场聚会。

人们伴着吉他和响板载歌载舞,还拍着手鼓,敲着三角铁,奏着田园乐器。

他们唱罗阿、阿尔波莱阿、卡楚恰,还唱这首极大地影响了法雅音乐作品的索隆戈[1]。

(演奏音乐)

穿过山峦和澄黄的水底,白天来了。随着天光,收割和打谷的歌声也响了起来。但这种村野风情没有渗透进格拉纳达。

九月,没有衣裳的人唯余颤抖。

我们即将来到圆轮的最后一根辐条。

圆轮,转呀圆轮。

秋天从杨树林里探出头来。

---

[1] 罗阿、阿尔波莱阿、卡楚恰、索隆戈均为安达卢西亚民歌形式。

还有市集也探出头来了：市集上有核桃、红枣、红山楂、大堆的榅桲，还有叠成塔一般的哈鲁约[1]和科尔索面包店做的糖面包。

圣米迦勒[2]在他的小山丘上，在簇拥的向日葵间舞弄宝剑。

你们还记得我写的谣曲吗？

圣米迦勒身披饰带，
在塔楼上，在寝室里
展示自己俊美双腿，
腿形环映灯笼光中。
被驯养的大天使在
敲响的十二钟声里，
装出由羽毛和夜莺
所组成的甜蜜狂怒。

1　哈鲁约，西班牙南部传统美食，由香肠、血肠、洋葱等炖制而成。
2　圣米迦勒，《圣经》中的大天使，神所指定的伊甸园守护者，也是唯一具有天使长头衔的灵体，其名取义"与神相似"。

圣米迦勒玻璃中唱

三千个夜晚的青年,

古龙香水馥郁喷鼻,

却与花朵遥遥相隔。

(……)

圣米迦勒一动不动

在塔楼上,在寝室里,

丧衣被花边与小镜

缀满,但他早已僵直。

圣米迦勒,属于气球

和奇数的至高王者,

在柏柏尔人[1]精巧的

喧嚷和楼台里隐没。[2]

从橄榄丘上望去,格拉纳达是柏柏尔人精巧的喧嚷

1　柏柏尔人,西北非洲说闪含语的民族。
2　出自洛尔迦《吉卜赛谣曲集》(*Romancero gitano*)中的《圣米迦勒》(*San Miguel*)。

和楼台。我们听到一曲模糊难辨的歌。那是格拉纳达所有歌谣在同时发声：河流、人声、山峦、树丛、游行队伍、水果的海洋、秋千的咿呀。

但圣米迦勒的欢乐结束了。秋天带着水的鼓噪声来敲每个人的门。

咚，咚。

是谁？

又是秋天。

秋天要什么？

脸颊凉又凉。

我不想给你。

我自己来要。

咚，咚。

是谁？

又是秋天。

随着第一场雨的到来，菜畦里长满了青草。因为有了些许寒意，人们不再去花园里，"斜眼子"也坐到了可以烤火的桌边。但暮色充斥着整片天空，巨大的云团把风景一笔勾销，最古怪的灯光在屋顶上滑冰，或在大教堂的塔楼里沉睡。我们又一次听到真正的沉郁之声：

从那扇
对着小溪的窗子
扔给我你的手帕
我受伤了。

从那扇
对着菜园的窗子
扔给我你的手帕
我要死了。

从那扇
对着流水的窗子

扔给我你的手帕
我魂丢了。

可能正好，那同一群小孩子不想去学校，因为他们在玩陀螺。

可能正好，在厅堂里，人们为死者点起了长明灯。

可能正好，我们来到了十一月。

一阵稻草烧焦的气味，还有成堆的叶子开始腐烂，你们记得吗？天一直下雨，人们待在家中。

但皇家大门中央，已经有摆了个卖桑本巴的摊位了。

一位来自阿尔米利亚、圣费或阿塔尔费的年轻女仆，长了一岁，兴许穿着丧服，开始给她主人的孩子们唱：

那四个朝水边去的
赶骡夫里

赶着黑白花骡子的
偷走了我的魂。

那四个朝水边去的
赶骡夫里
赶着黑白花骡子的
就是我的丈夫。

我们已经轮完了一年。格拉纳达将永远是这样。以前是,现在也是。我们走了,格拉纳达却留下了。它在时间中铸成永恒,也在我——它最小的孩子——这双贫朴的手中转瞬即逝。

四、视觉艺术与美学

新绘画"速写"[1]

画家克劳德·莫奈曾说:"我要像鸟儿歌唱一样作画。"这是十九世纪末期绘画艺术的座右铭。当时,光线正以各种奇招异式攻占画面,将形式的美耗尽。物体的完整特征和纯粹清晰的轮廓感都被取缔,因为光的魔法抵临,将它们摧毁。那是印象派的王国。但其实比起"印象派"这个名字,它更应该称为"感官主义"(sensacionismo)或"瞬时主义"(momentismo)——它强调某一刻的美,认为瞬间高于其他一切。顷刻间,转瞬便逝的河水成为正典,而大理石底座被弃于一旁。那个时代的画作里,手放到眼前就能成为一只漏斗,而脸不过只

---

[1] 本稿于 1928 年 10 月 27 日在格拉纳达文艺协会宣读。——西班牙语版编者注

是一块形状似脸的污斑。大自然在自己的色域里被拙劣效仿。画家们离得远远的，在缭绕的烟雾中再现自然。这场关于风景写生的醉酒筵席里，没有任何一点智力参与。绘画艺术奄奄一息。于是行动出现了。随着行动，绘画慢慢得到救赎，关于绘画的观念和意识也完全发生了改变。印象派最末期的几位画家在走到悬崖边时停了下来，他们决定回头模仿古典绘画的各位大师。一幅画应回归其最本质的基础，也即物体的形式与体积。印象派使画作骨架全无，散成一摊果冻，刺激我们的情绪和我们对美纯真的感受。不久后，塞尚对他的模特说出了那句永载史册的话："先生，请您保持不动。我画您就像画一个苹果。"

从塞尚起，艺术界便涌现出一股对建构的热望。它一直革新着绘画艺术，直至发展成两个极端：一端是锋利的，以奥占芳[1]和让纳

---

1 阿梅德·奥占芳（Amédée Ozenfant, 1886—1966），法国画家，于1915—1917年间在其刊物《冲》（*L'Élan*）上描述纯粹主义（转下页）

雷[1]所谓"纯粹主义"作画方式为代表;另一端是科学的,以建构主义者为代表——他们曾说,"在数学和艺术之间,或在艺术品和技术发明之间,是没有界限的"。当建构的脚手架延展至此时,绘画艺术便出现了一种发自心灵的应答,一种唯灵论的创作模式。意象不再由智力赋予,而是由无意识,由纯粹的灵感直接生成。

经典绘画永远在模仿自然,或说模仿自然呈现出的一种惯常现实。画家们的双眼被所看到的物体奴役。他们的灵魂也异于诗人和音乐家的灵魂,忧郁、悲凄,被这双既无观点又无风格的眼睛束缚。

他们需要一位珀耳修斯[2],杀死海怪,打破这

(接上页)的原则,并于1918年和勒·柯布西耶一同发表纯粹主义宣言《立体主义之后》(*Après le cubisme*)

[1] 即勒·柯布西耶(Le Corbusier, 1887—1965),瑞士—法国建筑师、室内设计师、雕塑家、画家、功能主义建筑泰斗,同时也是纯粹主义艺术家。

[2] 希腊神话中宙斯与情人达那厄所生之子。相传,珀耳修斯经过海滩时,看见被紧紧拴在巨石上的安德洛墨达即将被失而复明的海怪刻托掠食。珀耳修斯挥舞闪烁的宝剑将海兽杀死,并最终娶安德洛墨达为妻。

束缚了安德洛墨达[1]无数个世纪的悲惨枷锁。

一九〇九年,第一幅立体主义作品在画廊中展出。如果要解释当时针对它的传言趣闻和揶揄嘲笑,我恐怕得讲两三天。但这场讲演只是我在紧迫的时间下粗造的一份提纲。这么说吧,当时工匠不想给它裱框,艺徒也不想把它抬上架子。谁能料想八年之后,一幅这样的画能卖到三十万法郎呢?

随着第一幅立体主义画作的诞生,旧绘画与新绘画间的鸿沟便出现了。也是第一次,摆在博物馆里的一众画家,带着他们鲜活的绘画精髓与绝世佳作,一齐化作了真正的"历史"。新旧间的争斗初显。人们知道毕加索曾经是这样作画的——从现实主义角度来看,这是一种绝妙的绘画方式(投影展示独眼老姬和阿拉贡少女)。这种绘画展现了西班牙的精髓和关于优美风光的真谛。感谢上帝,现在

---

[1] 希腊神话中的埃塞俄比亚公主。其母曾扬言安德洛墨达比所有的海中女神都美,因而触怒了海神波塞冬的妻子。为使埃塞俄比亚不遭毁灭,安德洛墨达被拴在海边巨石上献祭给海怪刻托,但最终被珀耳修斯营救。

这种画法正面临淘汰（关闭投影）。而人们也知道布拉克[1]以前是个杰出的才子。于是，其他领域的艺术家就联合众人一起，说毕加索和其他立体主义者想开玩笑，想把一些可怜的善良人逼疯。这才真是天大的玩笑！当时毕加索他们创造的，是绘画史上最伟大、最具净化力、最有解放意义的作品。他们是在拯救绘画，是在把绘画从一种再现性的艺术变成一种自给自足的、纯粹的、剥离现实的艺术。以前，画中的颜色和体积总是服务于肖像、宗教场景等；而现代绘画中，颜色和体积（世界首次！）开始在画布上拥有自己的感情，开始交流、联结，仅听从于它们本身的规则。

诗人纪尧姆·阿波利奈尔[2]和马克斯·雅各布[3]

---

1 乔治·布拉克（Georges Braque，1882—1963），法国著名立体主义画家、雕塑家，毕加索的挚友。

2 纪尧姆·阿波利奈尔（Guillaume Apollinaire，1880—1918），法国诗人、剧作家、艺术评论家，曾撰写《立体主义画家》（*Les Peintres cubistes, Méditations esthétiques*），创作过大量图像诗。

3 马克斯·雅各布（Max Jacob，1876—1944），法国诗人、画家、评论家，毕加索在巴黎最早的朋友之一。

在诗界发起了一场类似的运动，但真正在未经探索的道路上前行的还是绘画，是来自马拉加的天才毕加索，和其他画家。

是绘画艺术在撼动世界，向世界呐喊、断言，因为所有眼睛都能看到它，它也出现在所有欧洲国家前列，如一切鲜活的、胸中怀抱热血的存在一般令人惊诧、激动。

一九一四年。世界大战摧毁了现实。眼前所见变得令人难以置信。没有任何理析能经受得住战争的摧残。可见的也不再可靠。道德的大厦坍塌倒地。我们以前坚信的，现在均已不信。一切枷锁都被打破，无依无靠的灵魂孑然一身，成为自己观点的主宰。无须理会骗人的双眼，因为它们需要从自然现实中解放出来，以找寻真正的造型现实。要探求的不是物体在现实世界中的性质，而是它在造型艺术中的自然对应；要做的也不是如实再现某个物体，而是挖掘它自身的性质，找到它在绘画里，在几何或抒情里的表达方式。世界大战是新绘画之母。在这伤痛中,在这被摧毁得令人骇然的现实中,绘画不再是感官的奴隶,它变得自给自足了。五百年来,人们一直这样画画;现在却断然改变了,朝着更有逻辑、更符合创作意义的方向迈进。

另一位西班牙人胡安·格里斯[1]在索邦大学的一场演讲里说了些很有道理的话:"要精准确切地画一个玻璃瓶子,原封不动地展现它的特征,其实极其简单。任何一个制造瓶子的玻璃匠人都能比画家做得好很多。而我寻找玻璃的绘画表达,关注它作为绘画对象的实质,而非它的视觉外观。"的确,任何物体都有一定比例的外观和余饰是非绘画本身的,画家应该看出它们对作品有害无益,将它们剥除。举个例子:光泽,也就是现在很多画家在物品上缀饰的那些恶心的小白点。这可真是造型艺术史上最大的胡闹,因为光泽只会一闪而过,是物

---

[1] 胡安·格里斯(Juan Gris, 1887—1927),西班牙画家,与毕加索、布拉克同为立体主义运动的三大支柱人物。格里斯的绘画结合了立体主义与文艺复兴两种风格,在立体主义第二阶段"合成立体主义"中起了决定性作用。

体之外的。光泽并不属于物体的线条和体积,也不同于它的特性。当然,这些画家服务的也都是一些关注绘画以外特征的人,是那些说"某个画家画了谁,把他画得太像了,我要是一个人在房间里看到这幅画能吓一跳"的人。

远离了印象派对绘画的毁灭,我们就进入了立体主义的方济各会[1]。绿、红、黄的各种色度,易潮解色(如紫红)、釉料、调和色、无穷无尽的玫瑰红与银灰全部从立体主义的调色板上消失,取而代之的是深灰、纯白、赭石、熟褐等其他暗沉朴素的颜色。色彩的狂欢被叫停,曾经最首要的已不复存在,过去绘画中唯一关键且基本的主题也已不再重要。此前,人们说"这幅画表现的是这个"。现在我们进入了另一个世界。当下人们说的是,"这是一幅画,它表现的也只是一幅画而已"。这就仿佛在诗歌视角下,一首十四行诗只代表一首十四行

---

1 方济各会,13世纪初创立的天主教修会,以生活清贫著称。

诗，而一把椅子也只代表一把椅子一样。但一幅画传递了什么呢？它表达了什么呢？那就是另一个问题了。在由灰色铺就的背景上，画家眼中和谐（美丽）的线条、体积把玩它们的自身特性，画家让它们交织在一起，组成一个令人动容、引人思考的世界。

这种创作是在与现实剥离之后才能实现的。就像诗人织造意象，画家绘就图景以标定、引导情绪。画家只需要几个物体就够了。他从它们出发，重新创造它们，创造得更好，并挖掘它们的秘密，它们的绘画精髓。这些都是模仿者做不到的。

立体主义者们的创作可谓非常简朴。只需要一把吉他或小提琴、一只苹果、一尊手部石膏像、一支海狮牙嘴烟斗，他们就能完成大部分静物画。

但是他们却赋予了这些物体千百种模样：有极具感染力的，神采奕奕、圆润饱满，让人不禁想吃一口，摸一摸；有结合油画与沙画的，如乔治·布拉克的一些作品，质感极佳，与英国造的上等运动服布料相仿；还有洗练、冷冰、不加修饰的，如我们胡安·格里斯画笔下的吉他，它的感觉如一钩弯月一般完美，直抵暗夜游鱼的微妙情愫。纯粹的内容，纯粹的形式，纯粹的色彩。和肖像画家的绘画理念相比，这多么不受禁锢，多么天差地别啊！

于是绘画自由了，在精神层面上升至能与自给自足的艺术比肩的地位，它们刨除一切外在力量，将回响尽数传至最深处。

毕加索和乔治·布拉克是战时一代的代表人物，也是立体主义运动的发起人。这场运动的最后一个分支，也是纯粹、高不可攀、有决定性意义的一支，来自胡安·格里斯。当下一切关于建构的、真正独属绘画的模式都是由他发端的。

我们总说立体主义是绘画领域的一种超越，是一种在造型艺术范畴内稀有的、绝对全新的创作。但其实还有其他几个绘画流派也随着它同时出现，而它们也使用色彩的语言。只可惜，它们却制造出了文学，且很多时候是**糟糕的文学**。注意！不是造型艺术，不是当下这个神圣的时刻我们所想的那种"美术"。举个例子，意大利的未来主义。未来主义强调运动，企图让它的画作在动态的顶点最无节制地震颤。它厌恶静止的塑像，热爱放肆的骏马。同时，它把内外感官混为一谈，总之，它不过是**行为举止**的一种夸张体现，一种再意大利不过的做法。未来主义者和集会的演说家其实无甚差别。它的创始人马里内蒂[1]即是如此——一位滑稽的演说者，勇于在庄严的场合说不合时宜的刺耳话。未来主义的其他画家，如巴拉、卡拉、索菲奇[2]等，其实都比马里内蒂有才华。但我们已经有了电影，于是未来主义失去了存在的价值。电影艺术将节目鲜活地奉献给观者，这是未来主义的艺术家无法用画布实

---

1 菲利波·托马索·马里内蒂（Filippo Tommaso Marinetti, 1876—1944），意大利诗人、作家、未来主义运动领头人。
2 贾科莫·巴拉（Giacomo Balla, 1871—1958）、卡洛·卡拉（Carlo Carrà, 1881—1926）、阿尔登格·索菲奇（Ardengo Soffici, 1879—1964）均为未来主义艺术家。

现的。甚至我们每周在电影院看的福克斯新闻都已经超越了这些令人敬佩的意大利艺术家的成果。他们不惜一切，只为唤醒自己的国家；他们想烧掉博物馆，粉碎米开朗琪罗的《大卫》，只为拯救意大利于恐怖的游客潮中。他们的国家奄奄一息，被完全不懂艺术的人打败、监视。那些游客以为艺术只是"这幅画值四百万"，或"这个讲道台造价四十万镑"。

战争时代还兴起了达达主义，在我看来也是一种文学性质的绘画。它创造了一些随来即走的作品。它用最快乐的方式与一切艺术对抗，既不肯定，也不否定。当时，这是一种必要的大扫除，曾经发起达达主义运动的人现在也仍然才智并举。但应该说，达达主义即便引起了非常大的喧嚣和风波，有很大的破坏性，最终也不过是昙花一现。

未来主义和达达主义都曾斗志昂扬，也都激起过水花，还混杂着政治观点和城市运动。但后来，一边是达达主义者烟消云散，不是回到旧的流派，就是跻身新的尝试；另一边是马里内蒂将未来主义化作给官方政治的献祭，与另一位未来主义者墨索里尼在米兰人民赠送的六十米大旗下拥抱。

战后，一部分画家继续坚持立体主义，将其发展为极端科学的学说，如纯粹主义（purismo）、建构主义（constructivismo）；一部分画家创始了一种用作批判的社会绘画，用最恐怖的方式表现恶习，如来自德国的真实主义（verismo）者，那些令人难以忍受的德国真实主义者；还有一部分画家让绘画突出地表现事物，将它们的外表和内涵推向极致，如曾经和现在都让柏林熠熠生辉的表现主义者。一大群"主义"盛行了起来：其中一些属于文学，它们美得无可置疑，艺术效用也大受认可；另一些则更纯粹，属于造型艺术或绘画，它们延续、围绕着立体主义——一门广博的学说，没有过分咋呼的公众回响。立体主义作品都经过成熟的思虑，值得陈列展出。

由此可见，真正能让艺术再生的运动还是立体主义和它的三个时期[1]。是技巧、热爱、戒律。是透视法的终结与对体积的抽象强调。这就是它的特点。当时间来到一九二六年,立体主义的精髓已经被消化吸收得很好了。但彼时,一种令人悲哀的大脑工作、一种使人疲倦的智力运动侵入了绘画。塞维里尼[2]和格里斯等人甚至在完成一幅画之前就在脑海中知晓了它的模样。我们该去往何处?我们该去找直觉、偶然、纯粹灵感,去奔向最直接的芳香。

渐渐便出现了现实以上主义[3]者,他们献身,以寻觅灵魂最遥远的颤动。这时的绘画已然摆脱立体主义抽象方法的条框,坐拥许多个世纪以来累积的绘画技巧,开始进入一个神秘、不受控制、美妙绝伦的时期。人们开始表达无法表达的东西。海得以栖息在橙子中,小虫子得以惊骇所有行星的律

---

1 指塞尚时期(1907—1909)、分析立体主义时期(1909—1912)、综合立体主义时期(1912—1914)。
2 吉诺·塞维里尼(Gino Severini, 1883—1966),意大利画家,未来主义运动的主要成员。
3 做此演讲时,洛尔迦仍不知"超现实主义"(Surrealismo)的命名,于是采用了"现实以上主义"(Sobrerealismo)的提法。

动，在那里一匹飞驰的骏马还能双眼止息，眼中镶嵌着令人不安的足印，却毫无死迹。

绘画艺术在一九二〇年走向尖锐的客观主义之后，又在现在带着苍老、博学的面貌抵临一片诗意的田地。当然，它需要遵循生物规律，从旧的皮囊中蜕变出来，一丝不挂。那孩童般的绘画，犹如古人类洞穴造型的姊妹，也是原始部落精巧艺术的近亲。

在绘画领域，当前世界有三位伟大的变革性人物，他们的荣光都该归属我们西班牙：安达卢西亚人巴勃罗·毕加索，现今一切画家之父；马德里人胡安·格里斯，创造立体主义神学和研究院的人；加泰罗尼亚人胡安·米罗，绝妙的诗人、画家。在这三位艺术家身上，我们都能看到西班牙血统。毕加索是才华横溢的安达卢西亚人，他能创造奇迹，拥有最惊人的直觉。胡安·格里斯代表了卡斯蒂利亚，那是理智和火热的信念。他皈依立体主义，自此一生再未改换，直至去年不幸离世。当毕加索画立体主义作品的时候，他用和戈雅[1]一样的方式作画；而当他画弗拉戈纳尔[2]或曼特尼亚[3]的时候，使用的也是卓尔不群的技巧。与他相比，格里斯则是一位平朴无华的画家[4]，他研究、绘制自己的画作，不动用一丝一毫理论。胡安·米罗更偏欧洲一些，他的艺术现在完全无法分门别类，因为其中有太多天马行空的元素，难以被任何一个特有的国别框限。但毫无疑问，西班牙仍然为他的才性迸发出滚滚泉涌。他那如生命般永恒的才情，似一束独特的、无可比拟的光，正点亮着，也将继续点亮我们所有的艺术活动。

我想延展下去，但奈何讲稿简短，时间也仓促。这个主题十分宽广，我刚刚所讲的不过是一种

---

1 戈雅（Francisco Goya, 1746—1828），西班牙著名画家，其绘画风格突出，奇异多变。
2 弗拉戈纳尔（Jean Honore Fragonard, 1732—1806），法国洛可可风格画家。
3 曼特尼亚（Andrea Mantegna, 1431—1506），意大利帕多瓦派文艺复兴画家。
4 原文使用 gris 一词的两个含义：既是形容词"灰色的，平淡的"，又是格里斯本人的姓氏。

展示,一幅关于新绘画的简易"速写"。它能发散得很开,但我们需要集中。我也不想叨扰听众朋友,讲述世界各地的新画家,引用他们的话或作品。没有任何一位能超越我刚刚讲述的三位艺术家。现在,我们用投影展示几个例子。不多,不至于让大家厌烦。

印象派:

1. 雷诺阿

2. 塞尚

立体主义(需要相应材料):

3. 毕加索

4. 毕加索

5. 格莱兹[1]

6. 胡安·格里斯

---

[1] 格莱兹(Albert Gleizes,1881—1953),法国立体主义画家、美术理论家。

7. 莱热[1]（装饰艺术）

8. 奥占芳，其冰冷节制让艺术几乎成为一种科学定理

9. PROUM 计划：将变革从绘画延伸到建筑上

未来主义：

10. 塞维里尼（1913）

11. 巴拉

俄耳甫斯立体主义：

12. 康定斯基[2]

达达主义：

13. 皮卡比亚[3]

1　莱热（Fernand Léger，1881—1955），法国艺术家、波普艺术运动先驱，曾极大地发展和创新立体主义。
2　康定斯基（Wassily Kandinsky，1866—1944），出生于俄罗斯的法国画家、美术理论家，抽象艺术先驱。
3　皮卡比亚（Francis Picabia，1879—1953），法国画家。

（灯光亮起）

接下来，随着乔治·德·基里科[1]的作品，我们开始发现诗歌对绘画的影响。基里科是一位奇特的画家。他从立体主义者那里学到了很多，并创造了一种他自己称为"形而上学"的绘画，试图解决以下问题：用物质再现非物质。我觉得他做到了。

在我看来，基里科用他的画创造了一种新的情感，一种不安、孤独、恐惧。让·科克托，一位极有趣的法国诗人，曾这样评论他："基里科，或犯罪现场；基里科，于紧急关头。"的确，他让这种紧张焦虑填满画布，还混杂着一丝诡谲，一分死气：

14.

15.

---

[1] 乔治·德·基里科（Giorgio de Chirico，1888—1978），意大利艺术家、作家，形而上学画派创始人之一。

我们再看几幅"现实以上主义"作品。这里是稍微受到基里科影响的青年画家达利：

16.

17. 和 18.

（灯光亮起）

在刚刚最后两幅米罗的画中，我们看到了人类自拿起画笔以来所创作出的最纯粹的艺术品。那完全不是激情。我这个论断无论放在历史的维度，还是放在纯粹美学的领域，都可以得到证明。

那幅昆虫攀谈的夜景图，以及另一幅全景画（或者叫别的什么，我不知道，也不需要知道），都出现在本来即将要消失的边缘。它们来自梦境，来自灵魂中心。那里，爱情拥有肉身，渺远的声响也能组成微风，令人惊奇地拂散。在这两幅米罗的画作面前，我感到一股神秘而可怕的情愫，就如斗牛士的刀尖刺穿美丽动物头部的一瞬。那一刹那，我们趋身至死亡的边缘，而死亡则将它的铁尖凿进灰色画材绵软却难以感知的震颤中。

毋庸置疑，当前新绘画的出现是一个包络了全世界所有国家的可感事实。而总是如此，一场极为宏阔的运动把全世界人都卷了进来，但人们却并不能达成一致。这场运动压倒性力量的证明便是人们对待旧绘画的态度——旧绘画展览已不再能引起任何人的兴趣；还有那些自我欺骗的老画家们的畏惧与聋昧——他们一败涂地，既不想看，也不想听，只愿关起门来试图复制绝妙的、根本无法复制的现实，然后将它毁在画布上。旧绘画就这么在戏剧性的撤退中负隅顽抗。还有一些人，比如我们格拉纳达的某位大画家，依我看是画的内容最高贵，品位最好的一位，他像掉进了地震的裂缝，毫无意愿学习新的美术思想（这点他做得不好），又完全讨厌自己以前的作画方式，于是干脆高尚地决定搁笔，想等着哪天自己心性发生改变了再看。这是我们所能认识到的最优秀的一种精神，但它同时也暴露了十九世纪绘画的失败，以及包含它的，过去所有绘画的失败。至此，人们已经用各种方式出神入化、巧夺天工地作过画。现在，初生的新绘画正开拓一条全新的、充满纯粹生命力的道路。它需要生命。

艺术不可能顽固不变，我非常同情那些不战斗但自我教化，且充满不切实际幻想的艺术家。我也因此无限地可怜所有那些终日毫不努力，不悲也不喜地照着样子描呀画呀，只为赚点可怜饭钱的旧画家。

要是我说，我会把他们的画都烧掉，然后把他们赶到大街上，让他们去战斗，去到人的火炼中，去到上帝充满激情的爱中。

艺术就该像科学一样，日复一日地前行在令人难以置信，却又真实可信的领域中，前行在荒唐中，直至它在未来变成一座属于真相的堡垒。

在结束前，我想说，我们的姿态端端正正。让我们对自己说的话充满信心，不要让任何无知的讪笑、任何狂人或其他事物的指摘左右我们。千万不要。

未来一定是一个美丽的、充满信念和愉悦的新时代,我们应该有这样的觉悟。女士们、先生们,新绘画"速写"到此就结束了。

贡戈拉的诗歌意象[1]

女士们、先生们:

在这短短一小时独白里,我要讲的主题太多了。说太多,是因为我总注意到那只名叫"无聊"的蝇虫正飞进讲堂——它用一根细线串起所有脑袋,为它们开启丑陋的梦境。但梦里充斥着哈欠,完全没有百合花和上帝应允的梦境。不过,能拿来做演讲的主题总是浩渺无垠(不是说关于贡戈拉的,因为贡戈拉本来就无穷无尽):一只蚂蚁、参天大树上最小的一片叶子、词语雕琢有度的躯体等都可以拿来

---

[1] 本文译自洛尔迦 1930 年 3 月 19 日于古巴哈瓦那诵读的修改稿。首稿曾于 1926 年 2 月 15 日在格拉纳达朗读。贡戈拉全名路易斯·德·贡戈拉·伊阿尔戈特(Luis de Góngora y Argote, 1561—1627),是西班牙黄金世纪最重要的诗人之一,代表作有长诗《孤独》(*Soledades*)《波吕斐摩斯和伽拉忒亚的神话故事》(*Fábula de Polifemo y Galatea*)等。——西班牙语版编者注

阐发。说到这，我怀着崇敬的心情想起一位杰出的德国学者，我想说出他的名字，但我不记得了。他曾就"诗人贡萨罗·德·贝尔塞奥[1]作品中的二重元音 ue"这个主题洋洋洒洒地大写文章。而我的这场讲座（虽然"讲座"这个词太虚夸了，令我有点害怕）是关于贡戈拉的一次简单析读，也是一种入门试图让诸位爱上他的诗歌。我拿起手电筒，走在大家前面，照亮贡戈拉先生这尊伟大的大理石雕塑。这塑像至美无瑕，各大学院连他的一根手指都不敢动，超现实主义的月亮却敢折碎他希伯来式的鼻尖。我们西班牙和西班牙语美洲的诗人、批评家为了立起这道属于我们语言的荣光煞费苦心。其后，铸像工人们退回自己高尚的岗位，继续热火朝天地斗争，和上苍斗，和语词斗。而贡戈拉就待在那个硕大的抽象广场上，前有波提切利，后有乔治·德·基里科。他们带着智慧女神索菲亚的平衡与月桂绘画，

---

[1] 贡萨罗·德·贝尔塞奥（Gonzalo de Berceo，约1196—约1264），中世纪西班牙诗人，"学士诗"（mester de clerecía）代表作家。

以期治愈受伤的,或过分沉郁的诗人。

但读者不同。我们要持续鞭策读者,直到不闻一声反对。研究西班牙流浪汉文学的教授和批评家别以为我们诗人都要抛弃贡戈拉了。总会有诗人从前线回来,向专注、善良的人讲解贡戈拉。就像此刻的我一样。

西班牙抒情诗歌的历史中,曾有两派诗人相互较量。一派是所谓民间的,以及被不恰当的称作"国民"的诗人;另一派是被恰如其分地称作写学士诗或宫廷诗的诗人。或者说,一派是行路作诗的人,而另一派是伏坐桌前、透过窗玻璃望着长路作诗的人。十三世纪,当一些无名的土著诗人哼着带有中世纪加利西亚或卡斯蒂利亚地区情愫的小曲(很不幸它们现在都散失了)时,另一些诗人开始青睐法国、普罗旺斯风格。为了区分,我们暂且称他们为相反的两类。在前者那片濡湿的、缀满细密蓝色野雉的镀金天空之下,阿茹达、梵蒂冈、克罗齐-布兰库蒂三部抒情诗歌集[1]次第出版。通过迪尼什一世国王[2]时期普罗旺斯民歌的韵律和文雅的情郎歌,我们得以听到佚名诗人们温柔的声音。他们唱的歌如此单纯,全然不需任何语法。

十五世纪的《巴埃纳抒情诗歌集》拒绝收录任何含民间语调的诗歌,但据桑地亚纳侯爵[3]称,当时的贵族青年之间,情郎歌可谓风华正茂。

不久,一阵清凉之风从意大利吹来。

加尔西拉索[4]和博斯坎[5]的母亲们从婚礼上将橙

---

1 三部早期抒情诗歌集的原题为 *Cancionero de Ajuda*、*Cancionero de la Biblioteca Vaticana* 和 *Cancionero Colocci-Brancuti*,分别取名于书籍的发现地(葡萄牙里斯本的阿茹达教区、梵蒂冈图书馆)和收藏者(人文学者克罗齐・布兰库蒂公爵)。

2 迪尼什一世国王(Rey Dinis I,1261—1325),勃艮第王朝的葡萄牙国王,对葡萄牙语发展做出过巨大贡献。迪尼什一世对文学兴趣浓厚,今人猜测许多早期葡语诗歌出自他的笔下。

3 桑地亚纳侯爵(Marqués de Santillana,1398—1458),原名 Íñigo López de Mendoza y de la Vega,西班牙前文艺复兴时期军人、著名诗人。

4 即加尔西拉索・德・拉维加(Garcilaso de la Vega,1491/1503—1536),西班牙黄金世纪著名诗人。

5 指胡安・博斯坎(Juan Boscán,1487—1542),西班牙黄金世纪诗人、翻译家,曾和加尔西拉索・德・拉维加共同将十一音节、十二音节等意大利诗歌格律引进西班牙。

花通通剪下,但那些民间歌谣早已成为经典,到处都在传唱:

  天一亮你就来,我的朋友,
  天一亮你就来。

  朋友,我最喜欢的朋友,
  天一亮的时候你就来。

  朋友,我最亲爱的朋友,
  天一光的时候你就来。

  天一亮的时候你就来,
  你就过来陪我。

  天一光的时候你就来,
  你就过来好好陪我。

当加尔西拉索戴着馥郁的手套把十一音节诗带回来的时候[1]，音乐也在民间诗人的帮助下跟来了。《宫廷抒情歌曲集》的出版使民间创作风靡一时。当时，音乐家们从口述传统中收集美丽的情郎歌、牧歌、骑士歌。通过书面记载，名门望族得以听到酒馆里流氓们的耍赖声、阿维拉地区的山歌、长胡子摩尔人的谣曲、甜蜜的情郎歌、盲人单调的谕旨、迷失在密林中的骑士之歌、被嘲讽平民吐露的精巧怨语，等等。好一幅细密准确的西班牙精神与风采图绘。

据梅嫩德斯·皮达尔[2]所言，"人文主义打开了博学之士的眼界，让他们得以最全面地理解人类精神的所有表现形式。民间艺术始终值得体面的、来自文化人的关注，但这些关注直到那时才

---

[1] 西班牙的十一音节诗于16世纪初期由加尔西拉索·德·拉维加和博斯坎一同从意大利诗歌格律引入。

[2] 梅嫩德斯·皮达尔（Ramón Menéndez Pidal，1869—1968），语文学家、历史学家、民俗学家，西班牙语文学派创始人，"九八一代"核心成员。

开始显现"。其佐证之一便是如路易斯·德·米兰[1]（卡斯蒂廖内《廷臣论》[2]的西班牙语译者）和弗朗西斯科·德·萨利纳斯[3]（路易斯·德·莱昂修士[4]的盲人朋友）等大音乐家对六弦琴和民间歌谣的学习研究。

但上述两派诗人光明正大地宣战了。大诗人克里斯托瓦尔·德·卡斯蒂列霍[5]和他的学生格雷戈里奥·西尔维斯特[6]热爱民俗传统，站在了卡斯蒂利亚诗风一边；而加尔西拉索则领衔数量更

---

1 路易斯·德·米兰（Luis de Milán, 1500 前—1561 后），文艺复兴时期西班牙作曲家、六弦琴演奏家，历史上第一位给六弦琴谱曲的作曲家，也被认为是最早一批为乐曲标定演奏速度的作曲家。

2 巴尔达萨雷·卡斯蒂廖内（Baldassare Castiglione, 1478—1529），文艺复兴时期意大利诗人。其人文主义大作《廷臣论》（Il Cortegiano）虚构了发生在乌尔比诺公爵与其廷臣之间的谈话，谈话论及如何成为一名"完美的廷臣"和"完美的宫廷贵妇"。

3 弗朗西斯科·德·萨利纳斯（Francisco de Salinas, 1513—1590），音乐家、管风琴演奏家，十一岁失明。

4 路易斯·德·莱昂修士（Fray Luis de León, 1527—1591），西班牙奥斯定会修士，黄金世纪著名诗人、翻译家。

5 克里斯托瓦尔·德·卡斯蒂列霍（Cristóbal de Castillejo, 1491—1556），西班牙黄金世纪诗人、讽刺作家。

6 格雷戈里奥·西尔维斯特（Gregorio Silvestre Rodríguez de Mesa, 1520—1569），西班牙黄金世纪管风琴演奏家、诗人。

庞大的另一派，宣称他们将追寻意大利诗风。等到一六〇九年最后几个月，贡戈拉写《致莱尔马公爵的颂诗》的时候，一边是我们这位温文尔雅的科尔多瓦人的支持者，另一边是不知疲倦的洛佩·德·维加的朋友们。双方唇枪舌剑，其放肆和激烈程度超过了任何一个文学世代。诗风晦涩的诗人和诗风平实的诗人之间就十四行诗展开了一场热烈、有趣的比拼，它不时地充满戏剧性，但总有些不太得体。

我们这个时代已然不再相信所谓意大利体诗人和卡斯蒂利亚体诗人间的分野。

所有这些诗人都怀着一种深沉的国家情感。那些无可置疑的外国影响并没有超越他们灵魂的本质。给他们分类也取决于所采取的历史视角。卡斯蒂列霍和加尔西拉索其实一样西班牙。卡斯蒂列霍浸染在中世纪里，是位古韵悠悠的诗人，他的品位刚刚被打磨锃亮。

而属于文艺复兴的加尔西拉索在塔霍河畔挖

掘被时间巧妙弄错的老旧神话,带着直到那时才被发现的、真正属于西班牙的雅致,用着西班牙永恒的动词。

至于洛佩,他拾起中世纪末期的抒情旧果,创造出一种全然浪漫的戏剧。那是他那个时代的产物,因为当时较为新近、漂洋过海来的重大发现(纯浪漫主义)给了他当头一棒。他的爱情剧、历险剧、袍剑剧[1]都证明了他是一个根植于西班牙传统的人。但贡戈拉和洛佩一样属于西班牙。在贡戈拉最典型、最具决定意义的作品里,他疏远骑士传统和中世纪传统,目的是以一种深刻的方式,而非加尔西拉索那种仅停留在表面的方式,找寻古老而辉煌的拉丁传统。贡戈拉在科尔多瓦孤独的空气中找寻塞内卡[2]和卢坎[3]的声音。他在罗马冷暗的灯光下锻造卡斯蒂利亚语诗句,把一种纯粹属于西班牙

---

[1] 西班牙民族戏剧,描写骑士或绅士为荣誉而战。
[2] 塞涅卡(Lucius Annaeus Seneca,约1/前4—65),古罗马斯多葛派哲学家、剧作家,出生于现西班牙科尔多瓦。
[3] 卢坎(Marcus Annaeus Lucanus,39—65),古罗马诗人。

的艺术推向顶峰——那就是巴洛克艺术。中世纪派诗人和拉丁派诗人间的搏斗有如惊涛巨浪。一边是热爱风光和民俗的诗人,另一边是宫廷诗人。遮掩自己的诗人,和希冀袒露的诗人。但意大利文艺复兴那齐整、直逼感官的气质并没有深入他们心里,因为他们要不就像洛佩或埃雷拉一般浪漫,要不就像贡戈拉或卡尔德隆一般倒向天主教、巴洛克(但是是另外一种意义上的)。地缘和天性战胜了图书馆。

以上是简短的总括。我试图回溯贡戈拉所属的谱系,以便将他置于他自己那高贵的孤独中。

"关于贡戈拉,人们已经阐述过很多了,但他诗歌革新的起源仍属未知。"提到这位现代抒情诗歌之父的时候,最先进、最谨慎的语法学家总会这么开头。我就不提梅嫩德斯·佩拉约了,因为他也没弄懂贡戈拉,虽然他非凡地参透了其他所有人。一些批评家带着历史学的观点,把他们口中的"贡戈拉先生的突然转向"归因于安布罗西欧·德·莫纳雷斯[1]和阿尔德雷特[2]的理论、贡戈拉老师埃雷拉的提议、对科尔多瓦人路易斯·卡里略[3]作品的阅读（卡里略十分赞颂暗黑诗风）、魔法般的胡安·德·梅纳[4]的影响，以及其他看起来合情合理的缘由。但法语大师吕西安-保罗·托马斯[5]在他的著作《贡戈拉与贡戈拉主义》中把这一转变归因于脑部紊乱；更有詹姆斯·菲茨莫里斯-凯利[6]指出贡戈拉是一位难以分类的作家，因此，批评家们在面对他时无能为力，就认为他写出《孤独》的意图无怪乎引起人们对自己文学个性的关注。这些严肃的

---

[1] 安布罗西欧·德·莫纳雷斯（Ambrosio de Morales, 1513—1591），西班牙历史学家、考古学家、人文主义学者。

[2] 阿尔德雷特（Bernardo de Aldrete, 1565—1641），西班牙语文学家、历史学家。

[3] 路易斯·卡里略（Luis Carrillo y Sotomayor, 1585—1610），西班牙黄金世纪诗人、散文家、翻译家。

[4] 胡安·德·梅纳（Juan de Mena, 1411—1456），中世纪西班牙诗人，代表作为讽喻诗《财富的迷宫》(*Laberinto de fortuna*)。

[5] 吕西安-保罗·托马斯（Lucien-Paul Thomas, 1880—1948），比利时西班牙语言文化学者、比利时法语语言及文学皇家学院院士，主要研究方向为矫饰主义、贡戈拉、卡尔德隆戏剧作品等。

[6] 詹姆斯·菲茨莫里斯-凯利（James Fitzmaurice-Kelly, 1858—1923），英国西班牙语言文化学者。

观点可再奇异不过了。也再失敬不过了。

在西班牙，矫饰主义面向的贡戈拉曾被认为是一头嗜好语法的妖兽，他的诗缺乏一切与美丽相关的基本元素。这个观点至今仍有一大批信众。《孤独》曾被最杰出的语法学家、修辞学家认为是理应遮住的痼疾；于是，一些阴暗、愚笨，既无亮光也无性情的声音出现，用以诋毁那个他们认为晦涩、空洞的贡戈拉。在过去这漫长的两个世纪里，他们成功地疏远了贡戈拉，也成功地向新近过来想理解他的读者眼中扬了尘。他们一直在对我们说："别靠近他，你读不懂的。"贡戈拉就像一位孤独的麻风病人，被冷冽的银光中伤，手中却揣着新枝，等着一代代新人重拾他客观的遗产和他对隐喻的知觉。

贡戈拉能有什么理由展开他的抒情诗革命呢？这需要理由吗？对新美感的天然渴望让他开启了一种对语言的全新塑造。他来自科尔多瓦，精通极少数人懂的拉丁语。我们不应该去历史里找原因，而该去他的灵魂里找。他在卡斯蒂利亚语中首创了捕捉、描绘隐喻的方法。他认为（虽然他没说出口）一首诗能否永垂不朽，取决于它所含意象的质量和连贯性。

在他之后，马塞尔·普鲁斯特有言："只有隐喻能赋予风格以永恒。"

因为渴望全新的美感，且对同代人的诗歌创作感到无聊，贡戈拉笔下孕育出一种敏锐的、几乎让人难以忍受的批判性观点。

他当时都快讨厌诗歌了。我很确信。

他已无法创作出能超越旧卡斯蒂利亚风格的诗，他也不再喜欢谣曲质朴的英雄气质。但当他为了搁笔不写，转而看向同代人创作的抒情诗歌时，却发现那批作品满目疮痍，全是瑕疵和鄙陋的情绪。他的灵魂和教士服填满了卡斯蒂利亚的所有尘埃。他感觉其他人写的诗不够完美、疏于雕饰，像是随意偶得的作品。

疲于欣赏卡斯蒂利亚风格诗人和"地方色彩"

的贡戈拉开始读维吉尔。渴求优雅的人终于得偿所愿。他感觉力惊人，仿佛在透过显微镜阅读。在他眼下，卡斯蒂利亚语满是瘸跛和罅隙。于是，贡戈拉带着馨香的美学直觉，开始修建一座新的人造宝石塔。这一举动伤害了住在砖墙城堡中的卡斯蒂利亚诗人的骄傲。贡戈拉注意到人类的情感转瞬即逝，也注意到随心所欲的表达十分虚弱，只能在少数时刻撼动人心。于是他希望自己作品的美感能扎根在隐喻上，且需要这些隐喻需要足够坚硬，与终将一死的现实无涉，充满雕刻精神，并位于宇宙大气层之外。

贡戈拉爱好客观、纯粹、无用的美，它独立于可以共通的哀伤之外。

在人们每日讨要面包时，贡戈拉讨要斑岩的肩膀。这于日常现实无意义，却是他诗歌现实的绝对主宰。为了让他的美学信条统一且比例恰当，诗人贡戈拉做了什么呢？他给自我标定了界限。他检视自己的意识，带着批评的观点研究自己的创作机制。诗人应该成为身体五感的老师,且这五感应按以下顺序排列:视觉、触觉、听觉、嗅觉、味觉。为了创造最美的隐喻,诗人需要在这五感中都打开沟通之门,且频繁不断地将感受优先,哪怕这意味着伪装自己的天性。

因此,在《孤独(之一)》中,贡戈拉写道:

> 彩凤鸟,羽毛的齐特琴
> 飞上蛮荒的礼拜堂顶,
> 溪流为了遍闻其声
> 用白色浮末,把石子
> 尽数涤成耳朵。

或他可以如此形容一位年轻女子:

> 在青绿的罅隙中,另一位女子
> 束艳美的玫瑰与百合于发间,
> 或因其色泽,或因其美貌,

宛如黎明女神失却曙光,
又好似太阳神簪花别发。

或:

鱼在水波里无声地飞翔

或:

常绿之声。

或:

上妆的声音,带翼的歌谣。

或:

羽毛的管风琴。

一个隐喻为了获得生命，需要满足两个基本条件：拥有形态与辐射半径，也即隐喻的核心，与其周围的圆景。隐喻的核心像一朵花般展开，它以未知的状态给予我们惊喜，但我们只有在围绕着它的光环中，才能得知花的名字，才能品鉴它香气的质量。隐喻总由视觉主导（有时是一种被升华了的视觉），但正是视觉为隐喻加以限制，并给予了它属于自己的真实。即便是最缥缈无踪的诗人也需要描绘、限定他的隐喻和猜想。某些诗人，如济慈或胡安·拉蒙·希梅内斯，在诗歌危险的视觉世界中表现出令人惊叹的可塑性，由此获得拯救。视觉不允许阴影玷污它在意象前绘制的轮廓。

没有盲人能成为塑造客观隐喻的诗人，因为他不了解大自然的比例。盲人在神秘学那无垠的光谱中发挥得更好，因为那里不受真实物件限制，被缓长的智慧之风浸透。

也就是说，所有意象都通过视觉展开。而触

觉可以点出诗歌中抒情材料的种类（这里说的种类几乎是绘画层面的）。至于由其他几种感官锻造的意象，在我看来则从属于视觉和触觉。

隐喻是大自然的物像或概念间就外衣、目的、角色进行的交换。它们有自己的平面和轨道。借由想象之马的腾跃，隐喻将两个相互敌对的世界团结到一起。电影人，也是反诗歌的诗人让·爱泼斯坦[1]曾说："想象是从假设到结论毫无中媒的跳跃，这是定理。"他所言极是。

路易斯·德·贡戈拉先生的新颖之处，除了纯粹的语法层面，还在于他捕捉隐喻的方法——他带着自我批评的写作技法研究隐喻。作为深谙神话的人，贡戈拉研究了经典文学中那些美轮美奂的概念。他从山上下来，从光明的视野里逃出，独坐在海边。那里，风

---

[1] 让·爱泼斯坦（Jean Epstein，1897—1953），著名电影导演、早期电影理论家。

在海深蓝的底部

吹起靛青的帷幔。

也是在那里,贡戈拉捆缚起自己的想象,给它裹上纤维膜,像雕塑家一般开始创作诗歌。他太想掌控自己的作品,太想让它圆整了,于是他几乎无意识地爱上了岛屿。他很有道理地认为,比起其他所有土地,人能占有、控制得最好的便是这一方确定的圆。它清晰可见,中心是圆的岩石,边上是界定它的流水。贡戈拉的想象机制可谓完美。每个意象的创作有时也是一个神话的诞生。

贡戈拉偶尔诉诸暴力,让最殊异的领域变得和谐、可塑。他手中没有失序和失调;他手中的天体系统与清风幽林仿佛玩具。他将极为宏阔的感觉和属于无尽小物的细枝末节联系在一起,那种对整体和对每一项事物的想法在西班牙诗歌史上从未有过。贡戈拉是第一人。

在《孤独(之一)》中,他写道:

青年赤裸，他的衣
　　已悉数饮过大海，
　　而今回返至沙滩；
　　他在太阳下躺开，
　　文火的甜蜜口舌
　　轻轻舔舐着青年，
　　缓缓冲刷，温柔地
　　以最小的光波吮吸最细的丝线。

在绝妙的触觉下，一切如此和谐！大海——那太阳下的金龙——用它温热的舌头轻轻冲撞；青年浸湿的衣衫间，天体目盲的脑袋正用它"最小的光波吮吸最细的丝线"。没有任何元素描摹阳光落下的感觉，但这句诗却以四两拨千斤：

　　轻轻舔舐着青年，
　　缓缓冲刷……

因为想象力被束缚了，贡戈拉便可以在需要时停下它，不被惯性法则的黑暗力量拽走，也不被转瞬即逝的蜃景牵着鼻子——许多不小心的诗人就这样死去，宛如蝴蝶被卷进灯塔。我们难以想象贡戈拉如何把玩巨大的整体与地理名词，却不让它们变得畸形，或坠入丑陋的夸张。

在无穷无尽的《孤独（之一）》中，贡戈拉在谈到苏伊士地峡时写道：

> 地峡把大海分隔，
> 似水晶蛇，阻止海相并
> 北部是蛇头，头戴皇冠；
> 南部似鳞尾，尾灿辰星。

描绘这两阵风时，他笔锋稳健，比例精妙：

> 为南风从不干瘦的翅翼，
> 为北风百口齐判的临终。

写一道海峡时,他做出如此精准的诗歌定义:

> 当铰链如瞬逝的白银,狭窄地
> 拥抱一片与另一片大洋:
> 那是同一片海。

他称一位渔民为

> 关于月亮变幻不定形态的
> 粗野却勤劳的观察者。

而最终,在《波吕斐摩斯》[1]中,贡戈拉建筑起一幅声如金石的景象。在这节无懈可击的四行诗里,"燃烧"和"迟钝"打通了诗歌如火的声调:

---

[1] 即贡戈拉著名的长诗《波吕斐摩斯和伽拉忒亚的神话故事》(*Fábula de Polifemo y Galatea*)。全诗共六十三节,五百零四行,由十一音节八行诗作成。诗作由两部分和一个引子组成,第一部分讲述伽拉忒亚与阿喀斯的爱情故事,第二部分讲述波吕斐摩斯由此生发出的情爱、嫉妒与复仇。

青春燃烧如火一般,木犁
为翻起的土地梳理毛发,
它的主人流浪——公牛迟钝
无力地驾着它,毫不拖拽。

有趣的是,描绘体积较小的形态、物件时,贡戈拉也报以相同的爱与热情。对他来说,一只苹果和一片海一样剧烈,一只蜜蜂与一片森林一般惊人。他带着极具穿透力的双眼置身大自然,欣赏所有事物水平相同的美感。他进入所谓每样东西自己的世界里。在那里,他本人的情感与周遭的情感相互交融。因此,在贡戈拉看来,一只苹果和一片海差异无几,因为他和所有真正的诗人一样,想象着苹果在它自己的世界中多么浩瀚无垠,就像海在它自己的世界中一样。一个苹果的生命,从它还是一朵微渺的花开始,到它成为脸庞红彤彤的果实,再到它消亡时从树上掉下来跌进草里,一切如此神秘、无尽,就像潮汐周期性的节奏一般。一位诗人理应知晓这些道理。诗歌的伟大不取决于它主题的规模，也不取决于大小和情绪。就血管里紧压的枝杈间白细胞激烈的斗争，也可以写成一首史诗；就一朵玫瑰的形态和气味，也可以渲染一种永无终结的尽头之感。

贡戈拉以相同的分寸对待当时诗歌艺术可以描绘的所有对象。他分析水果、小物件，就像独眼巨人操控深海和大陆。

在《波吕斐摩斯》的第十节八行诗[1]中，他写道：

洋梨，被属于它的金摇篮
——金的枝条（黯淡的庇护者）
悭吝地隐匿，奇巧地镀金。

贡戈拉称枝条为洋梨"黯淡的庇护者"，因为

---

[1] 此处指的是十一音节八行诗（Octava real），一种文艺复兴时期兴起的经典诗体，压辅音韵，韵脚具体为：11A 11B 11A 11B 11A 11B 11C 11C。

梨才刚在怀抱爱意的母腹中成熟,仍然泛绿,有待从它的枝条母亲身上脱落。

说这"黯淡的庇护者"为梨"悭吝地隐匿,奇巧地镀金",是因为枝条把梨藏在人们注视不到的地方,正为它换上成熟的金黄新衣。

这么有意地为一个水果配色、赋形,难道不惹人喜爱吗?弄懂之后,我们难道不深深地为这位称枝条为待熟水果"黯淡的庇护者"的诗人,不为他的温柔和抒情的幽默所打动吗?

在另一处,贡戈拉写道:

山丘头戴桂冠,
两鬓与顽皮的居住者作别,
那是小兔子们向风询意后,
从杂乱的洞穴
欢蹦出来踩玩花朵。

小动物从洞穴遁出时干脆的停顿和可爱的噘嘴,表

达得多么优雅啊:

> 那是小兔子们向风询意后,
> 欢蹦出来踩玩花朵。

接下来这几行关于西班牙栓皮栎树干里一个蜂巢的诗就更重要了。贡戈拉形容这是它们(蜜蜂)的城堡:

> 它飞翔,不戴皇冠也不佩利剑,
> 如呢喃的女战士,带翼的狄多[1],
> 有最贞洁的大军,最美的国家,
> 但四周环绕着树皮,而非城墙;
> 这座迦太基城中,蜜蜂们闪耀
> 如迷离的黄金,国家由她统领,
> 而她吮吸自喑哑星辰的唾液,

---

[1] 狄多(Dido),据古希腊和古罗马史料记载,曾是古迦太基女王,迦太基城的建立者。

就如饮下至纯空气里的琼浆，

抑或从上天降落的如珠汗滴。

贡戈拉称野生的蜂巢为"环绕着树皮，而非城墙"的国家。他确信蜜蜂——"呢喃的女战士"——"饮下至纯空气里的琼浆"；他称露珠为花朵们的"唾液"，称花朵们为"喑哑星辰"。这些诗句不和他向我们描述海，描述拂晓，使用极庞大的词语时一样宽广、恰切吗？他将意象折叠两次，甚至三次，把我们带到不同层面上。这是他为了使感觉更圆润，更能与其全部面向交流所需要的。没有比这更惊人的纯诗[1]了。

在那个时代，贡戈拉就已经惊人地创造了这个关于钟表的意象：

时间，穿上衣服的数字

---

[1] 纯诗（Poesía pura），两次世界大战之间于西班牙兴起的一种诗歌风潮，提倡用最简洁的表述写诗，找寻事物和诗歌表达的本质，与繁复迂回的浪漫主义相敌对。

他写岩洞，不直接说出名字，而称它为"大地忧郁的哈欠"。他的同代人里，只有克维多[1]能偶尔交出这么令人欢欣的表达，但质量还是不如贡戈拉。我们需要等到十九世纪为我们奉献一位大诗人，一位令人目眩神迷的老师——斯特凡·马拉美，和他在罗马路[2]上展示的那举世无双的抽象抒情诗歌。直到那时，贡戈拉才拥有了自己最好的学生……即便两人素不相识。他们热衷于同样的天鹅、镜子、坚硬的光、女性的秀发，他们的作品都拥有巴洛克时期那种固定的颤抖。但区别在于，贡戈拉更强健，他丰富的词汇量是马拉美所没有的，而且贡戈拉的作品美得令人着迷，这种美感也是现代主义动人的幽默与讽刺的毒针所不允许的。当然，贡戈拉并非直接基于周遭的现实创造意象，而

---

[1] 克维多（Francisco Gómez de Quevedo Villegas y Santibáñez Cevallos，1580—1645），西班牙黄金世纪著名诗人、政治家、贵族，"警句主义"（Conceptismo）的代表人物。

[2] 指马拉美在家中开的文艺沙龙。他当时居住在巴黎罗马路89号的一间公寓中。

是将他所描绘的物件和行动领携到他脑中的暗室里。从那里出来时,它们已然经过变形,准备好横越至另一个和现下世界所融合的新世界。因此,贡戈拉写的诗歌并不直接,它无法对照着所写的物品一五一十地解读。那些带有科尔多瓦精神的杨树、少女、大海都是创造物,是新生的。例如,贡戈拉称大海为"未经雕琢的祖母绿,镶嵌在永远起伏的大理石中",称杨树为"碧绿的里拉琴"。不仅如此,在读一首写给玫瑰的情诗时,没有比拿一支真玫瑰在手上更轻率的事情了。对玫瑰,对情歌都是这样。

贡戈拉和所有大诗人相似,他也拥有另一个世界——一个由事物基本特征和典型差异组成的世界。

*

假如诗人要借想象完成一首诗,他将会有种模糊的感觉,仿佛自己要去往一片邈远至极的森林进行夜间狩猎。一种难以名状的恐惧在诗人心中绽开泉涌,留下夭折的婴孩。诗人前去狩猎……细密的空气冷却了他双目前的镜片。月亮圆润得犹如一弯柔软的金属角,在最远几根枝头的寂静里窸窣作响。树干间的空地上出现几头白鹿。整个夜晚隐遁在一道声音的屏障下。深沉而宁静的水在灯芯草间闪烁……该出来了。对于诗人来说,这是危险的一刻。诗人必须携带一张地图,上面包含所有他将遍布的地方。他的眼前必将涌过万千美丽,涌过石膏做的生灵和千奇百怪的形象,但他必须保持镇静。他必须像奥德修斯遇到海妖般捂住自己的双耳;他必须向真实、鲜活的隐喻发射利箭,同时避开那些持续陪伴着他的有转义的、虚假的隐喻。诗人前去狩猎时必须镇静、无牵无挂,他甚至需要伪装自己。面对蜃景时,他将保持坚定;他将谨慎地暗中观察所有真实的、搏动着的活物,并找出那些能与他手中那隐约可见的诗歌地图融洽共存的部分。有时,为了驱散企图便利的恶灵,诗人需要在诗意的孤独中放声号叫。没有人像贡戈拉一样为这场内部狩猎做那么充分的准备。贡戈拉的幻想风景中,色泽光鲜、过于闪耀的意象都不能令他惊异。他猎取几乎无人看见的意象,因为在他看来,这种意象纯白、无牵无挂、落在后面,能激起诗中意料之外的时刻。贡戈拉的想象完全占有了他的五种感官——它们就像五个没有颜色的奴隶,死心塌地地跟从他的想象,不像欺骗其他活物般欺骗他。它们不会骗他!贡戈拉清楚地了解,上帝手中诞生的自然不应直接踏入诗歌中生存,于是他通过分析这些风景的组成部分整理它们。我们可以说他通过音乐节拍的准则过滤大自然及其色彩。他在《孤独(之二)》中写道(第349行至第360行):

> 水流切断成细小的碎石,
> 澄澈而鸣响,宛如古琵琶,
> 鸟儿似和谐,却绰影模糊,
> 在常春藤碧绿的缠绕间

错杂，如九位飘然带翼的
　　缪斯女神：羽毛轻盈，戏弄
　　它们弯曲、隐匿的里拉琴，
　　辅以不定的节拍，温柔地
　　用彼此迥异的语言歌唱；
　　转眼一瞥，光耀的斑岩上
　　三只海妖一边用晚餐，
　　一边奉承海里的朱庇特。

多么令人敬佩啊，这组织群鸟合唱的方式！

　　错杂，似九位飘然带翼的
　　缪斯。

多么风趣啊，这么称鸟儿种类繁多！

　　辅以不定的节拍，温柔地
　　用彼此迥异的语言歌唱；

贡戈拉还会写道：

> 似美丽优雅的三人组，
> 叠缀四次成十二农妇，
> 应接不暇地翩跹进来。

作为奥秘玄虚的敌人，又对能刺伤双手的锋利棱角怀抱着热切渴望，贡戈拉披着满身星尘从狩猎中回来。他躲闪，他擒拿。夜间森林与音符圆月里的所有魔力都为他所用。

法国诗人保罗·瓦雷里曾言，充满灵感的状态并不适宜创作诗歌。我相信灵感是上帝的授意，因此我认为瓦雷里行走在正确的道路上。充满灵感时，人们处于一种专注凝神的状态，而非创作力旺盛的状态。应该让灵意与思想沉淀下来，让它们分门别类。我不认为任何艺术家能在发烧的状态下工作。就算是神秘主义者，也得在"圣灵"那只不可言说的白鸽飞离他的房间，逐渐消失在云雾中之后才能工作。从灵感中回来，就像从一个陌生的国度回来。诗歌叙说的就是这场旅行。灵感能赋予意象，但不能赋予意象的外衣。为了给意象着装，诗人需要公正地，不带任何危险和激情地审视词语的种类与声响。在贡戈拉身上，我们不知道哪一项更值得钦佩，是他的诗歌本质，还是他极具智力、难以模仿的创作方式。他的文采不但没有杀死他的精神，反而振跃了它。他的诗并不随性，但却清新、蓬勃；他的诗并不易懂，但却聪慧、明亮。兴许极少数时刻，在夸张的使用上他显得略失节制，但即便是那些时候，他也仍然带着一种极为通俗的安达卢西亚式优雅。这不仅发我们一笑，而且让我们对他的敬佩更增一分，因为他所使用的夸张总像红宝石，产自一位极易动情的科尔多瓦人。

贡戈拉形容一位新娘：

处女何其美丽，她能

用两个太阳把挪威变得炎热,
也能用两只手把埃塞俄比亚变得洁白。

　　这是纯粹的安达卢西亚之花。英武、雅致的君子已然骑着他的纯种马跨过瓜达尔基维河。这里,他幻想的行动领域昭然可见。

*

　　现在我们来谈谈贡戈拉晦暗的一面。但那是晦暗吗?我倒觉得他过于明亮。不过,为了走近他的作品,人们的确需要一定的诗歌基础,还需要做好阅读大量隐喻的准备。在他的世界之外的人是无法品味他的诗作的。同理,门外汉就算看到了一幅画画的是些什么,也无法鉴赏它。对音乐作品来说,亦是如此。那些紧紧抓住自己熟知结构的语法学家与批评家尚未承认贡戈拉带来的丰硕变革,这就好像那些在自己迂腐的狂喜中亘古不化的贝多芬爱好者们(仍然!)说德彪西的音乐像一只猫在钢琴上爬。语法学家不承认贡戈拉带来的语法变革，但语言，和那些人无涉的语言本身，却张开双臂欢迎它的到来。新的语词就此初生。卡斯蒂利亚语获得了新的前途。振兴的露珠从天而降——就一门语言来说，这露珠永远都是一位大诗人。在这层语法意义上，贡戈拉可谓独一无二。那个时代热爱诗歌的旧知识分子，看到卡斯蒂利亚语正变成一门他们不知如何解码的怪异语言时，应该惊愕不已吧。

克维多气急败坏，内心妒火中烧，写下了一首幽默至极、脍炙人口的十四行诗。在这首《制作〈孤独〉的配方》中，他嘲笑了贡戈拉使用的那些佶屈聱牙的话，那些**稀奇古怪**的词语。他是这么写的：

谁想一日变成雅士，
行话（请学习）正如此：
耀光、僭盗、后生、预谋、

皎白、筑造、谐和、文质;

鲜少、众多、若非、紫霾,
中庸、踩蹦、竖立、头脑,
探询、卖弄、解脱、青少,
移迹、篝火、懊丧、鹰怪;

退避、阻力、罅隙、狂妄,
赛场、品赏、志在换银,
即便溶解悦耳对手。

陡然增量液体、流浪,
加点夜色,添点洞石,
青紫、蜷曲、毛孔,足够。

各位请看,这是一场多么精彩的卡斯蒂利亚语盛宴!时至今日,所有这些词都变成常用词了。这就是路易斯·德·贡戈拉·伊阿尔戈特先生使用的愚蠢"行话"。如果克维多看到自己对敌人的巨大赞美，恐怕要带着浓密、灼热的忧郁逃回托雷德华纳瓦德[1]那片卡斯蒂利亚沙漠中去吧。比起塞万提斯，我们更可以称贡戈拉为我们卡斯蒂利亚语之父。然而，直到前年[2]，皇家语言学院才将他确立为"语言权威"。

令贡戈拉在他的同代人中显得晦暗的其中一个因素——语言——已然消失。他所使用的词汇，虽然仍精巧文雅，但我们不再陌生。今天，它们都成了常用词。于是还剩下他的句法和他对神话的改写。

如果我们像整理拉丁文语段一样整理他的诗句，一切就清楚明了了。真正难的是理解他的神话世界。说它难，是因为几乎没人懂神话，加之贡戈拉并不满足于单纯的神话引用。他总是给神话变

---

[1] 托雷德华纳瓦德（Torre de Juan Abad），西班牙卡斯蒂利亚-拉曼恰大区雷阿尔城省的一个市镇，气候干旱炎热。
[2] 指1928年。

形,或仅仅指出能定义那个神话的一丝突出特征。就这样,他的隐喻获得了不可模仿的调性。赫西俄德[1]带着民俗和宗教热忱讲述自己的《神谱》,而我们敏锐的科尔多瓦诗人在重述时将它们艺术化,甚至创造了新的神话。这便是贡戈拉诗意的抓痕,肆无忌惮的变形,以及对简单注解的蔑视。

朱庇特化身斗牛,犄角镀金,诱奸了少女欧罗巴:

> 正是一年中百花盛放的季节
> 擅骗的盗贼前来掳走欧罗巴
> ——他的武器正是半月形的前额

擅骗的盗贼。这用以形容那伪装的神,是多么上乘的表达!贡戈拉还写道:

---

[1] 赫西俄德(Hesiod),古希腊诗人,生活在约前8世纪。《神谱》是古希腊最早系统描述宇宙起源和神的谱系的作品。

> 曾经少女悦耳的声音,
> 如今成了芦苇。

这指的是潘神被女神绪任克斯的轻视惹恼,在她变身芦苇后把它做成了一支七音笛。

贡戈拉也以这种奇特的方式重述了伊卡洛斯的神话:

> 我思想勇猛
> 攀上天顶,身披羽翼,
> 飞行肆无忌惮……
> 风儿清澈的年鉴
> 将贮存这份狂傲。[1]

他还形容朱诺那些羽毛奢华的孔雀为:

---

[1] 古希腊神话中,伊卡洛斯和他的父亲代达罗斯穿上用蜡和羽毛造的翅膀逃离克里特岛,伊卡洛斯因不听父亲的劝阻飞得太高,双翼上的蜡遭太阳融化跌落水中丧生,最终被埋葬在一个海岛上。

> 会飞的鸟儿啾啾鸣叫着
>
> 羽毛上眼睛靛蓝,睫毛铄金,
>
> 它们驾驶着伟大的女神,
>
> 最高的合唱团里最大的荣光。

或描绘鸽子,合理地只字不提"洁白"一词:

> 塞浦路斯的女神那极喜嬉闹的鸟儿[1]。

贡戈拉通过影射来排布神话。他将它们侧面呈现,甚至有时候只显露一点它们隐秘的轮廓,且混杂在其他许多意象中。在原始神话里,巴克斯受难和死亡了三次。他首先是犄角盘绕的公山羊。随着他深爱的舞者西苏斯死去变成常春藤,巴克斯为了能永远地拥抱它,变成了葡萄。最后,巴克斯又再度死去,变成了无花果树。所以,酒神巴克斯诞

---

[1] 指阿芙罗狄忒,鸽子是她的圣物之一。

生了三次。在其中一首《孤独》里，贡戈拉精巧、深沉地影射了这一系列变形。但只有深谙这个故事的人才能读懂这一段诗：

> 六棵山杨，由六支常春藤拥抱，
> 是那位希腊神祇的葡叶杖，他
> 二次出生，额前的犄角被消除
> 隐匿在葡萄藤叶中。

罗马神话里的巴克斯，在他化作常春藤相拥相惜的爱人身旁，被葡萄藤叶覆盖，"消除"了他以往那好色的犄角。

以这样的模式，贡戈拉的所有诗都变得夸饰了起来。

而他本人也习得了一种极为敏锐的神学知觉，能将触及的所有东西都变成神话。

在他勾勒的风景中，各种元素来去自如，仿佛能力无穷的神，而人类毫不知晓。贡戈拉赐予它

们听觉与感觉。他创造它们。《孤独（之二）》中，有一位从异乡来的年轻人。他边划着桨，边唱出一曲缱绻至极的爱之怨语。他

> 把船舶当乐器，把桨橹当琴弦。

这位情意绵绵的人以为他在孤独的碧波中孑然一人，但海在聆听他，风也在聆听他。最终，回声留住了他的歌谣里最甜美的音节：

> *海并不聋昧：群书也会欺骗。*
> *诚然，盛怒之下它兴许*
> *不闻船员，或待之以凶残，*
> *但安宁时，它伪装出许多耳朵，*
> *在波浪起伏的原野上，比*
> *外来者——声音悦耳的农夫*
> *散播的甜蜜怨语更多。*
> *它泛着松软泡沫，无言饮尽*

一曲泪眼婆娑的情爱证言。
甜蜜的子项间，不乏数集
洋洋盈耳，隐匿于
由风浑然不见羽毛的两翼
织成的一挥一闪中；
回声如凿开岩石穿衣戴饰，
好奇地接近，也珍惜地守护
那最甜蜜，若非最模糊的
音节。

赋予自然生命并使其活跃是典型的贡戈拉式做法。他需要所写元素本身的自觉。他厌恶一切聋昧，也厌恶没有边界的黑暗力量。贡戈拉是一位自成一体的诗人：他的美学坚持己见，恒久不变。

他的创作毫不浑浊，亦无忽明忽暗之感。《波吕斐摩斯》中，贡戈拉创造了一个与珍珠相关的神话。据他所写，伽拉忒亚的脚与贝壳相碰，这

  妍丽的接触能让它们

  不受露水就诞下珍珠。

  至此,我们已经浅浅地分析了诗人如何用双手转化一切他所触及之物。他与生俱来的神学知觉为自然力量带去了个性。而他对女人的爱意,那因为做教士而只得缄口不提的情思,则让他将殷勤、色欲的艺术化推上一个难以逾越的顶峰。《波吕斐摩斯和伽拉忒亚的神话故事》是一首彻彻底底的情色诗。我们可以说它有着如花般的性状态——一种属于雄蕊和雌蕊的,在春天令人激动的花粉飞荡时刻的性状态。

  诗人们何时像贡戈拉,在《波吕斐摩斯》中,用如此和谐、自然、毫无罪恶的方式描绘过一枚吻呢?

  当青年蛮勇,偷偷吮吸康乃馨,

  泛着胭脂红的两叶悄然相合,

> 丘比特仍不准许这一对白鸽
> 聚拢它们两喙之前的红宝石。
> 但如今，在爱情已然希望成为
> 阿喀斯与伽拉忒亚的婚床上，
> 帕福斯生产的，尼多斯诞下的，
> 黑桂竹香，白紫罗兰，尽数飘落[1]。

诗节绮丽、精妙，但它本身并不晦暗。晦暗的是我们自己，因为我们没有能穿透贡戈拉的智力。谜团不在我们之外，反而在我们血管四周，这就仿佛洋水仙周身环绕的黄布。不该说东西晦暗，而该说人晦暗。因为贡戈拉从不想变得浑浊、模糊，他希望自己清晰、优雅、谨慎。他不喜欢昏暗，也不爱畸形的隐喻。正相反，他用自己的方式解释事

---

[1] 此诗节化用古希腊田园诗人忒奥克里托斯所述的波吕斐摩斯和伽拉忒亚的故事。波吕斐摩斯无可救药地爱上了伽拉忒亚，但伽拉忒亚却爱上了英俊的牧人阿喀斯。遭到海仙拒绝的独眼巨人一怒之下用滚动的巨石杀死了情敌阿喀斯。痛苦绝望的伽拉忒亚便把自己的血液变成了西西里岛的河水，这条河被取名为阿喀斯河。帕福斯和尼多斯均为古希腊地名。

物，试图让它们变得圆整。他把诗变成了一幅巨大的静物画。

贡戈拉在诗人生涯中曾遇到过一个问题，但他将它解决了。在那之前，这项事业曾一直被认为无法实现。那就是：能否创作一首伟大的抒情诗歌，以匹敌数以十计的史诗。但是，如何在漫长的诗节间保持纯粹的抒情张力呢？还有，如何在不依赖叙事的情况下做到它呢？若把所有重点放在叙事，放在情节上，稍不留意，作品就会变成史诗。但倘若不做任何叙述，诗行又会散裂成千万碎片，不成整体，也没有意义。于是贡戈拉选择了自己的故事，而后用隐喻将其覆满。我们已经很难找到叙述的是什么事了，因为它变了形。情节就像一首诗的骨架，包裹在由意象汇成的完美肉身中。所有时刻都有着相同的强度与造型价值，而已然毫不重要的情节用它无形的丝线赋予了诗歌**完整性**。贡戈拉以从未被使用过的规模创作了一首伟大的抒情诗——《孤独》。

而这首诗汇集了他之前所有西班牙诗人的田园情怀与抒情感知。

塞万提斯做过却未能完全展现的田园美梦，洛佩·德·维加不知如何用永恒之光点亮的阿卡迪亚[1]，都被路易斯·德·贡戈拉先生准确地描绘了出来。那是半似花园的田野，令人倍感亲切，有花环、微风、贞洁娴静却难以接近的女孩。十六、十七世纪的所有诗人都能隐约看见的盛景，在贡戈拉的《孤独（之一）》与《孤独（之二）》中成为现实。那也就是堂吉诃德在临死时分所幻想的那种高贵的、神话般的景象：一片井然有序的沃野里，诗歌度量、校准它自己的呓语。

人们说有两个贡戈拉：文雅的贡戈拉和质朴的贡戈拉。文学研究者和教文学的教授们都是这么说的。但任何一个稍有知觉和感受力的人，通过分

---

[1] 文学地名，见于洛佩·德·维加创作于1592—1594年间的同名田园小说《阿卡迪亚》(*La Arcadia*)。

析他的作品,都能得知,贡戈拉使用的意象总是文雅的。即使是最简单的谣曲,他建构隐喻和修辞的机制也和那些真正文雅的作品一样。区别在于,前者里的隐喻、修辞位于一个清楚的情节或一片简单的风景中;而后者里的则捆缚在另一些本身已与其他主体相连接的隐喻、修辞上。因此,这后一类显然就难起来了。

就这里所论述的,我们能举出无穷无尽的例子。

贡戈拉最早期的诗歌(一五八〇年[1])写道:

一日,闪电于太阳边
犹似娇美的哈辛达
正手持一把象牙梳。

或者:

---

[1] 彼时,贡戈拉十九岁。

手令梳子变暗了。

或在一首谣曲中,他形容皮拉摩斯[1]为:

> 脸庞血色幽微,
> 双眼夜光繁盛。

或他于一五八一年写道:

> 当注意到那渔夫正
> 全神贯注地凝视她,
> 似大海被夺走了鱼,
> 他的魂灵被她夺走。

或描摹一位少女的面庞:

---

[1] 奥维德《变形记》第四章中的人物,与他的情人提斯柏先后为情赴死。

小门由珍贵的红珊瑚做成,

灯饰清澈而透亮,目光凝然,

为了装饰玻璃窗,你强夺了

上好的翡翠里至纯的碧绿。

这几个例子摘自贡戈拉最早的诗歌作品,按照创作的时间顺序收录在由富尔切-德尔博斯克[1]编订的最终版本中出版。如果读者继续阅读的话,会注意到贡戈拉越来越频繁地使用文雅的语调,直至让其完全充溢十四行诗,并在著名的《颂诗》[2]中吹响鼎盛的号角。

所以说,诗人在时光的流逝中逐渐习得了创作意识和营造意象的技巧。

另一方面,我认为绮丽夸饰的文风是长诗行、

---

[1] 雷蒙·富尔切-德尔博斯克(Raymond Foulché-Delbosc,1864—1929),法国目录学家、西班牙语言文化研究学者。

[2] 即《致莱尔马公爵的颂诗》(*Panegírico al Duque de Lerma*)。

宽诗节的一种要求。所有诗人在使用多音节的诗行，如十一音节或亚历山大体的十四行诗、八行诗时，都试图显得文雅。即便是洛佩这样的人也不例外，有时，他的十四行诗也深涩难解。我们更不用提克维多了，他的诗比贡戈拉的还要难懂，因为他使用的不是语言，而是语言的精神。

短诗行的确可以轻快；长诗行则必须明晰、架构良好、有分量。我们想想十九世纪，想想魏尔伦、贝克尔；转而再想想因关心形式而使用长诗行的波德莱尔或埃斯普龙塞达[1]。而且，我们不应该忘记贡戈拉是一位在本质上用诗歌造型的诗人，他能体悟诗行自身的美，也能察觉表达上的细微差别或动词的质量——那时，这在卡斯蒂利亚语中还尚属新事。贡戈拉诗歌的外衣无可挑剔。

他的诗行如微小雕塑般被辅音的碰撞雕刻，而他对建构的关注使这些诗行麇集在一种巴洛克式

---

[1] 何塞·德·埃斯普龙塞达（José de Espronceda，1808—1842），浪漫主义西班牙诗人，代表作有《海盗之歌》《萨拉曼卡的大学生》。

的优美比例中。且他不追寻晦暗。我们需要重复这一观点。他逃离简单的表达，不是因为他热衷风雅（即使他有风雅至极的性情），也不是因为他厌恶下里巴人的表达（相反，他把通俗艺术放在最高的位置上），而是因为他对真正的建构怀抱渴望，他希望自己的作品能抵抗时间的流逝。因为他渴望永恒。

　　能证明贡戈拉有美学意识的，是他在其他人全然不觉时，注意到了埃尔·格列柯独爱的拜占庭主义与有节奏的建筑。格列柯是另一位属于未来的怪人，而在他去往极乐世界时，贡戈拉作了一首十四行诗与他告别。那是诗人最具代表性的十四行诗之一。贡戈拉美学意识的证明还在他为了给《孤独》正名所写下的那些掷地有声的话里："谈到光荣……我认为这首诗的确给了我荣光。如果博学之士能理解它，这将赋予我权威；且我们理应尊敬地说，通过我的写作，我们卡斯蒂利亚语已经达到了和拉丁语一样的崇高、完美。"还需要什么证明呢?

时间来到一六二七年。贡戈拉拖着病体,负债累累、失魂落魄地回到老家科尔多瓦。他从阿拉贡的山石中回来,那里的牧羊人胡须似圣栎树一般坚硬、长刺。他回来时,既没有朋友,也没有保护人。西耶特伊格雷西亚斯侯爵[1]为了保全自己的骄傲,死在了绞刑架上;纤弱敏感、同属夸饰主义的维拉梅迪亚纳伯爵[2]也被地下情人利剑穿心。贡戈拉的家是一座有两道铁栅栏、一个风向标的大房子,坐落在赤脚的三位一体修道院前。

安达卢西亚最忧郁的城市——科尔多瓦——毫无秘密地存续。贡戈拉到来时亦全无秘密了。那

---

[1] 西耶特伊格雷西亚斯侯爵(Marqués de Sieteiglesias),即罗德里格·卡尔德隆(Rodrigo Calderón de Aranda,1576—1621),菲利佩三世执政时期的西班牙政治家、军事家。他去世时,贡戈拉和克维多都为他献了十四行祭诗。

[2] 维拉梅迪亚纳伯爵(Conde de Villamediana),即胡安·德·塔西斯·伊佩拉尔塔(Juan de Tassis y Peralta,1582—1622),巴洛克时期西班牙诗人,擅夸饰主义,是贡戈拉的好友。

里已是废墟,完全可以比作一眼丢失了喷嘴钥匙的老喷泉。从他的阳台上,诗人可以看见坐在长尾马上的黝黑骑兵正列队前行,满身珊瑚串珠的吉卜赛女人正下到半睡半醒的瓜达尔基维河里洗澡,还有骑士、教士和穷人在太阳落山后前来散步。不知因为什么,我产生了一种奇特的联想,觉得似乎谣曲中的那三位摩尔人女孩——阿克萨、法蒂玛、玛丽恩[1],也会来敲响她们的小手鼓,舞动灵活的双脚,追回失落的色彩。对此,马德里的人说了些什么呢?什么都没说。轻浮的、风流的马德里在为洛佩的喜剧鼓掌,在玩普拉多博物馆的夜鹰。谁会记得我们的教士呢?贡戈拉形单影只……而且,在其他地方孤独,兴许还能得到些安慰。可最戏剧性的是,他可是独自一人在科尔多瓦啊!用他的话说,只剩下他的书、他的院子和他的理发师

---

[1] 西班牙古典谣曲《哈恩的摩尔人女孩》(*Las morillas de Jaén*)中的三位主角,洛尔迦曾与恩卡纳西翁·洛佩兹灌录一首名为《阿克萨、法蒂玛与玛丽恩》(*Axa, Fátima y Marién*)的歌曲。

了。对一个像他这样的人来说，这是何等糟糕的安排。

一六二七年五月二十三日。清晨，诗人贡戈拉一直在问着时间。他探身阳台，没有看到风景，却望见一大摊蓝斑。坏死女人门楼[1]上栖着一片光亮的长云。贡戈拉比画着十字，躺到了闻着像木梨与干橙花的床上。不久后，他的灵魂铺上釉彩，犹如曼特尼亚笔下的大天使般极致美丽。那魂灵脚踏金凉鞋，身上的丘尼卡似苋，又似青金石，它迎着风走到街上，找寻能安详攀爬的直梯。当贡戈拉的老朋友们来到家中时，他的双手正在慢慢冷去。美丽、干枯、不戴宝石，为自己成功建造了一座非凡的巴洛克祭坛——《孤独》——而倍感满意。他的朋友们想，面对贡戈拉这样的人不应该哭泣，于是他们泰然地坐到阳台上，开始凝视城里缓慢的生活。但如果是我们，我们便会念出这一节塞万提斯

---

[1] 坏死女人门楼（Torre de la Malmuerta），位于科尔多瓦。据传，其名来自一位因通奸而被丈夫杀害的女子，故称"坏死女人门楼"。

赠予贡戈拉的三行诗:

在福玻斯[1]见过的所有诗人中,
他是那令人愉快的、受爱戴的,
也是那犀利的、悦耳的、高雅的。

---

[1] 福玻斯(Phoebus),古希腊神话中,阿波罗作为太阳神时的一个别名。

五、诗艺

一位在纽约的诗人[1]

女士们、先生们:

我总觉得,如果我在给一大群人做演讲,那我一定走错门了。我只是被一些友善的手推着来到了这里。这么说吧,半数人都在幕帘、彩绘树木、钢筋森林中迷失,当他们觉得找到了自己的房间,或觉得找到那一轮温润的圆日时,却只找到一只鳄鱼,旋即就被它吃掉了……就像此刻我碰上了在座各位一般。今天,我没有带来很多节目。我只有一些苦辛的诗,一些苦涩却鲜活的诗,希望能鞭策各位,令大家耳目一新。

我说"一位在纽约的诗人",但其实我应该说

---

[1] 本稿首讲于1932年3月16日,马德里女子公寓。——西班牙语版编者注

"一位诗人心中的纽约"。那个诗人就是我。如此平朴、直白。我没有什么巧思,才华也不够,但我能找到白日之镜的某一个浑浊的斜切面。我能从那里逃出去,有时甚至比小朋友还快。我就是这样一个诗人——来到讲堂里,却幻想这就是他的房间。而你们……在座各位,你们就是我的朋友。如果没有眼睛做黢暗诗行的奴隶,那就不会有诗写成;而如果没有驯服的耳朵,没有友善的耳朵,能将涌出的语词之血捎向双唇,或将晴空展示在听者额前,那就不会有诗被念出。

  无论如何,我得把话说清楚。今天,我不是来娱乐各位的。我不想,我不在乎,我也不愿意。我是来战斗的。我是来和一群平静的听众近身搏斗的。因为我做的不是一场演讲,而是一场诗歌朗诵会。我要读我的血肉、我的欢愉、我的情愫,我需要向面前的这条巨龙自证——它那几百个被惊扰的大脑,若打出几百个哈欠,将足以让我丧命。我说的就是这场战役。既然我来了,既然我在这里了,既然我已经从我长久的诗歌沉寂中遁出了一刻,我就想与你们热切地交流。但我不想给予你们蜜糖,因为连我自己都没有;我要献给你们沙石、毒芹、咸水。这是一场面对面的搏斗,我不怕被战胜。

让我们先同意,人类最美善的态度之一是圣塞巴斯蒂安[1]的态度。

所以,在我开始当着很多人的面大声读诗之前,我首先要向精魂求助——这也是所有人不借助智力或批评手段就能体悟诗歌的唯一方式。精魂能即刻拯救难以理解的隐喻,能以和声音相同的速度捕捉诗的节拍。因为,一位诗人的诗歌质量,若只读一次,将永远无法评定,尤其是我今天要读的这种诗,它充满了仅仅属于抒情逻辑的诗歌现实,紧密地缠附在人类情愫与诗歌建筑左右。如果没有精魂的热心帮助,这种诗将完全不

---

[1] 也称圣巴斯蒂昂(San Sebastián,约256—288),天主教圣徒,曾被罗马帝国皇帝下令乱箭射死,但出现奇迹,箭没有杀死他。此后在文学作品中常被描绘成捆住双臂后被乱箭射穿的形象,洛尔迦在此处将其引申为勇于搏斗,勇于接受挑战的化身。

适合迅速理解。

无论如何,我,作为人和诗人的我,有一件大大的法衣,上面写着"错在你"。任何来向我讨要解释的人,我都会把这件法衣套在他肩上。我什么都不能解释,我只能喃喃吐露出那灼烧着我的熊熊烈火。

*

我不会"从外部"告诉你们纽约是什么样的,因为关于纽约,人们已经写过太多书了。我也不会详述我的整趟旅程。但我会带着一切真诚和质朴,带着那种对知识分子来说难于登天,对诗人来说却无比简单的真诚和质朴,分享我对纽约的诗歌反馈。为了来到这里,我已经战胜了我在诗歌上的羞耻感。

旅人们会在那座巨大的城市里捕捉到两种元素:非人般的建筑,以及疯狂的节奏。几何,与焦躁。乍一瞥,那种节奏可能相当快乐,但当大家窥探到社会生活的机制，窥探到人和机器并行带来的苦痛奴役，大家就会理解那种典型的、空洞的焦躁，因为太想逃避，就连罪行和匪徒都可以原谅。

建筑的棱角直插云霄，但这既不是云的意图，也不是天意。哥特式棱角从古旧的、早已深埋的死人心中涌出，冰冷地攀升，根浅茎细，毫无终极热情，安全得几近笨拙。这些高楼不像那些有灵魂的建筑，它们完全不能战胜或超越建筑师那几乎总是低劣的意图。没有什么比发生在摩天大楼和遮蔽它的天空之间的战斗更具诗意，也更惊人了。雨雪和雾气凸显、打湿、掩盖着庞然高塔，但这些塔视而不见，冷漠地张扬自己的意图，与奥秘为敌；它们割断雨水的头发，透过天鹅般柔滑的迷雾亮出三千利剑。

抵达纽约后，不消几日，你们便会产生这个巨型世界没有根基的印象，然后就会完美理解，为何有远见的爱伦·坡当时要在那个世界里拥抱神秘，投身火热的酒醉陈酣。

我孤零零地游荡着，如此追忆我的童年：

《1910年（幕间休息）》[1]

我那双1910年的眼睛
没看见过掩埋死人，
没看见过灰烬集市，它属于破晓时恸哭的人，
也没看见过颤抖的心像一小只海马无路可逃。

我那双一九一〇年的眼睛
看见过女孩子小便的白墙，
看见过公牛嘴，毒蘑菇，
看见过不可理喻的月亮照亮每个角落，
还有酒瓶坚硬的黑色底下干柠檬的碎块。

1　本篇选诗均收录于《诗人在纽约》这本诗集。

我那双眼睛在矮脚马的脖子上
在睡着了的圣罗莎哀痛的怀抱里,
在爱情的屋顶上(有呻吟有清凉的手)
在猫吃青蛙的花园里。

阁楼上的旧灰尘召集雕像与苔藓。
盒子里存有被吞食的螃蟹的沉默。
梦境与梦境的现实冲撞的地方,
有我那双小小的眼睛。

什么都别问我。我见过万物怎样
在找寻各自轨迹的时候找到虚空。
无人的空气里有空心人的疼痛
我看见盛装的造物无一赤裸!

(汪天艾译)

  我孤零零地游荡着,被时代广场闪烁的巨型灯牌弄得筋疲力尽,于是我从庞大的窗户军团逃到这首小诗里。那窗户军团里的人,没有任何一个有时间看看云,也没有任何一个有时间跟精妙的海风说说话——大海执意将风送来,却永无回音:

《散步归来》

被天空刺杀。
在前往蛇形和寻找
玻璃的种种形态之间
我要任由我的头发生长。

有不唱歌的残断树
有孩童蛋白色的脸。

有头颅破碎的小动物
有褴褛的水干瘪的脚。

有罹患聋哑疲倦的全部

有墨水瓶里溺死的蝴蝶。

我用每天不同的面孔跌撞着。
被天空刺杀!

(汪天艾译)

但我要走到城市里去,我要战胜它。没有和大街上的人碰过面,没有和来自世界各地的人见一见,一个人是没法真正投身抒情生产的。

我就这么走到街上,然后我就遇见了黑人们。在纽约,全世界所有种族的人都能相遇,但中国人、亚美尼亚人、俄罗斯人、德国人却仍然是外国人。只有黑人不是。他们无疑给整个北美洲带来了巨大影响,以及无论他们什么样子,他们都是那个世界里最具灵性、最敏感纤细的人。因为他们相信,因为他们等待,因为他们歌唱,也因为他们有一种奇妙的宗教惰性,这种惰性能把他们从当前那些危险的渴望中解救出来。

如果我们逛一逛布朗克斯区或布鲁克林区，也就是金发美国人的聚居区，我们就会感到一阵喑哑。仿佛白人们喜欢墙壁，是因为墙壁可以阻隔目光；每个家里都有一块挂钟，每个家里也都有一个上帝，但人们却只能隐约看到脚的高度。然而，在黑人社区，我们却总能看到人们交换微笑，能感觉到淋浴花洒的氧化其实来自大地深沉的震动。如果你坚持盯着一个受伤的小孩，他就会把他的苹果派给你。

许多个上午，我从当时住的大学下楼看黑人们跳舞。这里说的大学，不是那个老师们觉得我是成绩不好的洛尔迦先生[1]的那个大学。在这里，我是服务员们嘴中的那个怪怪的瞌睡虫[2]。我想知道黑人们在想什么，于是我去看他们跳舞，因为舞蹈是他们表达痛楚的唯一方式，也是他们抒发情思的敏锐手段。我写下了这首诗：

1　原文为英语。
2　原文为英语。

《黑人的法则与天堂》

他们憎恨鸟的影子
投在白脸颊的满潮
憎恨光和风的冲撞
在冰冷雪地的厅堂。

他们憎恨无形体的箭矢,
道别时分毫不差的手帕,
憎恨保持按下的玫瑰色尖针
扎进微笑时稻麦的羞红里。

他们钟爱荒置的蓝,
牛摇摆不定的表情,
极点上骗人的月亮,
拍岸的水摇曳的舞姿。

他们用树干和耙子的知识

在黏土里塞满发光的神经

滑润地溜过水面和沙地，品鉴

自己千年的唾液里苦涩的新鲜。

那是生脆的蓝，

没有蛆虫没有睡着的脚印，

在蓝里面鸵鸟蛋永存

舞动的雨完好地闲荡。

那是没有历史的蓝，

某个晚上不惧怕白天的蓝，

那蓝的里面，风的赤裸渐次折断

空云骆驼的梦游。

躯干在草地的饕餮下做梦。

珊瑚吸干墨水的绝望，

一列蜗牛底下梦中人擦去各自的侧影

最后的灰烬上方留下了舞的空间。

（汪天艾译）

但其实还不是。我当时眼前看到的尚且不是这里面写的美学法则和蓝色天堂。我追求、幻想、脑中浮现的其实是著名的黑人聚居区哈勒姆。那座全世界最重要的黑人城里，连淫荡的东西都仿佛有一丝无辜，它令人心惊，宛如宗教一般。那个街区由泛红的房子组成，到处都是自动钢琴、收音机、影院，但都充斥着一种典型的种族气质——**怀疑和害怕**。虚掩的门、害怕曼哈顿公园大道上那些富人的穷苦儿童、突然终止歌唱的留声机。还有等待，等待可能从伊斯特河到来的敌人，他们将准确指出圣像放在哪里。当时，我想写一首关于北美洲黑人的诗，突出他们在一个完全相反的白人世界里做黑人的痛苦。他们是白人所有发明、所有机器的奴隶，他们永远害怕会不会哪一天忘记打开燃气，忘记如何开车，忘记把繁复的衣领系好，甚至害怕会把叉子叉进眼睛里。因为这些发明不是他们的，他们靠借来的东西活着。黑人父亲们应该在家中坚持一种严苛的纪律，以防母亲和孩子们爱上唱机里的碟片，或吃掉车子的轮胎。

然而，那片激情中有一种所有来访者都能察觉到的遍布全美国黑人的忧虑，我们偶尔在表演中看到，便会发现它露出了一种黑人的无法收买的灵魂底色。我去过一家叫"小天堂"的舞厅，里面的舞者全是黑人，她们跳起舞来像一盒鱼子酱，黏湿、凝结。在那里，我看到一位全身赤裸的舞女在一片隐形的火雨下激烈地狂舞。但当所有人尖叫欢呼，以为她被旋律完全俘虏了时，有那么一刻，我却在她眼中看到了犹疑。那是一种遥远的意味，一种确信她从观看、仰慕她的美国或外国观众面前全然消失的感觉。她仿佛整个哈勒姆的化身。

另一次，我看到一位黑人小女孩骑自行车。无比动人的一幕。暗色的腿，双唇像将死的玫瑰，里面是冰冷的牙齿，还有揉成一团的头和羊毛般的头发。我盯着她，她也看着我。但我的眼神是在说："孩子，你为什么骑自行车呀？黑人小女孩能骑自行车吗？这是你的吗？你从哪偷来的？你会骑吗?"果不其然,她一个急转弯,从缓坡上连滚带爬地摔了下来。

但当时,我每天都在抗议。我为我看到了青年黑人被强硬的颈项和暴力的大衣、皮靴处以绞刑而抗议。那些冷冰冰的、讲话像鸭子的男人,我要端走他们的尿盆。

我为所有那些从天堂偷来的肉,那些由鼻头冰冷、灵魂干瘪的犹太人制作的肉而抗议;我为最悲伤的事而抗议,那就是黑人不想做黑人,他们要造发泥拉直卷发,做粉饼把脸涂灰,喝糖浆以拓展腰身,还企图抹掉唇间的蜜黄。

我抗议,而我抗议的其中一个证据便是这首颂诗,它献给黑人的魂灵,哈勒姆王;还有一声勇敢的怒吼,献给所有颤抖、害怕、笨拙地渴望白人女性肉体的人。

不过,纽约真正野蛮、癫狂的还不是哈勒姆。哈勒姆至少还有人的气息,有孩子们的尖叫,有家,有草。哈勒姆的痛还有安慰,伤也还有甜蜜的绷带。

真正令人惊讶的冰冷和残酷来自华尔街。全世界所有黄金沿着河水来到这里，随之跟来的，便是死亡。人在世上任何一个角落都不会像在华尔街一般，完全丧失灵魂：那里充斥着最多只能考三分的人，也充斥着最多只能考六分的人[1]，还有一种对纯粹科学的蔑视，和对此刻的一种魔鬼般的价值崇拜。恐怖的是，所有挤满华尔街的人都认为世界将永远是这样，而他们的任务便是让这个机器昼夜运行，永远转动。于是，对我这样一个典型的西班牙人（感谢上帝），一个充满反叛力量的人来说，我当然气得七窍生烟。

我有幸亲眼见证了最近一次金融危机。数十亿美元就此消失，死去的钱纷纷冲向海里。在自杀者、歇斯底里之徒、成群晕倒的人身旁，我有生以

---

[1] 西班牙学制中，十分为满分，五分为及格。洛尔迦似在此处借"考三分的"和"考六分的"指两类人：一类是资质极差的，无论如何也无法及格，只能在社会中苟延残喘；另一类是庸碌的，能勉强活着却永远无法成为杰出。

来第一次感到真正的、没有希望的、只是腐烂而别无他物的死亡。就在那一刻。因为那实在是一片摄人心魄却和伟大毫不相关的景象。而正如我们伟大的乌纳穆诺[1]所说,我来自一个"夜里大地会升至苍穹"的国家,因此我感到一种近乎神圣的焦虑:双手戴满钻石的自杀者被救护车拉走,而我想炸毁他们经过的全部暗巷。

因此,我把这支死亡之舞放在那里。典型的非洲面具,真正僵止的死,没有天使,不会复活。那是远离一切精神的死,那是原始而粗野的死——就像从来不曾,未来也不会为上天奋战的美国一般。

还有人群。没人能确切知道什么是纽约的人群。沃尔特·惠特曼知道,他在人群中找寻孤独;T. S. 艾略特也知道,他在一首诗里像挤柠檬一样挤压人群,他想从中榨出受伤的老鼠、沾湿的檐帽、

---

[1] 米格尔·德·乌纳穆诺(Miguel de Unamuno,1864—1936),西班牙著名作家、诗人、哲学家,"九八年代"代表人物之一。

河流的阴影。

而如果这群人喝醉了的话，我们就能看到世界上最激烈、最具活力的场面。

康尼岛仿佛一个硕大的集市。夏天的每个周日会有超过一百万人涌向那里。人们吃、喝、喊叫、打滚，把海里填满报纸，把街上塞满易拉罐、烟头、食物残渣、平底鞋。人们唱着歌从集市回来，数以百计的人成群结队扶着码头栏杆呕吐，还有数以千计的人在角落里、在废弃的船上、在加里波第[1]或无名士兵的纪念碑上撒尿。

一位西班牙人在那里感到的孤独无人可以想象，尤其，如果这还是一位西班牙南部人的话。因为，如果你跌倒，车就会把你轧死；如果你失足掉进水里，人们就会往你身上扔食品包装纸。

每个周日，人群可怕的声响都会在纽约弥漫

---

1 朱塞佩·加里波第（Giuseppe Garibaldi，1807—1882），意大利国家独立和统一运动的杰出领袖、军事家，曾流亡至乌拉圭和纽约。曼哈顿的华盛顿广场公园里有一座加里波第雕像。

开来。那声音敲打着空荡荡的人行道，节奏仿佛纷乱的马群。

除了关于人群的孤独之诗，我还写了其他几首风格近似的作品：有写给布鲁克林大桥之夜的，有写给炮台公园将尽天色的。不过今天时间有限，我就不一一朗读了。那片疲累的海上，水手、女人、士兵、警察一起舞蹈，海妖像牛群般进食，钟声和哞叫的浮标荡来荡去。

随着八月来临，一股埃西哈[1]般的热浪摧毁了纽约。我要去乡村了。

绿湖与冷杉。而后，森林里出现了一台废弃的纺织机。我住在几个农民家中。两个小朋友陪着我：玛丽，一个如枫糖浆般的小女孩，和斯坦顿，一个会吹口簧琴的小男孩。他们耐心地指给我看美国历年的总统。当我们讲到林肯时，他们

1　埃西哈，安达卢西亚自治区塞维利亚省的市镇，西班牙最炎热的市镇之一。

会行军礼。斯坦顿的爸爸有几匹从伊甸米尔斯村[1]买的盲马,他妈妈几乎总在发烧。而我经常跑步,喝很多水,在杉树丛和我的小小朋友们中间,感到心情甜美。他们一家介绍我认识了泰勒家的小姐们——老总统泰勒[2]的几位后人,但她们极其贫穷,住在茅屋里。她们玩摄影,给作品取名"精巧的寂静",还在一架非常奇妙的小型古钢琴上弹华盛顿总统那个英雄时期的歌曲。她们很老,而且很矮,为了防止被黑莓丛刮伤必须穿裤装,但她们长着很漂亮的白发。她们牵着手,听我在古钢琴上即兴演奏专门给她们弹的歌曲。有时,她们请我吃饭,却只给我茶喝和几块奶酪吃,但一定要跟我强调茶壶是真的中国茶壶,茶里有真的茉莉花。八月末,她们带我去她们的茅屋,然后跟我说:"您不知道秋天已经来了吧?"的确,在桌子上,在古钢琴声里,在老总统泰勒的肖像旁,

---

1 伊甸米尔斯村,美国东北部佛蒙特州的非建制村。
2 指美国第十任总统约翰·泰勒(John Tyler,1790—1862)。

我见到了我一生中见过的最美的树叶和葡萄藤：它们渐渐发黄、变红、泛橙。

在那种环境里，我的诗自然而然地开始有了森林的语调。当时我对纽约十分厌倦了，我渴望那些鲜活且不重要的小东西。于是，我写了一篇昆虫记。现在我没有时间朗诵全诗，但我想说，为了歌颂昆虫，我在诗的开头向玛丽亚祈祷，向那几位可爱的天主教徒所信仰的万福海星祈祷。我歌颂昆虫，因为它们一生都在飞行，一生都在用它们自己的小小乐器赞美我们的主。

然而有一天，小玛丽掉进了井里，人们把她拖出来时她已经溺死了。此时此地，我不方便讲那天我体会到的深切的痛和真正的绝望。让那些感觉留给当时望见了我的大树和四壁吧。随即，我想起了另一个我看着从水里拖出来的小女孩，一个格拉纳达小女孩。铁钩卷住她的小手，她的头不断撞击着墙壁。这两位小女孩，玛丽和格拉纳达的那一位，把我也变成了孤单的小女孩，陷在圆井里，困

在那片永不流动的死水中出不来:

《井中淹死的女孩(格拉纳达和纽堡)》

长着眼睛的塑像在棺材的黑暗中受苦
但无处流淌的水使它们更加悲伤,
……无处流淌。

村庄打破渔夫们的钓竿,沿着城垛流淌。
快!岸边,赶快!稚嫩的星星在吟唱。
……无处流淌。

你平静地在马的一只眼睛的岸边哭泣,
在我的记忆、星球、范围和目标上。
……无处流淌。

然而谁也无法在黑暗中给你距离,
只有磨砺界线的锋芒:宝石的前途。

……无处流淌。

当人们寻求枕上的寂静
你却在自己的戒指上持续不停地跳荡。
……无处流淌。

你永远停留在接受根的挑战
和可预见的孤独的波浪的终点上。
……无处流淌。

人们已从斜坡到来！请你从水面站起！
每个点都将把一条锁链给你戴上！
……无处流淌。

然而井会将你苔藓的双手延长，
水神对你特有的无知了若指掌。
……无处流淌。

不，无处流淌。水固定在一点上，

用它所有的无弦的琴呼吸

在创伤的阶梯和无人居住的楼房。

水啊，无处流淌！

（赵振江译）

玛丽去世后，我没法在那个家待下去了。斯坦顿哭丧着脸吃姐姐留给他的枫糖，泰勒家的小姐们像疯了一样在森林里拍秋天的照片讨好我。

我下到湖边去，但寂静的水、杜鹃等自然景象让我没法以任何方式坐着，因为所有坐姿都令我感觉自己像一幅版画，右下角写着"费德里科让思绪漫游"。但最后，加尔西拉索的一句诗夺走了我这种固执的绘画想法：

"我们的牛群吃草。清风拂来。"

于是诞生了那首关于伊甸米尔斯湖的二重诗。

接着，萨图恩[1]截停了火车，暑假结束了，而

---

[1] 萨图恩，罗马最古老的神祇之一，掌管幻术、农业等领域。

我也该回纽约了。溺死的女孩、"吃枫糖的小男孩"斯坦顿、那些盲马、穿裤子的小姐们长久陪伴着我。

火车沿着美国—加拿大边境行驶,我没有了小伙伴的陪伴,心情十分低沉。小女孩被绿色的天使围着,从井中缓缓远去;而小男孩的胸腔开始涌出属于美国警察的残酷星星,仿佛硝石从湿墙里迸出。

而后……又是纽约癫狂的节奏。但我已经不震惊了,我了解了街道运行的机制,我和人交谈,我更多地融入社会生活,然后我揭发它。我揭发它,因为我是农村人,也因为我认为人类不是这世上最重要的。

时间在流逝,我来不及念更多诗了。我们该从纽约离开了。关于圣诞的和关于大桥的诗我就不在这里读了,如果大家感兴趣的话,可以哪天在诗集里读到。

时间在流逝,而我在船上了。我正驶离嘈杂的大都市,前往美丽的安的列斯群岛[1]。

之前那个世界没有根系的第一印象仍在持续,

因为若轮胎忘记了运行法则,
它便能够赤裸着与马群高歌
而如果火烧穿了冰冻的项目
天则必须从纷繁的窗前逃离。

棱角与节奏,形态与焦虑,都在逐渐被蓝色吞食。高塔和云朵的纷争已经消失,成堆的窗户群也不会再把超过半数的夜吃掉。会飞的鱼编织着湿润的花环,而蓝天像毕加索笔下可怕的蓝色女人,张开双臂在海上飞奔。

蓝天胜过了摩天大楼,虽然现在回想起来,纽约的建筑也开始让我觉得不可思议。如果刨除建造意图,那些建筑竟能像高山、沙漠等自然景致一

---

[1] 美洲加勒比海中的群岛,指西印度群岛中巴哈马群岛以外的全部岛群,在此处指由古巴、牙买加、伊斯帕尼奥拉、波多黎各组成的大安的列斯群岛。

般令人震撼。克莱斯勒大厦用一个巨大的尖顶抵抗太阳，而在我眼中，大桥、船只、铁轨和人十分漠然，且被拴住了手脚。将他们手脚拴住的是那残酷的、行将崩塌的经济体系；而说"漠然"是因为他们条框过于分明，缺少人类所必需的痴狂。

无论如何，离开纽约时，我心中充满了各种思绪和深深的敬意。在纽约，我交到了许多好朋友，收获了人生最有用的经历。我要感谢许多人和事，尤其是新泽西的海湾景致（我曾在那里与印度—葡萄牙裔的阿妮塔和俄罗斯—波多黎各裔的索菲亚·梅格维诺夫一同散步，海边油画般的蓝、版画般的绿将我全然俘获），还有那奇妙的水族馆和动物园——在那里我感觉自己像一个孩子，且我能联想起全世界所有孩子。

不过，船正在远行。一阵香气随着棕榈和桂皮树飘来。那是有根有系的美洲，属于上帝的美洲。那是西班牙的美洲。

但那到底是什么呢？是另一个西班牙？是另

一个属于全世界的安达卢西亚?

那是加的斯的黄,但更浓烈一分;那是塞维利亚的粉,但有几许洋红;那是格拉纳达的绿,但泛着鱼的磷光。

哈瓦那在甘蔗田和沙槌、唢呐、马林巴的乐声中登场。谁会来港口接我呢?原来是我儿时那黝黑的圣三位一体。他们在哈瓦那港口踱步。一天早晨,他们在哈瓦那的港口踱步呢。

而后,黑人们以自己的节奏出现,而我认为那就是伟大的安达卢西亚人的典型节奏。不过他们毫无恶意地翻了个白眼,说道:"我们是拉美人。"

在甘蔗田、阳台、棕榈树三个不同的水平面间,上千位黑人女性脸颊涂成橙色,仿佛发着五十度高烧来跳我写的这支曲子。它拂来,好似岛上的风:

满月来临的时候
我就去圣地亚哥
(……)

关于《吉卜赛谣曲集》的讲演与朗诵[1]

站在你们面前的不是一位或多或少有点名声的诗人，也不是一位初出茅庐，想要创造伟大戏剧的剧作家，而是一位真朋友，一位伙伴，他还清晰地记得最近几年断断续续在"商法"那张胡子大脸下的生活，他就那么开着玩笑，扰攘着过活，试图掩盖充满美德却真实存在的忧伤。

我很明白，所谓"讲演"就是在讲堂、剧院里给听众的眼睛打针。针头是摩耳甫斯[2]那种难以抵抗的银莲花，和鳄鱼嘴才能打出的哈欠。

---

[1] 原稿无题，此题为后世编者所加。本稿于1935年10月9日在巴塞罗那学生公寓首讲，次年3月7日于圣塞巴斯蒂安市吉普斯夸大讲堂再度宣讲。——西班牙语版编者注
[2] 摩耳甫斯，希腊神话中的梦神，能够在人的梦中化成不同人的形象。

我注意到，一般情况下，演讲者们都爱装腔作势。他们讲自己知道的内容，毫不渴望接近听众，毫不触动听众的神经，甚至不投入任何一点爱。于是，那一刻我们心中便会生发出一股深深的厌恶，急切地希望他走下讲台时滑倒摔跤，或打一个剧烈的喷嚏，眼镜掉到水杯上。

所以，我不是来就我研究过、准备好的主题做演讲的，我是来和你们交流的。我要用没人教过我的方法，我要用本质和纯魔法，我要用诗与你们交流。

我选择要朗读和简短做评的诗集是《吉卜赛谣曲集》。它不仅是我流传最广的作品，也毫无疑问是我至今整体性最佳的作品。同时，通过《吉卜赛谣曲集》，我的诗歌形象首次得以充满个性地展现，并被定型，我也由此开始和其他诗人交流。

我不想给这本书做评注，我不想讲，也不想研究作为文学体裁的谣曲。我既不想分析这本书的意象机制，也不想图解它的语音—韵律发展要理。

我要展示的是《吉卜赛谣曲集》的创作源头，是这整个概念形成的最初痕迹。

虽然这本诗集的名字叫"吉卜赛"，但它的内容却是关于安达卢西亚的。叫"吉卜赛"，是因为吉卜赛人是我国最高尚、最深沉、最尊贵的存在。他们最能代表西班牙的方方面面，他们的火红、热血，文字也蕴含着属于安达卢西亚和全世界的真相。

所以说，这本书是一卷安达卢西亚组画，画里有吉卜赛人、奔马、大天使、行星、犹太人的气息、罗马人的气息、河流、罪行，既有走私者鄙陋的况味，又有科尔多瓦那些欺骗圣拉斐尔的裸身孩子那天堂般的况味。这本书中，能被人看到的安达卢西亚几乎了无踪迹，不能被人看到的安达卢西亚却在突突搏动。这一点我等会儿会解释。这是一本反风景描绘、反民俗传统、反弗拉门戈的书，书里没有任何一件短夹克，任何一套斗牛服，任何一顶平宽檐帽，也没有任何一只小手鼓。这本书里的形象全都为横亘千年的历史背景服务，而这本书也只有一个人物,她似夏季的天空,沉郁、庞大。她叫"悲痛"。她深入骨髓,沉入大树的浆液,她和忧郁、乡愁或任何一种处境下来的感伤都毫无关系。比起紧邻人间,她饱含的情愫更接近天上。安达卢西亚式"悲痛"是一场在充满爱意的智识与疑谜间的战斗,那谜团将智识环绕,却无法完全把它包围。

但诗歌与罪行或法律事实相仿,当它们存在于世时会被人搬弄,会被诠释。所以我的诗若经过朗诵者们充满感官刺激、声调低劣的朗诵,或被无知的人解读,给大家留下一种错误的安达卢西亚印象,我也不抱怨。我觉得写作这部诗集时,我努力创造的至纯结构和高尚语调,会在当下这些过分的爱好者、这些有时会往我的诗集里吐满唾沫的人面前自证清白。

自一九一九年,我的诗歌之旅刚刚启程的年头起,我就开始关心谣曲这一体裁,因为我觉得在谣曲这个杯子里我能将我的感知铸造得最好。在贡戈拉最后几首精巧的谣曲之后,诗人们对这一体裁的创作就停滞了。直到后来,里瓦斯公爵[1]将谣曲变得甜美、流畅、日常,而索里亚则为谣曲填满了白睡莲、阴影和沉入水底的钟。

一直以来,典型的谣曲都包含一种叙事,谣曲的魅力也正来源于叙事层面,因为一旦诗歌抒情起来,缺乏情节性,就会变成歌曲。而我想在不丢失叙事与抒情谣曲任何一种特质的情况下,将它们融合。这种努力在《吉卜赛谣曲集》的某些诗中成功了,比如《梦游人谣》。《梦游人谣》里弥散着一种盛大的叙事感,一种尖锐的戏剧氛围,但其实没有人知道具体发生了什么。我也不知道,因为诗歌的奥秘对于传播它的诗人来说也是奥秘,只是很多时候诗人选择忽视它。

其实,在我最早的诗歌里,就已经能找到属

---

[1] 里瓦斯公爵(Duque de Rivas),即安赫尔·德·萨维德拉(Ángel de Saavedra y Ramírez de Baquedano,1791—1865),西班牙诗人、剧作家、画家、历史学家。

于我自己的谣曲形式——或者应该说，是那些诗为我找到了谣曲。它们已经含有和《吉卜赛谣曲集》相同的创作元素和相似的诗歌机制。

一九二〇年时，我就已经写出了这片黄昏：

一颗星仿若钻石
划过了沉沉苍穹。
那是属于光的鸟
渴望从天空逃遁
大巢将鸟儿囚禁
而鸟要从中奔走
却不知一条锁链
已然拴在颈项间。

超越人类的猎手
正追捕熠熠光辉，
天鹅如实心银质
俯身向水中寂静。

山杨小小，正朗读
课本，而老山杨树
似师长般，安宁地
挥动年迈的手臂。

青蛙，请开始歌唱！
蟋蟀，从洞里出来！
你们用斑斓笛箫
吹出音乐森林吧。
我回家，心中躁动。
田埂间两只白鸽
在我记忆里鼓噪
而远处，地平线上
白日管道正沉落。
时间，可怕的水车！

作为谣曲，这首诗已经能体现《吉卜赛谣曲集》里的一些明暗了。而且它混合了天文意象、昆虫、微不足道的事物，这是我诗歌个性的首要特征。

我其实有点羞于在公众场合聊自己，但我还是聊了，因为我把你们当成朋友，当成公正的听众，也因为我知道一个诗人，当他仅仅作为诗人时，他是单纯的。而当他单纯时，他就永远不会坠入那个滑稽的"掉书袋"陷阱里。

讲一首诗可以讲很久，可以分析、观察它的各个面向。而我选择读一些我的作品，给大家展示我诗歌的其中一个面向。

*

从开头几句诗，我们就能注意到，神话和所谓现实主义的元素交织在一起。但其实那不是现实主义，因为现实在接触了魔幻之后变得更像谜，更难以解码了，就像安达卢西亚自己的灵魂一般。那是一场战斗，一出悲剧，一方是属于安达卢西亚的东方毒药，另一方是被古罗马和贝缇卡施加的几何与平衡。

《吉卜赛谣曲集》始于两个我创造的神话：月亮是濒死的舞者，而风是萨蒂尔[1]。一个是在大地之上的月亮神话，是一出悲剧之舞，那是内部的、浓缩的、宗教性的安达卢西亚；另一个是塔尔特索斯[2]的海滩神话，在那里，不仅风像桃子的绒毛一般，而且无论是悲剧还是舞蹈，都由一根揶揄讽刺的智性之针托着：

《月亮，月亮谣曲》

身穿晚香玉似的撑裙
月亮来到煅炉上。
孩子将她瞧呀瞧，

---

1. 萨蒂尔，古希腊森林之神，是长有公羊角、腿和尾巴的半人半兽。他耽于淫欲，性喜欢乐，是创造力、音乐、诗歌与性爱的象征，同时也是恐慌与噩梦的标志。
2. 塔尔特索斯（Tartessos），历史上曾存在过的港口城市，位于伊比利亚半岛的瓜达尔基维尔河河口，古希腊时期的希罗多德曾在《历史》中提到过它。洛尔迦在此处用塔尔特索斯指西班牙。

孩子将她望呀望。

在充满激情的天上

月亮挥舞着臂膀

多情而又纯贞地显示

锡一般硬实的乳房。

逃吧,月亮,月亮。

吉卜赛人来了

会用你的心

打制洁白的戒指和项链。

孩子,让我跳舞吧。

吉卜赛人来了

会看到你

闭着小小的眼睛

在铁砧上。

逃吧,月亮,月亮,

我已经感到他们的马蹄声响。

孩子,走开吧,别踏在

我浆过的白色上。

骑手正在靠近

敲着平原的鼓点。

孩子在煅炉中

闭着他的眼睛。

他们从橄榄林来了,

吉卜赛人,青铜和梦。

高昂着头颅,

眯缝着眼睛。

啊,枝头的夜莺

怎样地歌唱!

月亮拉着孩子的手

行走在天上。

吉卜赛人在炉膛

边哭边嚷。

月亮依偎着天空。

天空守护着月亮。

(赵振江译)

《漂亮姑娘与风》

漂亮姑娘过来了
弹着羊皮纸的月亮,
走在月桂和清水
两栖的小路上。
寂静躲避着单调的声响
而且没有星光,
跌落在汹涌歌唱的海洋
多少鱼儿在那里游荡。
山顶上
警卫们进入梦乡
守护着白色的塔楼
那是英国人的厅堂。
水的吉卜赛人
在岸边消遣游逛,
竖起青松的枝条
搭起贝壳的小房。

* * *

漂亮姑娘过来了

弹着羊皮纸的月亮。

风一见她便刮起,

它从来不会安详。

圣克里斯托瓦隆赤裸着身体,

浑身是天蓝色的舌头,

看着那姑娘出神地

将悦耳的风笛奏响。

姑娘,让我撩起你的衣裙

好好地将你观赏。

让你腹部蓝色的玫瑰

在我古老的手指上开放。

姑娘不停地奔跑

将手鼓丢在一旁。

雄性的风将她追赶

炽热的剑握在手上。

大海收敛了涛声。

橄榄苍白如霜。

阴暗的短笛

和白雪的锣一齐奏响。

快跑啊,姑娘,漂亮的姑娘,

绿色的风就要把你撵上!

快跑啊,姑娘,漂亮的姑娘!

你看他来自何方!

下流星星的淫棍

多少条舌头在闪光。

* * *

漂亮的姑娘闯进门去,

心里充满了惊慌,

那是英国领事的家

坐落在松林的上方。

过来了三个警卫,

他们听见了叫嚷,

披着黑色的斗篷

帽子扣在头上。

英国人将一杯温奶

递给吉卜赛姑娘,

又给她一杯杜松子酒

可姑娘不会品尝。

姑娘边哭边讲

和那厮遭遇的情况。

风愤怒地乱咬

在石板的屋顶上。

(赵振江译)

谣曲《械斗》展现了那种潜藏在安达卢西亚及整个西班牙内的无声之争。一群人互相攻击却不知为何,或是因为一些神秘之事,或是因为一个男人突然感到脸上飞来了一只虫子,又或是因为一个眼神、一朵玫瑰、一场两个世纪前的爱:

《械斗》

阿尔瓦塞特的刀
在悬崖的半腰上,
仇恨
凝结成的血多么漂亮
像鱼儿一样闪光。
纸牌坚硬的光芒
闪烁在陡峭的绿色上
描绘着愤怒的马匹
和骑手们的形象。
两个老妇人啼哭
在一棵橄榄树上。
争斗的公牛
冲上一道道墙。
黑衣天使带来
头巾和雪水。
阿尔瓦塞特的刀

是天使们的翅膀。

蒙蒂利亚的胡安·安东尼奥

滚下陡峭的山梁,

尸体上开满百合,

一颗石榴结在前额上。

现在他乘着

火的十字架,直奔死亡。

* * *

橄榄林中出现了

法官和宪警的面庞。

流淌的血在呻吟

使蛇停止了歌唱。

宪警先生们说:

事发一如既往。

四个罗马人

和五个迦太基人死亡。

热烈的传言

和无花果疯狂的傍晚
昏迷地跌落在
骑手们受伤的大腿上。
黑色的天使
在西风中飞翔。
天使们有长长的发辫
和油一般的心房。

(赵振江译)

然后，我们就来到了《梦游人谣》。我已经讲过，这是整个诗集里最神秘的一首诗。许多人认为它表达了格拉纳达对海的热切渴望。这是一座因为听不到海浪而焦虑的城市，它只能在地下水的游戏和覆盖山峦的起伏迷雾中找寻海浪。这是对的。但这首诗也有其他含义。它是一种建立在安达卢西亚背景上的纯粹的诗歌行为，其意蕴总在变化之中，即使对于传播它的人，也就是对我来说，亦是如此。如果各位问我为什么要说"千万个水晶的手鼓

/ 曾在刺伤黎明",我会回答因为我曾在天使的手和大树的手里看到过它们。再多的我就说不出了,而且我更不知道怎么解释它的含义。这样挺好的。通过诗,人们极为迅速地接触刀刃,而哲学家和数学家都转过身去,沉默不语:

《梦游人谣》

绿啊,我多么爱你这绿色。
绿的风,绿的树枝。
船在海上,
马在山中。
影子裹住她的腰,
她在露台上做梦。
绿的肌肉,绿的头发,
还有银子般沁凉的眼睛。
绿啊,我多么爱你这绿色。
在吉卜赛人的月亮下,

一切东西都看着她，

而她却看不见它们。

绿啊，我多么爱你这绿色，

繁星似的霜花

和那打开黎明之路的

黑暗的鱼一同来到。

无花果用砂皮似的树叶

磨擦[1]着风，

山象夜猫似的耸起了

它的激怒了的龙舌兰。

可是谁来了？从哪儿来的？

她徘徊在露台上，

绿的肌肉，绿的头发，

在梦见苦辛的大海。

——朋友，我想要

---

[1] 本书引用戴望舒译本处，出于时代和语言习惯考虑，保留了一些在今天的标准下可能不规范的写法。——本中文版注

把我的马换你的屋子,

把我的鞍辔换你的镜子,

把我的短刀换你的毛毯。

朋友,我是从喀勒拉港口

流血回来的。

——要是我办得到,年轻人,

这交易一准成功。

可是我已经不再是我,

我的屋子也不再是我的。

——朋友,我要善终在

我自己的铁床上,

如果可能,

还得有荷兰布的被单。

你没有看见我

从胸口直到喉咙的伤口?

——你的白衬衫上

染了三百朵黑玫瑰,

你的血还在腥气地

沿着你的腰带渗出。

但我已经不再是我，

我的屋子也不再是我的。

——至少让我爬上

这高高的露台；

允许我上来！允许我

爬上这绿色的露台。

月光照耀的露台，

那儿可以听到海水的回声。

于是这两个伙伴

走上那高高的露台。

留下了一缕血迹。

留下了一条泪痕。

许多铅皮的小灯笼

在人家屋顶上闪烁。

千百个水晶的手鼓，

在伤害黎明。

绿啊,我多么爱你这绿色,

绿的风,绿的树枝。

两个伙伴一同上去。

长风留给他们嘴里

一种苦胆,薄荷和玉香草的

稀有的味道。

朋友,告诉我,她在哪里?

你那个苦辛的姑娘在哪里?

她等候过你多少次?

她还会等候你多少次?

冷的脸,黑的头发,

在这绿色的露台上!

那吉卜赛姑娘

在水池上摇曳着。

绿的肌肉,绿的头发,

还有银子般沁凉的眼睛。

一片冰雪似的月光

把她扶住在水上。
夜色亲密得
象一个小小的广场。
喝醉了的宪警
正在打门。

绿啊，我多么爱你这绿色。
绿的风，绿的树枝。
船在海上，
马在山中。

（戴望舒译）

　　书里的下一首谣曲是《不贞之妇》，它在形式和意象上都很诙谐。但这首诗是确确实实的安达卢西亚逸闻。它里面写的甚至连绝望都是通俗的。我觉得这首诗是最初级的，对感官最诌媚的，也是最没有安达卢西亚精髓的，所以我就不读它了。

*

不贞之妇的夜热闹、潇洒。在那样的夜里，平原高耸，灯芯草隐没。而与之相反的夜是索莱达·蒙托亚[1]的夜，它凝结了无解的悲痛。那黑色的悲痛，从中出逃的唯一办法是用刀在致命的一侧划开一道深深的口子。

索莱达·蒙托亚的悲痛是安达卢西亚人民的根基。这种悲痛不是焦虑，因为带着悲痛的人还能笑；这种悲痛也不是令人目盲的难过，因为哭泣从来都不是它的一部分。它是一种没有目标的渴望，是一种朝向空无的剧烈之爱，它确信死亡正在门后呼吸——死亡，安达卢西亚永远的忧虑。这首《黑色悲痛谣》的前身是《骑士歌》，我马上会读。在《骑士歌》里，我仿佛看到了那个伟大

---

1 索莱达·蒙托亚（Soledad Montoya，？—1891），弗拉门戈歌者、舞者，生于安达卢西亚，后移民至阿根廷，在1891年的一场表演中中枪，当众身亡。

的安达卢西亚人欧麦尔·伊本·哈夫孙[1]正被祖国永远流放:

《骑士歌》

哥尔多巴城。
辽远又孤零。

黑小马,大月亮,
鞍囊里还有青果。
我再也到不了哥尔多巴,
尽管我认得路。

穿过平原,穿过风,
黑小马,红月亮。

---

1 欧麦尔·伊本·哈夫孙(Omar ben Hafsún,850—918),安达卢西亚政治领袖,早年因杀死一位偷牛的柏柏尔牧羊人而逃亡,辗转多处后前往北非定居。880年重新返回安达卢西亚,并发起政变,颠覆科尔多瓦酋长国政权。

死在盼望我

从哥尔多巴的塔上。

啊！英勇的小马！

啊！漫漫的长路！

我还没到哥尔多巴，

啊，死亡已经在等我！

哥尔多巴城。

辽远又孤零。

（戴望舒译）

《黑色伤心谣》

公鸡的尖嘴

扦着黎明的曙光，

索莱达·蒙达娅

走下昏暗的山冈。

浑身是马和阴影的气味,

皮肤像铜一样黄。

乳房像熏黑的铁砧,

将祖传的歌谣吟唱。

索莱达,你在打听谁

此时此刻,独来独往?

不管打听谁,

告诉我:何关你的痛痒?

我来找我要找的东西,

我的快乐和我人格的分量。

我痛苦的索莱达,

马儿已经脱缰,

最后会碰到海洋,

会葬身于波浪。

不要和我提海洋,

那黑色的惆怅

生于油橄榄的土地,

伴着树叶的声响。

索莱达,你多么痛苦!

多么可怜的忧伤!

多么大的痛苦啊!

哭得像酸柠檬一样。

我在家里忙得发狂,

从寝室到厨房,

两条辫子拖到地上。

多伤心啊!

熏黑了皮肤和衣裳。

啊,我线织的衬衣!

啊,大腿本来像虞美人一样!

索莱达:用云雀香水

将你的身体洗净,

索莱达·蒙达娅

让你的心安宁。

* * *

河流在下面歌唱:

天空和落叶在飞翔。

新生的曙光

将南瓜花的王冠戴在头上。

啊,吉卜赛人的悲伤!

纯洁而又总是孤独的悲伤。

啊,来自隐蔽的河床

和遥远黎明的悲伤!

(赵振江译)

接着,大天使们突然闯入诗集,展现了三种伟大的安达卢西亚:风之王圣米迦勒,它在格拉纳达这座激流与群山之城上翱翔;生活在《圣经》和《古兰经》里的行旅大天使圣拉斐尔,比起基督教徒它更应该是穆斯林的朋友,它在科尔多瓦的河流里捕鱼;宣传之父圣加百列,它是负责通告的大天使,在塞维利亚这座高塔里种下它的百合。这三种安达卢西亚都在这首歌里有所表现:

《树呀树》

树呀树,
枯又绿。

脸儿美丽的小姑娘
正在那里摘青果,
风,高楼上的浪子,
来把她的腰肢抱住。

走过了四位骑士,
跨着安达路西亚的小马,
披着黑色的长大氅,
穿着青绿色的短褂。
"到哥尔多巴来呀,小姑娘。"
小姑娘不听他。

走过了三个青年斗牛师,

腰肢细小够文雅,

佩着镶银的古剑,

穿着橙色的短褂。

"到塞维拉来呀,小姑娘"。

小姑娘不理他。

暮霭转成深紫色,

残阳渐暗渐西斜,

走过了一个少年郎,

带来了月亮似的桃金娘和玫瑰花。

"到格拉那达来呀,小姑娘"。

小姑娘不睬他。

脸儿美丽的小姑娘,

还在那里摘青果,

给风的灰色的胳膊,

把她腰肢缠住。

树呀树,

　　枯又绿。

（戴望舒译）

我没有时间读完全书,那我就读一读《加百列》吧。

《加百列》

一

一个漂亮的灯芯草似的孩子,
细细的腰肢,宽宽的肩膀,
皮肤像夜色中的苹果,
大大的眼睛,嘴角挂着忧伤。
炽热白银般的神经,
在无人的街道上游荡。
他的黑漆皮鞋
踏坏了空气的大丽花

用两种节奏

将天上的送葬短歌吟唱。

在海岸旁，没有棕榈树

没有戴王冠的皇帝

也没有行走的星星

像他那样。

当他的头

垂向大理石的胸膛

黑夜在寻找平原

因为想跪在地上。

大天使加百列，

雌鸽的驯服者，

柳树的敌人，

六弦琴为他奏响。

加百列：

婴儿在你母腹中哭泣。

不要忘记

吉卜赛人曾给你衣裳。

二

东方三王的喜报

皎洁似月亮,身穿破衣裳。

给星星打开门

他来自街上。

大天使加百列

面带微笑与百合花香,

吉拉尔达的曾孙,

他前来造访。

在绣花的坎肩里

隐藏的蟋蟀在跳荡。

夜里的星星

都变成了铃铛。

加百列:我带着

三颗快乐的钉,就在你身旁。

你的光辉使茉莉花

在我燃烧的脸上开放。

报喜的天使,上帝会拯救你。

神奇黝黑的姑娘,

你将有一个儿郎

身材比海风还漂亮。

啊,加百列,我的眼睛!

小加百列,我的生命!

为了让你坐下

我梦见一个石竹的沙发。

上帝会拯救你,报喜的天使,

皎洁似月亮,身穿破衣裳。

在你儿子的胸膛

会有一颗痣和三个创伤。

啊,闪光的加百列!

小加百列,我的生命!

在我的乳房深处

温和的乳汁在酝酿。

上帝会拯救你,报喜的天使,

一百个王朝的母亲。

你的眼睛像火焰一样闪亮

映着出色骑手们的风光。

* * *

那个孩子歌唱

在吃惊的报喜天使的怀中。

三颗青杏的子弹

在他稚嫩的声音里颤动。

加百列已经

沿阶梯攀上天空。

夜晚的星星

变成了千日红。

(赵振江译)

现在,组画上出现了安达卢西亚最纯粹的英雄,安东尼妥·艾尔·冈波里奥[1]。他是全书唯一一

---

1 安东尼妥·艾尔·冈波里奥,原名安东尼奥·艾尔·冈波里奥(Antonio el Camborio),安东尼妥(Antoñito)是他的昵称。洛尔迦在诗文中时而使用他的原名,时而使用昵称。

位在将死时叫出我名字的人。一位真正的吉卜赛人与险恶毫无关系。和现在很多人一样,他饿死了,因为他不把自己的千年之声卖给除了钱一无所有的富人,但钱多么微不足道啊:

《被捕》[1]

> 安东尼奥·陶莱斯·艾莱第亚,
> 冈波里奥家的子孙,
> 到塞维拉去看斗牛,
> 手里拿了个柳木棍。
> 象碧月一样的棕黑,
> 他慢慢地走,多么英俊,
> 他那些光亮的卷发,
> 飘拂着他的眼睛。
> 他采了几个柠檬,

---

1 即《安东尼妥·艾尔·冈波里奥在塞维拉街上被捕》。

在半路上一时高兴,

一个个丢到水里,

看它们浮泛黄金。

于是从一株榆树底下,

闪出来几名宪警。

半路上把他拦住,

拉着胳膊将他抓去。

白天过得好慢,

一个肩膀上挂着黄昏,

仿佛在把一件宽大的短褂

披上大海和溪汀。

橄榄树正在静待

磨羯宫降下夜分。

铅灰色的峰峦上,

驰来了尖风一阵。

安东尼奥·陶莱斯·艾莱第亚,

冈波里奥家的子孙,

走在五顶三角帽中间,
手里没有了柳木棍。

安东尼奥,你是哪一等人?
如果你说是冈波里奥的子孙,
你就该把他们鲜血,
象五道水泉直喷。
你既不是谁的儿子,
也不象真正的冈波里奥子孙。
如今已没有吉卜赛人,
敢独自走进山林。
他们往昔用过的刀子,
在尘土里愤愤不平。

晚上九点钟,
他们把他送进牢门。
而那些宪警,
正在把柠檬汁笑饮。

晚上九点钟,

他们把他关进牢门。

那时天光亮亮的,

象驹马的后臀。

(戴望舒译)

《之死》[1]

死的声音响起,

在瓜达基维河附近。

古老的声音围绕着

雄健的紫罗兰的声音。

他在他们的靴上

咬了许多野猪的齿印。

他在这场搏斗中

跳得象个滑溜的海豚。

---

1 即《安东尼妥·艾尔·冈波里奥之死》。

他在敌人的血里

洗他红色的领巾。

可是敌人有四柄尖刀,

他就只能输定。

当星光在灰白的水上

戳进了刺牛的矛刃,

当犊子梦见了

丁香花的圣巾,

死的声音响起,

在瓜达基维河附近。

安东尼奥·陶莱斯·艾莱第亚,

不愧为冈波里奥家的子孙,

碧月一样的棕黑,

雄健的紫罗兰的声音。

"谁送了你的性命,

在瓜达基维河附近?"

"是四个艾莱第亚,我的表亲,

他们是伯那梅希的居民。

他们妒我忌我,

偏不妒忌别人:

象牙雕镂的鸡心,

还有这光泽的皮肤,

橄榄和茉莉揉成。"

——啊啊,冈波里奥家的安东尼妥,

配得上一位女君!

你要记住圣女处,

因为你就要归阴。

——啊,费特列戈·迦尔西亚,

快去报告宪警!

我的腰肢已经折断,

象一枝玉蜀黍的根茎。

淌着三道血流,

他侧身死去,只见半个面形。

就象一个活的钱币,

再也不能回生。

一个天使大步前来,

把他的头搁上垫枕。

几个疲乏羞愧的天使,

给他点上一盏油灯。

当他这四位表亲,

回到伯那梅希城,

死的声音消逝

在瓜达基维河附近。

(戴望舒译)

关于安达卢西亚的另一种力,我就不用说什么了。那是一头关于死亡和憎恨的半人半马怪。他叫"苦涩"。

当时我八岁,在牛郎泉[1]那个家里玩。有个男孩子出现在我窗前,我感觉他像个巨人。他带着一

---

[1] 牛郎泉(Fuente Vaqueros),洛尔迦出生的村子,位于格拉纳达近郊。

种我永远都忘不了的鄙夷和憎恨看我，走的时候还往我家里吐了口口水。远处，有个声音喊了他："苦涩，过来！"

从那时起，"苦涩"就在我心中滋长，后来我终于弄懂了为什么当时他要那样看我。他是属于死亡和绝望的天使，他守着安达卢西亚的一扇扇门。我非常痴迷于诗歌中展现这个形象。其实现在我已经不知道当时是我看到了他，是他自己出现的，是我想象的，还是他快要用双手掐死我了。"苦涩"第一次登场是在一九二一年我写的《深歌诗集》里：《"苦涩"的对话》。

《吉卜赛谣曲集》里他也出现了。最后，在我的悲剧《血婚》的末尾，虽然我不知道为什么，但人们也为这个谜一般的形象哭泣了。

（如果有时间的话，可以读读这一场戏："手里拿着刀……"）

但是，那一阵在哈恩和阿尔梅里亚山间的马蹄与皮带声是什么呢？原来是宪警[1]来了。这是这本书最沉重的主题，也因为它不可思议的反诗歌气质而成了书里最难理解的主题。但其实不是这样的：

《西班牙宪警谣》

黑的是马。

马蹄铁也是黑的。

他们大氅上闪亮着

墨水和蜡的斑渍。

他们的脑袋是铅的

所以他们没有眼泪。

带着漆皮似的灵魂

他们一路骑马前来。

---

[1] 即西班牙国民警卫队，与西班牙国家警察队同为西班牙的两支国家级守卫力量。

驼着背,黑夜似的,
到一处便带来了
黑橡胶似的寂静
和细沙似的恐怖。
他们随心所欲的走过,
头脑里藏着
一管无形手枪的
不测风云。

啊,吉卜赛人的城市!
城角上挂满了旗帜。
月亮和冬瓜
还有蜜渍的樱桃。
啊,吉卜赛人的城市!
谁能看了你而不记得?
悲哀和麝香的城,
耸起着许多肉桂色的塔楼。
到了夜色降临,

黑夜遂被夜色染黑,
吉卜赛人在他们的冶场里
熔铸着太阳和箭矢。
一匹重伤的马
敲遍了所有的门。
玻璃做的雄鸡啼鸣
在海莱士附近。
裸体的风从一个
想不到的角上刮起
在这白金的夜里,
黑夜遂被夜色染黑。

圣处女和圣约瑟
遗失了他们的响板,
来寻找吉卜赛人
问他们可曾找到。
圣处女穿了市长太太的
用朱古律包纸做的衣裳

还戴一圈杏仁的念珠。

圣约瑟动着他的胳膊

在一件缎子大氅底下。

背后走的是贝特洛·杜美克

还跟着三位波斯的苏丹。

半规圆月在梦中

高兴得像一只白鹤。

旗帜和街灯

侵入了屋顶的平台。

腿股细瘦的舞人

都在镜子里呜咽。

水和影,影和水,

在海莱士附近。

啊,吉卜赛人的城市!

城角上挂满旗帜。

熄掉你们的绿光吧,

功臣来了!

啊,吉卜赛人的城市!
谁能看了你而不记得?
(让她远离大海
没有梳子给她分披头发。)

他们两两成行地前进,
来到节日的城市,
长春草的簌簌声,
在他们子弹带里响起,
他们两两成行地前进,
黑衣的夜色配了双档。
他们以为繁星的天
是一个装马距的玻璃橱。

这个被惊慌赶空的城市
打开了无数门户。
四十名宪警
进去大肆劫掠。

时钟都停止了,

瓶里的高涅克酒

装出十一月的神色

为了免得引起疑心。

风旗滴溜溜旋转

发出尖锐的惊叫。

佩刀挥劈生风

许多人头遭殃。

沿着半明半暗的街路

吉卜赛老妇人四处狂奔

牵着她们的打盹的马

驮着丰满的钱罐。

灾星似的大氅

向高高的坡路跑上,

只留下在背后

一阵剪刀似的旋风。

吉卜赛人都聚集在

伯利恒门口,

圣约瑟满身是伤,

在给一个姑娘包扎殓布。

顽固的枪声又尖又响,

震穿了整个黑夜,

而圣处女还在给孩子们

用星星的口涎止痛敷伤。

但那些宪警

还要来散播火花,

从这里,年轻而裸体的

幻想便着火焚烧。

冈波里奥家的露莎

在她门口呻吟倒下。

她两个乳房已被割掉

在一个茶盘里盛放。

还有些逃奔的姑娘,

好像辫子也在追她,

在这爆发着黑火药做的

玫瑰花的空气中跑过。

当所有的屋顶平台

都成为地里的沟渠,

黎明耸着它的肩膀

现出一个巨大的冷酷的侧影。

啊,吉卜赛人的城市!

宪警已经从一个

静静的隧道里走远,

而你的四周还都是火焰。

啊,吉卜赛人的城市!

谁能看了你而不记得?

让他们到我脑门里来找你

这一出月亮和沙的游戏。

(戴望舒译)

为了让演讲更完整,我来读一首属于古罗马的安达卢西亚谣曲(梅里达是安达卢西亚式的,就像从某些方面来看,得土安也是)。这首谣曲的形式、

意象、旋律密实且精确,仿佛铺设主题的石子:

《圣女欧拉丽亚的殉道》

一　美里达全景

长尾巴的马
在街上奔驰腾跳,
几个罗马老兵
正在赌钱或睡觉。
米奈华的半座山林
张开他无叶的手臂相邀,
给崖石边镀金的
是悬泉一道。
那闪着断鼻梁的星星的。
胴体横陈的残宵,
只等候黎明开个罅缝
它便完全塌倒。

戴红冠的雄鸡
不时在聒噪。
圣贞女一声长叹
把水晶的杯子碎掉。
转轮磨尖了弯钩,
也把锋利给了小刀:
铁砧的雄牛在哞叫,
美里达便把木莓的荆条
和半醒的玉簪花
编成的皇冠戴好。

二　殉道

裸体的馥罗拉,
从水的小台阶升上。
执政官要一个盘子,
来盛欧拉丽亚的乳房。
一丝青绿的筋络,

从她咽喉里喷溅。

她的性器官还在乱抖,

象小鸟被困在丛莽。

地上扭动着被砍下的双手,

已经是不成模样,

虽然还能微弱地合拢

做着未完的祈祷不放。

从两个鲜红的窟窿里,

那里原来是她的乳房,

可以看见许多小小的天,

和乳白的溪涧成行。

一千株血的小树,

遮住她整个肩膀,

又把湿淋淋的树身,

和火焰的尖刀相向。

皮色灰白,整夜不眠的

那些黄衣的百夫长,

把他们雪亮的干戈

戛响着耸到天上。
当马鬃和利剑的热情,
在混乱地挥扬震荡,
执政官用盘子盛起
欧拉丽亚的热烘烘的乳房。

三　地狱和荣光

波浪似的雪停着,
欧拉丽亚吊在树上。
她的焦炭似的裸体
把霜风染成黑相。
长夜在闪闪生光,
欧拉丽亚死在树上。
各个城里的墨水瓶
都在把墨水徐徐流漾。
黑衣人,象裁缝的模型,
遮没了地上的雪霜,

排成漫长的行列,

哀哭他静默的残伤。

破碎的雪已在降落,

白色的欧拉丽亚吊在树上。

镍的部队把他们的利喙

攒集在她身旁。

一道圣体的毫光

在烧残的天上放彩,

一边是溪涧的咽喉,

一边是夜莺的花彩。

打碎这些彩色玻璃窗!

欧拉丽亚在白雪里显得雪白。

天使和九品天神正在三呼:

圣哉,圣哉,圣哉。

(戴望舒译)

现在,说点《圣经》相关的吧。吉卜赛人,

或者总体来说，安达卢西亚人，会唱关于塔玛尔和阿默农[1]的谣曲，但他们会把塔玛尔的名字"Thamar"叫成"Altas Mares"。从"Thamar"变成"Tamare"，再变成"Altamare"，最终变成"Altas Mares"，意为远海，这比原来的意思美多了[2]。

这首诗有吉卜赛和犹太两种血统，就像"金鸡"小何塞，或者住在格拉纳达山上和住在科尔多瓦那些内陆小村子的人。

在形式和创作意图上，这首诗比《不贞之妇》里的粗暴言行还要夸张一些。然而，在诗歌的语调上，它却更难一些，也因此，那些在大自然无辜且美丽的造化面前挤眉弄眼的人，他们可怕的目光便到不了这里：《塔玛尔与阿默农》。

---

[1] 塔玛尔（Thamar）和阿默农（Amnón），《圣经》人物，均为大卫的孩子，但同父异母。在《撒慕尔纪下》中，阿默农爱上了塔玛尔，便假装生病，请求塔玛尔服侍。两人独处时，阿默农引诱塔玛尔不成，于是强奸了她，随后把她赶走。塔玛尔的哥哥押沙龙便对阿默农怀恨在心，两年后请阿默农与众兄弟参加剪羊毛活动，便伺机将他杀死。
[2] 在希伯来语原文中，Thamar 意为"棕榈树"。

导读：
洛尔迦，一个窸窣作响的星群

讲演：何与为何

费德里科·加西亚·洛尔迦，一名讲演者。

尽管乍一看，无论放诸代际，还是较之个人创作谱系，"洛尔迦"与"讲演者"间都迢遥路远，难以放下一枚精微的等号，但这一被时间的车辙匿藏已久的身份，终将和着坚硬的灰、柔纯的绿、纤薄的橙，携尘封的文稿共同昭示。

在光耀熠熠的西班牙文学"二七一代"中，有因承担教职而言辞滔滔的豪尔赫·纪廉、佩德罗·萨利纳斯，也有因热衷读诗而多次举办朗诵会的拉斐尔·阿尔贝蒂。洛尔迦与他们都有别——他既非声质过人，也不谙熟临场发挥之道，在公共场合发言时，他甚至需要完整照读讲稿，以防羞怯和荒谬踏足他的舌尖。但他却始终想站上讲台，走上剧院的舞台，亲自和他的读者、观众说说话，从最早《蝴蝶的妖术》开演前一段简短的致言，到临终前仍想要通过讲演将文化带到世界各地，这贯穿了他的一生。诚如洛尔迦研究者维克多·费尔南德斯与赫苏斯·奥尔特加所言，"为了在公众场合发言而写作。让文学创作比纸上的印字走得更远。传递诗歌情绪，同时体察它们如何被观众接受"。这便是讲演者洛尔迦始终坚持的几项要理。

如果说作为诗人的洛尔迦在月之苦辛、泉之滞涩、树之迷离、土之滚烫间风尘仆仆，作为剧作家的洛尔迦在血斗、禁闭、蛮语、嘶吼间凝望长路而不知其终，那么作为讲演者的洛尔迦则希望消除一切谜团，让恐吓之地、溃退之所不复存在，并让自己之所写所讲以最直接的方式击中观众，与他们联动，发生双向作用。因此他说，我"不是来娱乐各位的。我不想，我不在乎，我也不愿意。我是来战斗的。我是来和一群平静的听众近身搏斗的。……既然我来了,既然我在这里了,既然我已经从我长久的诗歌沉寂中遁出了一刻,我就想热切地与你们交流。……这是一场面对面的搏斗,我不怕被战胜"。不过,这里所提及的血斗,沙石、毒芹、咸水取代蜜糖,展示幻化为肉搏,必须与敌手一较高下的决心,都是后来的事。让我们先将时间拨回最初,回到骑手扬鞭、马蹄踏踏的洛尔迦青葱岁月。

在鲜少被涉足的洛尔迦早期个人史中,一九一六年可谓一桩夺人眼目的箭靶。彼时,洛尔迦十八岁,仍未发表任何作品,正和他的老师,格拉纳达大学文艺理论专业教授马丁·多明戈斯·贝鲁埃达,以及同班同学们一起旅行。他们出游数次,步及西班牙大量文艺名城。在那些困顿的村镇、失落的烈日、疲累的原野间,洛尔迦的首部出版物《印象与风景》诞生了。也几乎同时,洛尔迦应朋友之邀开始当众诵读他的文学作品。可以说,以某种恳切、坚定,却并非全然自觉的姿态,"讲演者"

与"洛尔迦"两套符码系统开始秘密勾连。

旋即,洛尔迦入住马德里学生公寓,在不同场合展示慑人的魔力。他用诗歌、用音乐诱引,时常在热络亲密的氛围里让魅夜的细枝开出朵朵黑兰花。于是我们读到,前有作家梅尔乔·费尔南德斯·阿尔马格罗的赞语:"当时,公寓里的学生们全都心醉神迷,大家多么想把洛尔迦留一整晚,好继续被他的诗陶醉、感动。"后有诗人纪廉的著名论断:"和他一起的时候(不仅是读他的诗作时),刹那间,人们便能感到一阵由他的光所点亮的神采。于是,冬之冰寒、夏之酷烈都已不再。有的只是费德里科。"

然而,不到十年间,洛尔迦生平的光谱上便出现了一系列深不可测的裂隙——先是与达利渐行渐远,继而与埃米里奥·阿拉德兰的爱情分崩离析,还被冠上"吉卜赛诗人"的恶名。于是,他奔逃,扔下一切废屑,挟藏着属于讲演者的暗昧激情前往美洲。几番往返后,洛尔迦的诗歌创作经历了新陈代谢，更为自己找到了终极的激情。那是戏剧的天地，但更属于自己已付诸多年努力的文化建构。在一九三五年二月十八日《声音报》的一次采访中，他坦言："在我们这个时代，诗人的血管应向其他人开敞。所以，我选择了戏剧艺术，因为它允许我更直接地接触大众。"在高文盲率的彼时，不仅洛尔迦的"大篷车"剧团抵达了西班牙坚村硬野的乡民，他的讲演更为西班牙和美洲西语区的人带去了杂多丰饶的文化养料。

兴许我们应该发现，洛尔迦从来不是一位擅长即兴发挥的讲演者。"脱口而出"对他而言既是骄纵，也是谵妄。他始终精心照料讲稿，根据自己的认知不断修改，企图让文字在说出的即刻与余下的时间长河里保持姿态一致。不仅如此，在这些他始终惦念，却因种种周折一生未能付梓出版的讲演作品中，我们能读到一个和诗人洛尔迦、剧作家洛尔迦全然不同的形象——一位将感官悬置，企图用智识朗照读者的学人洛尔迦。他触觉灵敏，不断将探测仪伸向音乐、美术等多种艺术，持续深挖一种复多的、联觉的诗学可能。

两种音乐，或格拉纳达的轻颤

洛尔迦的生平与音乐间的诸种耦合在此不必赘述。我们更应探究，为何在源起、成色、织体上均差别极大的欧洲古典音乐与西班牙民间音乐能在他身上细密地交织，并由此直接衍生出包含以下四篇讲演的诸种艺文作品：《深歌：安达卢西亚原始歌吟的历史与艺术》《西班牙摇篮曲：阿尼亚达、阿啰啰、催眠曲、摇啊摇》《深歌的建筑》《一座城市如何从十一月唱到十一月》。

从幼时系统习琴开始，洛尔迦的古典音乐行旅途经了每一位想要成为钢琴家的人都曾面对过的巨擘：巴赫、莫扎特、贝多芬、勃拉姆斯、舒伯特、舒曼、肖邦、柴可夫斯基、德彪西……仅仅列举少数由洛尔迦基金会从洛尔迦故居捡拾来的收藏曲谱，我们便可见一斑。优良的启蒙，搭配学院派的练琴模式，洛尔迦在恩师安东尼奥·塞古拉·梅萨的手下才性具显，十五六岁时，已决意要将钢琴演奏作为毕生志业。可惜不久后，恩师亡故，十八岁的洛尔迦在跟从另一位老师继续习琴不久后便兴趣全无。钢琴事业虽然夭折，他却带着极高的欧洲古典音乐素养与演奏技能离开格拉纳达，前往马德里。

另一条与之几乎平行却时显时隐的线索，是洛尔迦从小受到的民间音乐熏陶。他的曾祖父是格拉纳达著名的吉他演奏家，祖辈与父母中的半数以上都精通至少一门乐器。幼时，洛尔迦的父亲还喜欢在家聚集弗拉门戈歌者与吉他琴演奏家。一场场西班牙民间音乐会在格拉纳达西部近郊的小镇"牛仔泉"上演。后来，市内的杨树咖啡馆成了洛尔迦与朋友们欢谈的"小角落"。虽然"小角落"空间逼仄，大家要把座位搬到波利纳里奥酒馆的外摆区才能观看表演，但洛尔迦借此机会品赏了大量弗拉门戈歌曲、舞蹈。

一九二〇年至一九二二年——大量艺文事件混聚，继而发生形变的年头——洛尔迦初入学生公寓。体验过繁杂的文化生活，往返于格拉纳达和马德里的洛尔迦，应此前和父亲许下的承诺回格拉纳达大学继续完成本科学业，却又因诚心不愿而三番两次中断。三件事情为不久后的几篇讲演设下铺垫：其一，学生公寓的诸种音乐活动让隐秘的音乐学之芽在洛尔迦心中萌发；其二，著名语文学家拉蒙·梅嫩德斯·皮达尔来到格拉纳达采集民间谣曲，陪同的洛尔迦深感责任重大，保护民俗文化刻不容缓；其三，洛尔迦与彼时刚搬来格拉纳达生活的音乐家曼努埃尔·德·法雅关系日益密切，原本昏昏的思想在多次促膝长谈中得以昭昭。

在学生公寓里，洛尔迦把玩大堂中的那架三角钢琴，用深沉的古典音乐积淀和巧熟的即兴编曲能力令众人折服。而作为听众的洛尔迦也曾在那同一架钢琴上，看到过更多音乐家的手流转生辉：伊戈尔·斯特拉文斯基、莫里斯·拉威尔、埃里克·萨蒂、弗朗西斯·普朗克、达律斯·米约等欧洲著名音乐家，以及华金·图里纳、恩里克·格拉纳多斯、伊萨克·阿尔贝尼兹等洛尔迦同代西班牙音乐家，他们都曾到访马德里学生公寓并献上演奏。不消说，俄国强力集团、法国六人团、西班牙八人团的事迹和主张，洛尔迦早就熟稔。且通过梅嫩德斯·皮达尔，洛尔迦得知古典谣曲并未灭亡。在彼时的格拉纳达山间，在阿尔拜辛区和圣山区那些神秘莫测的洞穴民居中，仍有不少居民会唱属于十五、十六世纪的谣曲。当深幽的八音节诗句款款从窗前泻下时，梅嫩德斯·皮达尔手抄笔录，而一旁的洛尔迦心旌摇曳。此外，当时刚刚开始在格拉纳达生活的法雅如明灯般启迪洛尔迦。如果说塞古拉·梅萨曾在诗人心中种下西班牙民间音乐的种子，那么法雅便是让其生根发芽、蓬勃壮大的人。在法雅的影响下，洛尔迦开始研究西班牙民间音乐，学习演奏吉他琴，并尝试收集匿于山野、行将散佚但仍未消亡的民间音乐。

一边是自小系统研习的欧洲古典音乐，一边是潜移默化中深入骨髓的西班牙民间音乐，它们在诸种影响因素的作用下碰撞、杂糅，为洛尔迦的音乐之旅开出斑斓绮丽的花。洛尔迦认为，彼时西班牙民间音乐正在遭受新的荼毒——资本家紧盯经济效益，希望将它设立成新的消费项目，民众不辨雅俗，只想在剧院或咖啡馆里伴随着它喧嚷庆贺，而文化界人士则希望它走出国门，带着浓厚的"西班牙式"戏谑与感官色彩征服巴黎，借此让西班牙重回欧洲文化霸权地位。这一切企图都让本来纯粹、全然根植深村的民间音乐岌岌可危，更让洛尔迦、法雅等有识之士心痛不已。于是，他们邀请志同道合的朋友，于一九二二年在格拉纳达举办了首届深歌大赛。讲演集中的《深歌：安达卢西亚原始歌吟的历史与艺术》和多年后修改增补的《深歌的建筑》便是随之而来的成果。

深歌，亦即广义上的弗拉门戈艺术，在洛尔迦心中的地位与重要性自不必多提。除深歌大赛和讲演作品，早期散文作品、诗集《组曲集》《深歌诗集》、农村悲剧"三部曲"均是其最佳佐证。此外，上文提及的古典谣曲还在洛尔迦的艺文序列中滋生了诗集《吉卜赛谣曲集》，对摇篮曲的兴趣也导向了讲演《西班牙摇篮曲》的撰写，对不同版本民间歌曲的研究和保护热望还让洛尔迦与歌手恩卡纳西翁·洛佩兹于一九三一年灌录了专辑《西班牙民间歌曲集》——其中，钢琴伴奏正是洛尔迦本人。

而这一切，倘若四季的跫音能随风流连，山峦谷壑能在顿挫音调间协同共生，冷蓝的波水、幽绿的林荫、麇集的鸥鸟能顾盼生姿，那都少不了那座永恒的城，那座属于洛尔迦的环山而立的将多年来各种历史的踏踏马蹄声、各种文化的叮叮铃铛声、各种族裔的突突烽火声收纳进自己寰宇中的城——格拉纳达。这也是洛尔迦对各位游人的呼吁：聆听一座城，聆听一种属于格拉纳达的轻颤、婉转、寂然，只有这样，你才能知道在民间音乐的族谱里，

《一座城市如何从十一月唱到十一月》。

想象中的视觉建构

当我们言及洛尔迦时,我们不仅在谈论一位语词从不干涸、精神从不枯萎、心灵从不皱缩的作家、音乐人,我们也在谈论一位不乏建树的视觉艺术爱好者:一位热忱的绘画者、一位谨严的艺评人、一位天赋异禀的电影剧本创作者、一位身体力行的舞美设计。这四个不同的位面在洛尔迦的生平中都能找到对应:在巴塞罗那达茅美术馆举办的生前唯一一次绘画个展,以及总想出版,却只能在被枪决五十年后由文学研究者马里奥·埃尔南德斯为其圆梦的个人绘画作品全集;囊括本书三篇讲演(《贡戈拉的诗歌意象》《新绘画"速写"》《想象·灵感·逃离》)的诸多艺术评论作品;电影剧本《登月旅行》;为"大篷车"剧团上演的《玛丽亚娜·皮内达》《叶尔玛》《贝尔纳尔达·阿尔瓦之家》等剧目设计的舞美与服装。

诚然，较之音乐，洛尔迦的美术事业起步得晚了许多，我们甚至很难找到幼年洛尔迦与视觉艺术间的一丝一毫亲缘。至今仍存的最早实物将我们指向属于"小角落"的青年洛尔迦：因为经验尚浅，不能参与当地杂志的设计与编纂，转而加入为名人故居涂画彩瓷门牌的队列，并为团体成员们虚构的讽刺人物伊西多罗·卡普德朋·费尔南德斯绘制涂鸦。一张一九二三年的小幅铅笔漫画《您究竟想要我跟您说什么？》印证了彼时洛尔迦在美术上的玩乐兴趣。

真正对洛尔迦的视觉艺术之旅产生重要影响的是马德里学生公寓，或者说，是当时同住学生公寓的加泰罗尼亚人萨尔瓦多·达利。几乎一拍即合，达利开始一场不落地参加洛尔迦精彩纷呈的文学音乐夜话，而洛尔迦则诚心十足地聆听达利对新绘画极具独创性的见解，并对立体主义产生了无限兴趣。虽然彼时受塞尚启迪的立体主义已在毕加索和布拉克的小团体几经理析、阐发下渐渐在巴黎随风而逝，但在这股美学新风还未向南吹至马德里，年轻的达利仍对这唯一的情绪——"陌生感"，和这唯一的抒情——"对存在不断重生的抒情"（梅洛-庞蒂语）兴致勃勃。重要的是在那个摄影术已然大幅发展的时代，将绘画艺术拽离对自然现实的刻板模仿：创造一个有机的绘画世界，拓展一个虚构的意识反射图层，这是达利和他的小圈子向洛尔迦灌输的中心思想。

一九二五年圣周，洛尔迦应邀赴巴塞罗那大讲堂发言。达利邀请他前往家乡卡达克斯小住。几个短语成为那几天里两人的交流密码：毕加索说的"画所想而非所见"，塞尚的"日常联觉"，立体主义者们"关于建构的热望"，远离印象派和自然主义的个人矫饰而让绘画更"客观"的理想。如果说用几何图形代指地理风貌的立体主义"塞尚时期"之要理在马德里时仍是书本中的死知识，那么彼时，布拉瓦海岸的砂石、船帆、波涌便成了绘画现实中鲜活的实例。

于是,一股新的美学思潮席卷了洛尔迦艺文实践的方方面面。他不仅开始大幅改换绘画方式,让立体主义的基本创作法主宰画布(一九二七年洛尔迦在巴塞罗那达茅美术馆举办的个展中,就有七幅彻彻底底的立体主义作品),更让其思维渗透到自己的文学创作中。这便是《萨尔瓦多·达利颂》里那些纷繁芜杂的立体主义隐喻之来处。

以相同的姿态,洛尔迦找到了西班牙黄金世纪著名诗人路易斯·德·贡戈拉。在洛尔迦心中,令贡戈拉不朽的重要因素是他诗歌中的隐喻意象,而贡戈拉也早在三百年前就已经完成了立体主义者的使命。在《贡戈拉的诗歌意象》中,洛尔迦告诉我们,贡戈拉以令人惊异的严苛潜游在神话和自然世界里,猎捕意象,然后为其剥去外衣,无论所得大小,都只留下紧实的核心。继而,贡戈拉将其两折,甚至三折,把可能连对的意象并置,最终呈现只由意象汇编的、已被雕琢和排布过的、自给自足的诗面。称时间是"带翼的数字",蜜蜂是"呢喃的亚马逊战士",花是"暗哑的星辰",这些都是恒久的建构,是不会随着时间流逝而失去效力的喻指。就像立体主义的"绘画现实"一般,贡戈拉创造了一种独属于诗歌的现实。这种洁净、平衡、理性的创作法,正是立体主义者一直以来所追求的。

一九二六年的洛尔迦几乎全然属于立体主义,《贡戈拉的诗歌意象》可谓立体主义的近亲。然而当时间来到一九二七年,一系列曾经紧密缠附的个人事件纷纷崩解:洛尔迦和达利因为审美旨趣有别、布努埃尔的从中作梗、两人间无法预料的情变而渐行渐远,两年前曾令马德里的年轻人雄心勃勃的立体主义也已然发展成一种毫无温度的智力游戏。"还是应该把现实与抽象联合起来",在一九二七年一封致艺评家好友塞巴斯蒂亚·加施的信中,洛尔迦如是说。因为想象中的视觉建构总是冰冷、不近人情,而在少数和多数间,洛尔迦又总是不甘躲进精英的象牙塔里,于是,在一九二八年的讲演《想象·灵感·逃离》中,洛尔迦改称贡戈拉"是学院,是语言与诗歌令人畏惧的教授",而"画家与诗人在立体主义纯粹的微风袭过之后",终将要把"目光转回到纯粹直觉上来"。同年读讲的《新绘画"速写"》则完整地复现了印象派—立体主义—多主义时代—超现实主义这条完整的美术发展路径。

借精魂诵诗

"精魂"(duende),一个令洛尔迦魂牵梦绕的词。可精魂是什么?一声巨响,一阵背离寻常的潮浪,一摊试图蚕食灵魂却被反杀的血红——一种震慑力。在西班牙皇家语言学会的西班牙语词典中,"精魂"是"迷人却不可言说的魅力",而在洛尔迦的讲演《精魂:游戏与理论》中,"精魂"是力量、搏斗,是死亡的近邻,是有别于天使和缪斯的暗黑之声,也是西班牙艺术的最高成就。可以说，是精魂统御了所有艺术面向的洛尔迦，也是精魂让作为讲演者的洛尔迦远离一切官能的谬用，直抵听众、读者内心。

在洛尔迦的诗学谱系中，精魂首要的特质是它难以定义。它"是谜，是扎在沃土里的虬根。我们所有人都认识它，却忽略它，但艺术的本质正由它抵临我们"。尽管如此，西班牙的艺术家们却总能秉着强有力的直觉，在精魂出现时准确捕捉它，并借它完成自己的艺术使命。为了勘清精魂的要理，洛尔迦区分了三种艺术家赖以生存的超验实在：天使、缪斯、精魂。

在我们这位诗人的笔下，天使在人的头顶上翱翔，他"高高在上""光耀令人目眩"。因为他在"注定的疆界里挥动铁的双翼"，所以被天使宣令的艺术家只能听从，无法忤逆。缪斯的作用则更为瞬时，她倦怠、邈远，只能依稀发出灵性之声，让人听见却不知其来处。被她感召的艺术家能创造出甜蜜精美的作品，却无法真正与生命产生共振。精魂则与天使、缪斯皆相反。引唤精魂需要搏斗，需要"把血液焚烧到如碎玻璃粉末一般"。通过整饬的美、洁净的优雅，精魂毫无现身的可能，相反，在悬空的巨大意识战场上，在流星崩坏、玫瑰焚干、弦琴解体的最后一刻，精魂会以意想不到的方式登场。

洛尔迦举了著名弗拉门戈歌者"带着发梳的女孩"的例子。当她"耍弄着自己的幽灵之声，或凹瘪的铁罐之声，或青苔满布之声"时，在座的听众们一言不发。这被技巧、外形、设计淹没的表演被定义为没有精魂。但当她"发了疯似的拔地而起，浑身抖颤""一口气灌下整整一大杯烈火般的浓酒，然后坐下来开始唱"时，她倏忽有了精魂。她获得了真正撬动人心中痼疾的能力，因为她背弃了先前的天使、缪斯，将所有安全因素决绝地甩开。她"变得无依无靠，而后请精魂迫近，屈尊与她赤手空拳地搏斗"。

搏斗，就意味着伤口，若更远一步，则意味

着飞流的鲜血——死亡。于是洛尔迦引出下一个论题：精魂是源于"死亡之国"西班牙的艺术本质。或者说，西班牙的艺术"永远被锋利的精魂统摄，并被它赋予截然不同的面貌和创造的价值"。深歌歌者、弗拉门戈舞者、斗牛士是洛尔迦心中三种触发精魂的最佳中媒，因为歌者要撕扯喉头，舞者要在风沙中弯折躯体，而斗牛士要在钩刺林立的血斗中冒着生命危险演出。

而精魂又是一个多么广大的概念。它不仅属于拥有鲜活躯体的艺术表演，更属于所有艺术门类，甚至所有国家。历经血液的突袭、神经的旋涡、死亡的深渊而流芳百世的艺术家更远远不止文中所提及的几位，然而他们呼祈的精魂却同样迅即、猛烈：它一招致命，它永远奏效。

也是因此，在讲演《一位在纽约的诗人》中，洛尔迦说："在我开始当着很多人的面大声读诗之前，我首先要向精魂求助。这也是所有人不借助智力或批评手段就能体悟诗歌的唯一方式。它能即刻拯救难以理解的隐喻，能以和声音相同的速度捕捉诗的节拍。"这是洛尔迦读诗时的凭依，但也从侧面指点了他在不同场合选择读讲《诗人在纽约》《吉卜赛谣曲集》这两部诗集的原因：它们都曾被不同程度地误解，这激发了诗人想要通过个人创作谈为它们正名的意愿。《诗人在纽约》曾很长一段时间被定义为"不可理解"，而《吉卜赛谣曲集》则直接为洛尔迦带来了"吉卜赛诗人"的苦厄头衔，并因为洛尔迦本不是吉卜赛人而引发了与身份僭越相关的骂战。

在两场演讲里，洛尔迦借精魂，以坦诚之姿面对听众，一一回应曾遭到的误解。就像他所言，做创作谈的自己不是一位研究者，他的目的不是借历史文化之眼评析纽约，比对纽约和其他国际都市间的异同；也不是通过爬梳意象、音律、文体史研究谣曲传统，或品赏《吉卜赛谣曲集》。他想做的仅仅是向大家传递一种最接近真实的创作意图，一种创作者本人所能给出的私密解答。因此他坦诚，带着接近观众的热望，投入爱与激情，在文学之海中用诗来交流。这便是洛尔迦权威研究者加西亚-波萨达的论断："以自己的方式，洛尔迦把讲演做成了诗。"

近观一个星群

一九三一年九月，洛尔迦家乡牛仔泉镇的图书馆开幕。他应邀致辞，说了这样一段话：

> 我应该告诉你们，我做讲演不是讲，而是读。我不讲，因为我和加尔多斯有过一样的经历，或者说所有诗人、作家都有过这样的经历，那就是我们习惯了用精确的方式将事物立刻说出。而讲演又是一种所讲内容被稀释得过于严重的体裁，讲完后留下的只有一阵悦人的音乐，其余都随风而逝了。我做过的所有讲演都是读的，但这其实比单讲费功夫多了，而且这样一来，我说的内容便更能存留，因

为它被写了下来；它也更牢固，因为它对听不见或不在场的人也能起到教育意义。

　　五年后的一九三六年八月，洛尔迦被迫缄口，哀婉凄艳的生命长河过早地止于三十八岁。但近一百年后，我们仍能在当下读到这些讲演。通过它们，我们便获得了另一种接近洛尔迦的方式。现在，我们不仅能通过洛尔迦的诗歌知悉格拉纳达的日夜轮替，通过洛尔迦的戏剧感受开凿的地表之下欲望的流淌，还能通过他的书信、访谈、讲演等一系列凝定的表达最确切地体悟安达卢西亚的美之色味。

　　除去关于黄金世纪诗人索托·德罗哈斯和关于先锋画家玛丽亚·布兰查德的两篇讲演未被收入，本书选译了洛尔迦一生做过的其余所有长演讲。所译原本采用二〇二一年一月由维克多·费尔南德斯与赫苏斯·奥尔特加修订，于西班牙出版的《费德里科·加西亚·洛尔迦：以己之声——讲演与致辞》，个别细部出入参照了一九八四年克里斯托弗·莫勒修订的《洛尔迦讲演集》与一九九七年米格尔·加西亚-波萨达修订的《洛尔迦全集》。感谢汪天艾女士的策划让洛尔迦这个窸窣作响的星群能以不同色味的裂帛之声传至汉语读者面前；感谢编辑张引弘女士以谨严和博识频繁地将我从词川句海的泥泞中拽出；感谢挚友王哲先生勘读全书初稿，令行将泯没的绿洲重焕润泽；感谢同样给予我帮助的杨琉、陈伊宁、谢弘昊、李毓琦、黄凌晨、王雅琳、唐一洲，回忆的苑囿因你们而葳蕤。最后，因本人能力有限，虽已尽力，但仍定有谬误。敬请读者朋友们批评、指正。

周骏伟

二〇二三年十二月二十七日

于马德里拉瓦皮耶斯

谨以此译作献给古和噼哩

致我们共同的思趣、况味与理想